昌言无忌

张蕴岭 著

中国社会科学出版社

图书在版编目(CIP)数据

昌言无忌 / 张蕴岭著 . —北京:中国社会科学出版社,2013.3
ISBN 978 - 7 - 5161 - 2091 - 0

Ⅰ.①昌⋯ Ⅱ.①张⋯ Ⅲ.①杂文集—中国—当代 Ⅳ.①I267.1

中国版本图书馆 CIP 数据核字(2013)第 028926 号

出 版 人　赵剑英
责任编辑　冯　斌
特约编辑　丁玉灵
责任校对　孙洪波
责任印制　戴　宽

出　　版　中国社会科学出版社
社　　址　北京鼓楼西大街甲 158 号（邮编 100720）
网　　址　http://www.csspw.cn
　　　　　中文域名:中国社科网　　010 - 64070619
发 行 部　010 - 84083685
门 市 部　010 - 84029450
经　　销　新华书店及其他书店

印　　刷　北京君升印刷有限公司
装　　订　廊坊市广阳区广增装订厂
版　　次　2013 年 3 月第 1 版
印　　次　2013 年 3 月第 1 次印刷

开　　本　710×1000　1/16
印　　张　19.25
插　　页　2
字　　数　336 千字
定　　价　56.00 元

前　　言

　　这是我的第二本博文集锦。第一本书出版后，受到读者的欢迎，此后，我没有停下来，继续坚持写作，两年多的时间，不想又有百篇了。

　　如前一样，我写博文主要围绕国际、国内、个人三个方面，本书也是按照这样的排序编撰。

　　国际问题是我的主要研究领域，观察和研究世界是我的本行。大千世界，纷繁复杂，变幻无穷，看懂、看透世界很难，这里写的大多是我的亲历，老实说，也是一孔之见，只是记下我的一些观感与思考，也许有助于读者增进对外部世界的一些了解，启发一些思考。老子曰："修之于天下，其德乃普。"多了解世界，具有世界的眼光，这样看问题，眼界就可更宽些。

　　关于国内，我写的都是围绕国计民生的问题。作为学人，总是满腔热情，最易有感而发，不过，我还是尽可能写的有针对性，让我的建言有可参考性。我对一些现实问题的批判，也不是为了引发大家的愤懑，而是为了激起大家为国家发展献计献策。管子曰："言实之士不进，则国之情伪不竭于上。"我知道，我的有关国家发展的建言，决策者不可能直接看到，但至少是可以引起大家思考的。

　　关于人生的思考，这里写的大都是自己的切身体会。人年纪大了，往往自认为有了感悟，似乎看事、看人、看物都有了些新的想法，好像突然明白了许多，亦可以静下心来思考联想，因此，这里所写下的不再是一个个突闪的小火花，倒像是一颗颗小小的思绪结晶体。

　　尽管网络博客空间是开放的，写好了就可贴上去，但是，我还是很认真对待我写的每一篇，有些题目虽是感发出来的，但行文却是反复琢磨后才写出来的，有时写好了，放在那里，看上多遍，不断修改，毕竟，要对得起自己，也要对得起读者。

　　我把书名定为"昌言无忌"，是说将认为有益的东西写了下来，把想说的话说了出来，因此，我的博文都是写我所知，言我所想，记我所思，把真知与思考奉献给读者。

但愿这本书也能像第一本一样受到读者的厚爱。

目　录

天下视点篇

言实论正篇

目

录

目录

天下视点篇

修之于天下,其德乃普

——老子·道德经

重返哈佛

　　2011 年 10 月，我应邀到哈佛进行了 10 天的学术访问。哈佛大学以付高义教授（Ezra Vogel）的名义设立了高级访问学者项目，我是这个项目的第一位被邀请的学者，颇感荣幸。这是我 25 年前到美国哈佛大学学习回国后在哈佛待的最长的一次。尽管学校每天都给我安排了许多座谈，还有要进行公开讲演，但是，我还是利用闲暇的空隙到处看一看，去看看我那时住过的地方，看书的地方，恢复一些存留的记忆。

　　哈佛还是老样子，尽管有些新的建筑，但是基本布局、风格没有改变。"哈佛大院"（Harvard Yard）还是那样安静，没有增添什么新的东西，哈佛先生还端坐在那高高的座台上，每天迎接来自世界各地的游人。不过，我注意到，他脚上穿的鞋更锃锃发亮了，这是因为来的人多了，不断抚摸的缘故，据说，摸摸他的脚就可长学问。

　　哈佛校区的最大特点是开放，只有一个哈佛大院是有围墙的，还是各个方向都有门，都可以畅通无阻，其他地方的楼群都是没有围墙的。开放的校区，使人分不清哪里是学校，哪里是市区，整个地区到处都是匆匆而过的人群，车水马龙，好不热闹，书店、餐馆、旅馆、商店，这样的繁华热闹，令人觉得不像是在学校。难怪有人说，哈佛是最不像学校的大学。

　　哈佛的真正魅力在它的内部，不在外表。当你进入作为教学、研究的各个建筑物内部，就会发现，里面的气氛与外部是那样的不同。大楼里面，每一个人都是那么认真和投入。哈佛俨然是一个大世界，来自世界各地的名家们带来了数不清的讲座，报告，各种各样的研讨会，辩论会，题目之广泛，内容之丰富，几乎涉及大千世界的所有问题。

　　哈佛提倡学术自由，也坚守科学严谨，这里，自由与严肃，宽松与严谨，放荡与深刻，似乎在寻找着各自的理性结合点。我想，哈佛之所以出了那么多的名人，也许正是她对有志者进行的这种复杂的熔炼。

在哈佛真正有权力的不是学校，而是教授和学生。教授向学生传授的不是死记硬背的道理，而是分析问题的方法，教学都是小课堂，教者"随意"，听者"自在"，但是，教授检验学生学习质量的方法是看学生听课后写出的论文（paper），对教授的最苛刻的检验是学校毕业的学生的质量，即社会接受度。学校鼓励和支持学生有创见，鼓励学生自主组织各种活动。比如，在这次我的访问中，哈佛大学就给我安排了好几次与学生的座谈，有大一、大二的学生，有研究生，也有博士后。安排者对我说，与学生接触是这次邀请我的一项重要内容。我所接触的学生都很有思想，有的还是校报的记者，对我进行专访，访问内容登在报纸上。哈佛大学的学生都有自己的组织，他们从学生时候起就开始组织各种活动，与世界各地进行联络，思想很活跃，这些都是他们对未来能力的锻炼。

在哈佛我有一些老朋友，大都是20世纪80年代我在那里学习时认识的，后来也有些学术上的联系。他们大多老了，年龄小的也有70来岁，大的有80多岁。但他们大都还在上班，写书，讲课，带学生，很认真，很投入。就像付高义教授，已经80多岁了，虽然办了退休手续，但每天都在工作，除了研究，写作，还参加各种会议，与学生、来访者会面交谈，他也不午休。他刚刚完成了关于邓小平的一本大部头著作，他说，他下了很大工夫研究邓小平的改革开放思想，他写书的目的是让美国人了解中国。在这本书之后，他还有新的写作计划。珀金斯教授也接近80岁，我见他的时候刚从新加坡回来。库珀教授年纪也不小了，也是忙得很。有时候，我觉得自己老了，朋友们也劝我"悠着点儿"，可看看他们，我哪敢说自己老了。

主人为我安排的活动一个接着一个，我要按照地址一个一个地去找，就靠两条腿不停地走，没有陪同，从早到晚，中午也没有休息，吃的东西很简单，也怪，我也没有感到累和困，一天下来还很精神，也许是大家都如此，我受到了感染吧，十天的时间好像一晃就过去了。

朋友告诉我，哈佛宽严相济，为教授和学生们提供了"最严格和最宽松并存的环境"，让每个人都很"愉快地投入"，这是她的魔力所在。在朋友为我举办的一次家庭晚宴上，我遇到大名鼎鼎的数学家丘成桐教授，他说，他经常到中国访问，中国发展很快，但令他担心的是，中国的教授、学者们精力太分散，忙别的事情太多。在他看来，中国在理论研究方面与世界高水平的差距在拉大，不是缩小。我对他的说法没有评论，但我想，他这样说想必是有依据的。在国内，我们自己也经常议论，教授们、学者们为非教学，非科研花的时间太多了，教者、研者不安心，听者、学者不专心，教学、学术这块净地已经有些变得味道难闻了。

哈佛大学是学子的向往之地，之所以如此，我觉得，是因为她真的是学术园地。

体验大瀑布的震撼

朋友告诉我，如果访问美国，有机会一定要到尼亚加拉大瀑布去看一看，到了你会有特别的感觉，不仅是看景，更重要的是体验。

以往到美国，出于多种原因，一直没有能够有机会去体验一下。最近，我到哈佛大学访问，终于有了机会。虽然学校给我安排的活动很密集，但是，由于正赶上一个周末，又连上一天的公假，这样，闲来无事，我便下决心去大瀑布看一看。

从波士顿到尼亚加拉大瀑布距离并不很远，先是乘飞机到布法罗（水牛城），只要一个多小时，然后乘车半个小时就到了。由于时间充足，我决定在那里住一晚上，以便能有更好的体验感觉。我入住的假日旅馆就在大瀑布附近，在房间里就可以听到大瀑布发出的咆哮声。

尼亚加拉大瀑布源于上游的大湖，从大湖流出的水变成了尼亚加拉河。本来河流很平坦，可是到了尼亚加拉地区，河床突然出现一个很大的下陷，落差 50 多米，于是就形成了大瀑布。真是天工神物，这里的上河床和下河床都是坚硬的岩石，河面很宽，因此，瀑布倾泻有力，水色清绿。这还不够，在下陷断层前面的河床中间，冒出了两个岛，一个叫山羊岛，另一个叫鲁纳岛，山羊岛大，鲁纳岛小，它们把河道分割开来，形成了三个瀑布：一个最大，叫做马蹄瀑布，一个中等叫做美国瀑布，一个很小，叫做新娘面纱（或者叫婚纱）瀑布。尼亚加拉河是美国与加拿大的分界河，两国边界以河的中线为基线，这样，大瀑布就分属两国了。老天公平，大的分给了加拿大，中等的和小的分给了美国。

据介绍，依角度而论，从加拿大一侧看瀑布效果最佳。于是，在加拿大一侧，建了很多高级旅馆，大多离大瀑布很近，人们从旅馆的房间里就可以观景。然而，这样一来，在美国一侧看大瀑布就有些不协调，要是拍大瀑布照片，总是躲不开那些高楼，以高楼为背景的大瀑布照片当然看起来很别扭。美国一侧倒是很注意不破坏风景原貌，旅馆都建在离景区有一段距离的地方，沿景区地带，包括山羊岛都被划作国家公园。为了让游客从美国一侧看好瀑布，两国做了很多特别的努力，美国方面在尼亚加拉河上建了一个瞭望台，游人可以远眺瀑布全景；从两国都可以乘船到大瀑布附近，让人们在河面上近距离看三个大瀑布的威姿。不过，在船上看瀑布也是要付出代价的，因为大瀑布激起的冲天水花会弄得游客一身透湿。还有，彩虹大桥连接两国，美、加人可以随便通行，获得免签证的外国人也可以随便通行，其他人则要办理签证才可通行。

我喜欢摄影，岸上，船上我都拍了不少好的照片，有一张照片我很满意，是在船上仰角照的，瀑布之水像似从天上飞流直下，气势宏大，我给它起了一个名字，叫"水从天上来"，这是我最为得意的一件作品，也是最好的留念品了。

为了对大瀑布有更深的体验，第二天我早早起来，一个人漫步在公园里，站在大瀑布前面，细细观看和琢磨。10月中旬的尼亚加拉格外美丽，红、黄、绿、紫相间的树叶，构成了美国东北部地区最美丽的一道风景线。清晨，人很少，空气特别清新，由于是雨后放晴，天格外的蓝。我站在河边，试图从不同的角度观看那令人震撼的场面：匆匆而来的尼亚加拉河水刚才还是那样温顺，到了这里就怒吼咆哮，大瀑布飞流直下，力量是那样的威猛，激起的水雾有上百米高，远远看去就像巨龙腾空。我很幸运，还看到了鲜艳的水飞彩虹图景。

早晨，我一个人，静静地观看，看着那从天而降的巨大水流，听着那震耳欲聋的声响，当时就有一种难以表达出来的感触：看这大瀑布水流，亿万年，川流不息，永不停歇，这就是大自然的恒力啊！这瀑布虽是咆哮如雷，但它却是顺势而行，奔流直下，利用地势，不断积蓄更大的续行力量，这也许就是它的自然、和谐与恒力本性吧。

平时，游客很多，据说要是在旺季，人挤人，拍个照片都很难。如今，天气凉了，游客较少，清晨人更少。站在我旁边，有一位老人（像是美国人），他穿着整齐，系着领带，手拿拐杖，满脸皱纹，看上去饱经风霜。他把戴着的帽子摘下来，默默地看着大瀑布，站在那里很久很久，他是那样的认真观看，看他那严肃的表情，就像是来敬神的。当时我就想，也许他观景触情，在回顾自己不易人生的经历，也许他在做人生与自然的对比，令其沉默不语，看他严肃的表情，似乎流露出对大自然的一种敬畏。

我在想，大瀑布的确能给人以极大的震撼，也使人产生一种对大自然力量的敬畏感，但同时，大瀑布也给人一种启示：顺势而行，畅通无阻。

这个启示对人类何尝没有教益呢！

天下视点篇

为何看法如此不同

近一个时期，美国、日本等国外的媒体关于中国的议论多了起来，舆论几乎一边倒：中国开始扩张了，中国开始强硬了，中国翅膀硬了不再忍耐了，等等。举的例子有：中国对美国向台出售武器说不，为此中断军事交流；中国坚持双边解决南海争端，拒绝第三方参与；中国在东海开发自行其是，对日本无理施压（指在发生中国渔船被抓后，中国凌晨召见日本驻华大使，羞辱日本）；反对韩国和美国在黄海军演，把黄海、南海说成是自己的核心利益；否认韩国关于天安舰事件调查结果，支持朝鲜；对美国国务卿希拉里·克林顿在东盟地区论坛上的发言当场反驳，言辞太过激烈；等等。

《亚洲华尔街报》发表评论，题目就是"中国的进攻型新外交"，该评论说，正是中国的"自信"（assertiveness）把东盟推向了美国的一边。该报还发表了美国学者奥斯汀的文章，题目是"被咆哮的龙所唤醒"，举的例子差不多也是这些东西。评论说，中国对周边领土的要求不是新的，新的是邻国对中国说不。评论预言，中国军事力量也许会不按国际规则行事，因此，中国的邻居对此感到不放心，对中国，美国要表现出决心。

我们的国民批评政府太软，而国外舆论评价正好相反。在信息化时代，媒体舆论的影响是巨大的。关于国外对中国的非议，我看对大多数人来说是出于不了解，部分原因是语言的问题（懂中文的老外毕竟少，我们的外文出版、发表物太少），部分是由于我们自己的制度管制问题（方式不灵活，政府有关部门管得太严，公开发表的东西多样性不够等），结果我们自己的声音传不出，形式难以被人家接受，那就只好让人家相信外部媒体的说法，其结果，我们似乎没有话语的主动权。

这些天，我应邀访问哈佛大学，与人交谈，我发现，即便是一些有名的教授也大都是持上述看法，对中国提出诸多批评。我在讲座中谈的许多有关中国的情况，看来他们并不清楚。当然，也并不是我讲一下人家就信了，尤其是有些人，本来就有自己坚定的立场和难以改变的方法论，让他们改变也难。

对中国的这种议论其实并不新鲜，有关对中力量上升，影响增大所引起的反应，在西方激起的辩论已经有一段时间，只不过现在又有了新背景（中国经济总量跃升第二位），增添了新的内容（像南海问题，日本抓扣中国渔船等）。

我问他们，这些事情是中国挑起的吗？他们说当然与中国有关。我说，中国并没有多做什么，中国很克制，中国并没有改变现状。比如，南海争端一直存在，中国坚守与东盟有关维持南海稳定的共同声明，中国并没有出击夺岛啊！中国在东海开采石油也是很谨慎，并没有越过"中间线"（中国主张大陆基线，并不认可中间线，只是为了避免直接冲突），在南中国海，中国没有妨碍哪一个国家的轮船通行国际海域……而一些国家突然对中国发难，拉美国介入，美国则借机要积极介入南海问题，这样就把问题搞得很复杂、很紧张。关于日本抓扣中国渔船，是日本要用国内法审判中国渔民，中国要是认了，那就意味着承认钓鱼岛是日本的了，这是中国不可能接受的，而美国明确站在日本一边，表态说钓鱼岛适用美日安保条约，并为此进行所谓"夺岛军事演习"，真是有些火上浇油。

迄今，中国用的都是软实力，并没有与日本硬碰硬（只派了渔政船显示一下，而也没有突破日本的防线）。一些人很在乎中国高官在凌晨把日本驻华大使叫起来，但对日本抓扣中国渔民却漠不关心。显然，中国出于大局利益所进行的克制并没有被人领情。就在日本释放中国船长之后，日本国内反华热度还在升温。在日本，先后发生了拦截中国游客，向中国领事馆扔燃烧物事件，10月3日，日本18个城市还进行了右翼发起的反华示威，日本前政要甚至把中国说成是"坏邻居"（"坏邻居"这个话并不新鲜，早在1885年日本作家福泽谕吉就这样称呼中国等亚洲国家）。这些，在许多美国人那里都没有被人提及，反倒说中国反日情绪必须降温。

我看，这些人之所以这样看中国，是主要出于价值观和利益。中国的快速崛起令他们很担忧，担心其利益和地位受到侵蚀。这样，本来是中国有理的，反倒被说成没理了，中国成了许多事端的原罪。这是很不公平的。

当然，我们自己也不要把当前的形势估计得过分严峻。有人甚至呼吁，"中华民族面临生死存亡的时刻"，呼吁国人要站出来，"突破重围"，甚至号召有爱国心的人们拼死一战。我很不同意这样的蛊惑人心的说法。要看到，如今对中国的许多负面评论，都是在中国取得快速发展，实力增强，影响力提升的形势下发生的。中国要承受得住各种批评责难才行，谁叫你是大国，又是变强了的大国呢！

有些人说，都是因为中国"太自信"惹的祸。而在我看来，自信正是我们的力量所在，有了自信才可以临危不乱，遇乱不慌。东欧剧变后，面对外部强大的压力，邓小平曾告诫要"稳住阵脚"。如今，形势大不相同了，阵脚是可以稳得住的，我们有更强的实力和能力处理好各类复杂的问题，各种挑战。

应该认识到，一些争端，特别是涉及领土、领海的争端，有些是历史遗留的，有些是新热起来的，都不是短时间就可以轻易解决的。以往，没有一个大国在崛起过程中还有这么多的未解决争端。人家担心中国力量强大了要动用武力，要强制解决。别国的这种担心我们也应该给予理解。重要的是，我们不要因为局部而改变大局。我们现代化的路还很长，需要长期和平发展的环境。

国家之间发生分歧，冲突是难免的，但应对也要讲究谋略，着眼于大局。只要不是恶意犯我，对那些戴着有色眼镜看中国者，其实也不必过于在意，让他们说说也无大碍，对于带有挑衅的小作为，也不必动大怒，关键还是我们把自己的事情办好。如今，真正要或者敢与中国对抗者难觅，要相信自己的影响力和非武力解决分歧的能力。

其实，在美国，我也感到另一面，许许多多的人都对中国的发展表现出钦佩。我在哈佛大学所作的讲演受到欢迎，并没有人故意提出挑战性的问题。哈佛大学的一个由学生组织的"全球中国连线"组织，邀请我与他们共进晚餐，进行对话交谈。他们都是大学生，对中国表现出极大的兴趣，希望与中国的青年学生进行更大规模的交流，很希望到中国学习、旅行。他们中有土生土长的美国白人、黑人，也有出生在美国的华人，还有来自许多国家的移民的孩子。作为年轻人，他们对中国有许多许多不解之谜，但都渴望了解中国。一位出生在美国，父母来自印度的学生对我说，比较印度，他更喜欢中国。我问他为什么？他说，因为中国的发展太令人羡慕了。他到过中国的一些大城市，还希望到西部看一看，全面了解中国。我与付高义教授交谈，说到中国的未来发展，他说，在美国，一些人自然认为亚洲各国都会沿袭现代化—美国式民主政治的转变模式，其实这是不了解亚洲。民主是普世价值，但形式很不相同，亚洲国家的政治现代化不会与欧美一样，中国会找到适合自己的政治民主模式。

在哈佛大学，我感到了中国的魅力：每天有那么多关于中国的报告会，研讨会，交流会，涉及的领域那么广。正因为中国成为大家讨论的主题，意见才那么不同。其实，在当今的世界，做一个强盛的大国并不容易，我们要学会倾听不同的声音。古人说，兼听则明。这个大道理懂了不难，难的是真能做到，尤其是听了不中听的批评，能做到不发怒，不记恨，这更难。

千万不要上当

最近，我读到一份关于英国前首相撒切尔谈当年如何设法搞垮苏联的资料，读后令人沉思。首先我这里不妨先把她讲话的要点摘录如下：

> ……我们一直采取行动，旨在削弱苏联经济，制造其内部问题。主要的手段是将其拖进军备竞赛……结果，苏联装备花费占去了预算的15%，而我们这些国家是5%左右。这自然就造成了苏联要紧缩在生产居民大众消费品上的投入。我们希望借此引发苏联居民的大规模不满。我们使用的方法之一就是"泄露"我们拥有武器的数量，有意夸大，以诱使苏联加大军备投入……后来我们（主要是美国）出台了一项重要政策，就是建立反导弹防御体系……我们提出发展反导弹防御体系，目的是希望苏联建造类似高造价的系统……

我引这段话的目的当然是为了思考现在。当前，国内议论最多的一个话题莫过于美国在我周边举行大规模军事演习，华盛顿号核动力航母耀武扬威访问我国的近邻国家，国务卿希拉里扬言要介入南海事务，等等。美国摆出一副逼人的架势，似乎要跟你过招，仿佛对你喊话：嘿，有胆量与我较劲儿吗?!

看到美国这样做，这样欺人太甚，于是乎，有些人就沉不住气了，写书、发表文章，发表演说，大谈中国的安全岌岌可危，甚至说"中华民族又到了最危险的时候"，等等。面对这种生死存亡的局势，怎么办呢？按照这些人的建议，那当然是对着干，中国不可欺！

要对着干，那就要强军，建立能与美国对抗的陆海空优势力量（或者非对称优势对抗力量），显然，要做到这些，就必然要大幅度增加军事开支。我们知道，美国的军事开支占世界军事开支的一半，每年6000多亿美元，美国有印制美元的特权，随时可以增加开支，与美国比军事，那是要付出代价的，要是硬上，那就只有牺牲其他，尤其是经济的发展。

面对这样的形势，我认为，要冷静，重要的是能客观、科学地评估局势，分析美国的战略意图。如何评估形势，在我看来，不要把危险估计得太过。美国提出重返亚洲有它的战略考虑：一是纠正小布什政府以反恐为中心的战略，使美国的传统地区和全球战略回归；二是应对亚洲新的发展带来的挑战，加大美国在亚洲的投入，捍卫美国在这个地区的利益。这方面美国做了不少新的努力，比如，美国向被认为是向亚洲倾斜的日本鸠山政府施压，促使其垮台；利用"天安舰事件"，搞大规模军事演习，拉紧韩国。由此，美国紧紧抓住亚洲两个最重要的军事盟国，保住了美国在冲绳的军事基地和在韩国的战时指挥权。美国要千方百计维护其全球和地区霸权地位，这个战略不是现在才定的，是冷战结束后一直在做的。鉴于如今世界形势，尤其是亚太地区的形势发生了很大变化。亚洲力量上升与合作机制的发展让美国感到失落，也感到利益受到威胁。美国不甘心，要通过重返亚洲的努力来重振影响力。美国一方面利用已有的关系架构和巨大的运筹能力加强在这个地区的存在和影响力，另一方面则通过直接参与亚洲事务，使亚洲的合作运动不脱离美国，维护美国在这个地区的利益。

在我看来，美国这样做主要还是应对性的，不是主动进攻性的，是综合的，不是完全针对中国的。当然，中国因素明显是其战略调整的一个重要内容，因为，一个不在美国核心战略圈内的中国实力上升，对美国的传统战略和利益形成了很大的挑战。因此，在美国的战略布局中，对上升的中国进行防范、制约、遏制，一直是一个重要战略考虑。过去，面对美国针对中国的防范、制约和遏制，我国并没有采取与美国对抗的政策。为了创建一个有利的发展环境，集中精力发展自己，我们采取了对话、协商、合作，与美国发展关系的政策，从而避免了冷战后可能发生的中美对抗，使我国争取到了比较有利的发展环境，也同时有助于改善与其他一些国家的关系。如今，美国对中国并没有实施进攻性的战略部署，因此，我们没有必要改变自己的政策，更不能误判形势，与其拉开对抗的架势。如果这样做，就会大大改变我国的发展环境。

其实，现在我们自己应该更有信心。由于我国的实力提升，能为地区其他国家提供很大的利益，周边国家不会轻易策动或者加入反对中国的行列。尽管他们会欢迎美国的加入，支持美国平衡中国，但是反中国，对他们也没有好处。因此，对地区一些国家表示欢迎美国介入或者加强与美国的关系，我们也不必太多计较，尤其不能成为中国与其发展关系的障碍。

这里，我之所以引用撒切尔关于搞垮苏联的讲话，是想说，看看当年西方为搞垮苏联所做的，今天好像再拿来用到中国身上。有人敏锐地指出，美国看到不能阻止中国的发展强大，就希望通过炫耀武力来引你上钩，把你拖垮。从这个角度来看，美国当前的许多做法，也许真的就是一个大计谋。对此，我们要有警觉，千万不要上当，用句流行的话说，千万不要被忽悠了，不要被美国拖入军备竞争的陷阱。你搞你的，我干我的，只要稳住阵脚，沉着应对，时间在我们这一边。关键是把自己的事情做好，加快发展自己。

陆克文的算盘

　　澳大利亚政府组织召开的关于"亚太共同体"的国际会议，由于这次会议是根据澳总理陆克文的提议召开的，规格很高，参加的专家很多，被称为"1·5"轨（学者与政府官员）会议，我在被邀请之列。

　　陆克文极力推动搞"亚太共同体"，其实这个概念并不是他的首创。早在20世纪90年代初，美国的克林顿总统就提出通过亚太经合组织打造"亚太共同体"，由于多数国家不支持，也就不了了之，此后很长时间，几乎没有人再提起。

　　2008年，澳大利亚总理陆克文又再次提出，并且利用职权，大张旗鼓地加以推介，使人觉得有些新鲜。陆克文为此认命了特使，本人所到之处皆大力宣传，政府高官们也利用各种场合大力游说。这次澳大利亚政府邀请来自亚太地区近200人与会，参加者包括学者、专家和政府官员，全部费用由澳政府埋单。

　　陆克文在这个时候提出并推介建立"亚太共同体"，用心良苦，背后是大战略设计。陆克文在会议开幕式上强调，面对新的发展，亚太地区需要一个涵盖经济、政治、安全主要领域的地区组织。大家都明白，什么是新的发展？主要就是中国的力量上升。为何要建立共同体？就是要集体应对中国崛起带来的挑战。中国带来什么挑战？就是中国的影响增大，亚太美国主导的秩序受到威胁。

　　澳大利亚处在亚太地区的边缘，与美国结盟才可使其不被边缘化，因此，长期以来，澳大利亚都对美国献媚，霍华德当政时期，曾表示要做美国反恐的左膀右臂。这次，澳大利亚高调推动亚太共同体，动机是要削弱这个地区的其他崛起势力，比如中国的崛起，东亚的合作等，搞个统一的区域机制，让美国发挥领导作用。这是澳大利亚的如意算盘，要得到其他国家的认可并不是那么容易。

亚太能不能建立共同体？从这次会议的讨论中可以看出，与会者分歧很大。大多数的观点都认为，建立一个无所不包的统一亚太地区组织不现实，不符合亚太的实际。尽管美国对东亚合作非常担心，欲通过加强亚太冲淡东亚，但并没有明确表示要搞共同体，其战略看来还是要搞自己为主的一套；日本鸠山政府提出的"东亚共同体"倡议轮廓模糊不清，让人看不懂，日本与会者对亚太共同体没有明确表态；印度与会者的发言有点儿情绪化，批评大家的发言过分以中国为中心，强调印度应该有与中国相当的地位；凸显的是东盟的与会者，他们参加的人多，但观点协调一致，强调东盟的中心地位和作用不能削弱，对搞亚太共同体表示担心。

按说，"吃了人家的嘴短"，与会者被澳大利亚政府花钱请来，应该为其唱点赞歌，但是，大家好像并不买这个账。大会会议发言"七嘴八舌"，各抒己见，没有达成共识。对此，作为埋单的澳大利亚政府也不灰心。陆克文在会议闭幕式上讲话表示，这个问题的讨论还刚刚开始，以后还会继续讨论。陆克文做过外交官，懂得如何与别人打交道，他表现出极大的耐心，且用心良苦，把每一位与会者都请到他在悉尼的官邸，站在门口与每一位代表握手照相，在"家庭聚会"上，用尽轻松、幽默的语言，尽量活跃气氛，使大家在激烈的讨论之后，忘记分歧，以凸显一种"共同体气氛"。

陆克文还对我们来自中国的代表们给予了特殊关照，把大家叫在一起单独合影，用流利的中文与大家谈笑风生，显示他与中国的"特殊关系"。他还特别把我拉到身边，一口一个张教授，一副谦恭的样子（他曾在澳大利亚驻中国使馆任过职，那时，我们就认识，后来也多次相见），弄得我都有点儿"受宠若惊"。

其实，中澳关系刚经历过危机，发生过不愉快（比如，澳政府不批准中国公司并购澳大利亚矿产公司、澳政府邀请分裂分子热比娅访问等）。而他却能表现得那样轻松，与中国学者那样拉近乎，好像什么不愉快也没有发生过，这也许就是政治家的本领吧，特别是对于经历选举政治磨炼的西方国家的领导人，这套本事是不能缺少的（不过，有的澳大利亚朋友悄声告诉我，陆克文很会表演，爱讲空话，许多澳大利亚人，其中包括一些政治家，不太喜欢他的风格，用中国人的说法，就是有点太张狂了）。

由于是澳政府召开的会议，待遇不低，会议代表住在五星级"四季饭店"。可是，大家没有想到的是，开会却在悉尼动物园里的一个会议中心。代表们先要乘船过悉尼湾，再乘一段车然后才能到达会议中心。到了会议中心，大家吃惊地发现，会议中心竟然就在动物园里，站在会议中心的露台上，整个悉尼湾，远处的悉尼市中心，近处的公园尽收眼底。会议中心设备简单，没有华丽的装饰，陆克文的开幕讲演就在这里，中午大家就在会议中心吃简单的快餐。有意思的是，当陆克文讲话时，动物园的动物（好像是大象）突然大吼，大鹦鹉也嘎嘎大叫，陆本人开玩笑，这是支持他的观点，大家也是哈哈大笑，动物与人共鸣，会场上有一种别样的气氛。

西方人就是与我们东方人的思路不太一样，这样重要的会议怎么能在动物园里开？要是在中国，一定是在钓鱼台国宾馆，或者是在人民大会堂里隆重召开，要是领导人发言让动物大叫搅和了，领导说不定会勃然大怒，那是肯定要问责的。在接待与会代表上也很平等，不管是谁，好像是"一视同仁"。四季饭店规定，新来的客人下午2点以后才可以入住，早到的只好在大堂里等。在大堂里，我见到柬埔寨的西里武亲王夫妇，他们早上7点就到了，到下午1点还没有房间，一直在大堂里等。我与他是老相识，走过去对他说：您怎么也在这里等啊？不想，他倒是开通，笑着说：这里不是柬埔寨，也不是中国。是啊，要是在中国，他早就被作为特殊贵客接走了。

其实，想一想，在动物园里开会也使人产生一种别样思绪，如果说建立亚太共同体是为了亚太地区的人们能够和平相处，那么，人与自然万物都是共生、共存的，毕竟，我们是共处同一个地球家园。如今，不仅人类的相互争斗有增无减，而且人与自然万物之间的关系也已经是岌岌可危了。难道人类不需要来一个彻底的自省吗？

"绿色快车"的创意

据一则报道，印度国家电视台推出一档叫做"绿色快车"的新节目，内容是在村落挑选过着最低碳生活的家庭，由观众短信投票选出，最终胜出者获得高达 4500 美元的现金奖励，此奖励由政府资助。

这个节目以电影《贫民窟里的百万富翁》中白手起家致富的节目为原型，主要是关注可持续发展的乡村，通过典型唤起公众节能减排，走可持续发展的生活方式。节目主持人带头节能减排，不开汽车，而是骑自行车在各地方采访，选择村落，计划拍摄 105 个故事节目。

这个节目的推出在印度引起很大反响。农村家庭参选的热情很高，参加者有不使用化肥的，有不使用杀虫剂的，也有把垃圾变废为宝的，还有推广使用节能灯泡的，等等。这些家庭走低碳之路，日子还过得好。

我没有亲眼看这个节目，无从知道细节，只是看到报道。这件事之所以引起我的兴趣，是它的新创意和深长意义：从基层做起，从唤起民众从我做起，节目制作人骑自行车，深入基层。这些都值得借鉴学习，推而广之。

现在，我们已经深切认识到，像中国、印度这样的人口大国走现代化道路，若沿袭西方工业化的道路是走不通的。无论从资源供给、应对气候变化，还是从提升生活质量，都必须探寻新的可持续发展道路，而低碳、节能、环保的发展方式和生活方式是必由之路。要走这样的道路，就要从现在做起，从基础做起，从每一个人做起。

走新路要比走老路难得多。尤其是，在增长第一，产值第一政绩观的导向下，要是花钱治理，花气力减排，阻力往往很大，有的地方口号喊得响，但做起却不那么卖力气，甚至阳奉阴违。就像治理污染，必然增加成本，必然要影响到上项目，为了应付，要么弄虚作假，瞒天过海，要么摆摆样子，流于形式，结果，废水，废气照样排。全国各地到处都还在经常发生因废水排放，江河被严重污染，导致水危机。

前不久我与一位地方官员交谈，问起转变生产方式。他说，转变好是好，大家都喊，真做起来不得人心。我说为何不得人心？他笑着说：真支持的人少！我说老百姓支持啊！他说，那管啥用！指标严了，招商引资就泡汤了。如果经济指标上不去，上级就会批评，升迁也就无望了。

说来说去，还是老的政绩观在起作用。我记得几年前我们几个人应邀到一个县调研，帮助那个地方制定发展规划。我们发现，该地引进了很多大城市里淘汰的老污染工业，缺乏管理，到处开花，已经造成了严重后果。新上任的领导为了要做出成绩，决心大干一番，搞大开发区，扩大引进规模。我们对这个规划提出意见，结果，领导说，你们的意见很对，很有道理，可经济上不去，我么拿什么向老百姓交代？我们被反问，你们能在这样的穷地方引进没有污染，又能拉动地方发展的项目吗？面对反问，我们只是无言以对，毕竟我们只有本事说说而已，并没有能耐招来投资。一片好心，人家不领情也就罢了，到了吃晚饭，本来领导要来陪的，接待办的人告知，领导忙，不来了。在此情况下，我们也只好怏怏而归。

看来，要真进行改变，还是需要花更大的气力，这里有观念上的问题，有实际政策上的问题，有体制上的问题。要转变生产方式是一场革命，革自己的命难哪。

从印度的"绿色快车"节目受到启发，我看，我们要在动员社会上多下些工夫。我们国家有发达的电视、媒体、网络，我们也有培养典型，树榜样的丰富经验，为何不在转变生产方式，走低碳道路方面下些工夫呢？现在报纸上倒是有一些节能减排的典型事例介绍，不过，许多都是像地方政府的政绩广告，太笼统，令人印象不深，难以形成社会气候。

我们有必要好好利用电视媒体，大造舆论，形成社会气氛，这样既可以动员公众，又可以推动政府，效果会很好。像"绿色快车"这样的节目，我们为何不可以搞得更好？

毕竟走低碳道路涉及每个人的生活方式、生活品质，因此，唤起公众意识，动员公民行动很重要。媒体在唤起公民意识，推动公民行动上可以起特殊的作用，影响可以很大，会对政府形成巨大的推力，会得到全社会的大力支持。

"责任费"征得好

据报道，奥巴马政府下令，美国的50家资产在500亿美元以上的银行、保险公司（包括35家美国公司，15家外国驻美公司）在今后10年要向政府缴纳900亿美元的"责任费"，理由是，它们制造了金融危机，为美国造成了巨大的损失。用奥巴马总统的话说，这些大金融机构不顾后果的以冒险手段追逐短期利益和高额奖金，从而引发金融危机，因此，他们应为其过失埋单。

奥巴马不止一次痛斥美国金融界在接受政府大规模资助的同时，却大方花钱，发高额奖金。奥巴马为何一再向大金融机构开炮？其实也不难理解，他一上台就遇到最严重的金融危机，本来是要收拾布什政府留下的经济烂摊子，进行变革，减少政府赤字，增加社会福利，结果，一上台就必须把主要精力放在对付金融危机，不得不把大把大把的钱花在岌岌可危的大金融机构上，从而使得政府的赤字空前高涨，变革也就变不起来了。

美国是世界金融中心，掌控着世界的金融财富。长时间以来，美国就是靠金融优势支撑其世界霸权。不过，如今的大金融集团都是一个个"金融帝国"，网络遍及世界各个角落，他们有自己的赚钱逻辑和方法，比如，各种各样的金融创新工具就成了他们吸纳世界资金的"魔器"，在他们的运作下，这个庞大的虚拟金融世界变得深不可测，变得近乎疯狂。

一位曾经在国际大投资银行从事投资业务的朋友告诉我，在投资银行里工作收入确实高，但那不像是人干的活，是疯子们干的。员工们整天要疯狂地工作，疯狂地赚钱，疯狂地"下赌"，一刻都不能停下来，因为国际金融市场在24小时运转，哪能停下来呢！他现在已经退出，原因是身心太疲惫。为了恢复正常，他自编了一套"功法"，每天修炼，并且还当起了义务教练，专门教授一些白领朋友。据他说，来他这里练功的朋友不少，都是金融界的，其中不乏精神近乎崩溃的亿万富翁。

记得几年前在飞机上我遇到一位年轻人，看上去也就二十几岁。他告诉我，他是在一家投资银行工作，干投资业务，在国际市场上做证券投资。他说，工作太累了，每天工作时间都很长，没有上下班时间，由于金融业务全球化，24 小时运转，他必须"时刻"盯住国际市场的变化，睡觉也不踏实，有时突然醒来，赶忙看国际市场变化情况。他说，刚刚干了一年，钱倒是为老板赚了不少，老板很满意，可自己已经快变成机器人了，与朋友交谈也不知道说的什么，精神有些恍恍惚惚。他说，是老板强制他休假的，整整休了一个月，休假后好多了，感到很轻松，要马上回去上班。他说，市场使他们这样的人变得疯狂，看到电脑屏上那些跳动的数字就兴奋。

如今，金融市场电子化，资本虚拟化，国际金融市场的运作就像一个大黑洞。伦敦金融市场上一天的交易量就达数万亿美元，这些都是运动中的数字，与实际经济运行没有什么关系。疯狂的资本本性，诱人的赚钱机会，使人忘记风险，道德，一旦进去，就欲罢不能。

虚拟毕竟脆弱，我们看到，一旦一家金融机构出问题，就会迅速扩散蔓延，起于美国的一场次贷危机，就引起了世界性的金融大风暴，经济大危机，一拖就是几年。

危机发生后，奥巴马政府为了稳定金融市场向大金融机构大量注资，购买了大量的"垃圾债券"（美国政府还是聪明的，当金融市场稳定之后，政府就卖出债券，据报道，政府还从中赚了不少钱）。现在，奥巴马发誓"要把美国人民的每一毛钱都要回来"，"要对纳税人负责"。他说，政府拿钱救助金融机构，高管却还照样发高薪，这是"歪曲的逻辑"，金融机构的损失不能由政府、由人民埋单。奥巴马这样做的理由显然是要向金融大亨们发出严厉警告：你们不要再胡来！可是，这管用吗？

这里，我也想到国内。我国的金融机构、大国有企业，长期依赖政府支持，打针输血，银行的大量坏账靠政府埋单，进行资产转换抹平，许多国有大企业靠占据垄断优势扩展业务，靠政府规定的巨大利差（低利收，高利贷）取得丰厚利润。多年来，这些金融机构和大企业都成了"独立法人"，"自己锅里的肉"自己吃，高管年薪与国际接轨，有的高达几千万，甚至上亿，中层企管的年薪有的也达数百万。这些年，这类问题成了网民议论的一个焦点（还记得，当网民对高管的高薪提出批评时，那位拿了最高薪的保险公司高官还大言不惭地说，自己是物有所值，公司离开了他就不行。不过，话音刚落，公司就赔了大钱，这时，他无话可说了，不过还是在位置上不下来）。

尤其是，在我国经济情况好的时候，公司赚了大钱的时候，没有人提及要把政府投入的钱收回来，向银行、公司讨要政府的"债权"。倒是有时候，这些大公司出来"绑架政府"，声言不给补贴就提价，与国际接轨，报出数额巨大的亏损，要政府补。本来，国有企业是全体人民的财产，应该是政府代表人民向他们收钱（包括红利），然后进行再分配，以此富民，使全体人民享受经济发展的成果，而实际结果并非如此。

这些年，人民开始越来越强烈地发声，呼吁改革国企，对国企的管理人员的高薪进行限制，把收入拿出来晾晒，把他们的财产公之于众。政府也似乎明白了许多，开始征收暴利税（很不理想），参与分红，但是，力度还很不够。

"责任费"征得好

难以理清的纠结

中国与韩国之间关系发展很快，但疙疙瘩瘩的纠结也不少，不知什么时候，什么原因，就冒出一个问题，搞得民情激愤，这样的纠结多了，整体关系就必然受到影响。比如，2011年5月发生的"天安舰事件"（韩国一艘军舰沉没），本来与中国无关，但韩国人把气出在中国身上，说是"中国纵容朝鲜惹的祸"，民愤一起，就把本来热乎乎的两国关系一下子推向冰点。

韩国的军舰天安舰沉没，死了许多官兵，韩国认为这是被朝鲜的鱼雷炸沉的。"天安舰事件"发生后，韩国舆论的焦点自然离不开这件事，死了那么多人，可以理解，但是，令人不解的是，中国似乎成了一个"出气口"。到韩国访问可以发现，很多韩国人对中国气得咬牙切齿，因为他们认为，这都是中国支持朝鲜、纵容朝鲜惹的祸。他们对中国高调接待金正日访问中国，对中国在韩国关于天安舰沉没的调查报告出来后不表态支持，很有意见，认定这是中国有意袒护朝鲜。

许多韩国人问我，为什么中国不表态支持韩国关于"天安舰事件"的调查结果？这样的直问令我难以给予直答。显然，因为朝鲜否认，我们也没有参与调查，要是表态支持韩国，就意味着要谴责朝鲜，这样，局势就可能难以把握了。况且，韩国国内对此调查结果也看法不一，持怀疑态度的人也不少。

中国的做法是对的，就是一般地谴责恐怖行为，对人死了表示遗憾，这样，还可以起到某种中间调停作用，不然，让局势一边倒，失了控，那会结果难料。但是，中国这样的苦心，难以令韩国人理解和接受。

"天安舰事件"刚过不久，温家宝总理访问韩国。可想而知，这次访问不轻松。温总理有亲民形象，本来可以借机与韩国普通公民交谈，消除误解，可是毕竟气氛有点太冷了，很多人怒气难消，示威者甚至焚烧中国国旗。

其实，许多韩国人心情也很复杂，死了那么多人，当然心里难受，感情上受不了，希望世界上所有的国家都站到韩国一边，尤其是希望中国能明确支持韩国的立场。但是，人们又都很惧怕局势升温，发生战争（据说，已经有人在大量购买食品）。这也就是为什么韩国人对中国又恨又觉得离不开的原因。很多韩国人期盼，温家宝总理访问韩国时能够态度明确些，结果，还是有些令他们失望。一方面，中国领导人只是表示，对情况要进一步仔细分析；另一方面，继续呼吁各方冷静处理。一位青瓦台的高官私下告诉我，其实韩国还是认可中国的这种平衡作用的，只是感情上很难接受。

在温总理访问的日程中，有一项是与韩国总统一起会见"中韩联合专家研究委员"的活动。这个联合专家委员会是根据胡锦涛与李明博达成的共识建立的，任务是研究如何加深中韩两国关系，向两国政府提出建议。我是中方的执行主席，会见时要向两位领导人汇报我们的研究成果。

快到预定会见的时间了，我们被告知，两国领导人的会谈还在进行，可能要拖后。我们有点儿担心，这次会见可能要取消了。因为原定的会见就半个小时，其后还有两场活动。

我们只好耐心地等下去。消息终于传来，领导人会谈结束，尽管时间紧张，他们还是坚持要共同会见专家委员会，并合影留念。这时，大家才终于放下心来。温总理是个很认真的人，他一边听汇报，一边在为他准备的讲稿上补写内容。他在发言中说，他非常认真地阅读了专家们的报告，写得很好，要研究落实。此话一出，把我们这些专家们感动得不得了，因为，毕竟我们辛辛苦苦干了一整年。学者们还图个啥呢？能得到领导人的肯定也就够了。

回想起来，委员会工作也不容易，对许多问题看法都有分歧。不过，尽管有分歧，我们还是能坐下来讨论，交流看法，大家经过反复讨论，还是能在大问题上达成共识。

中韩两国的关系发展到今天也不容易。50年代我们打仗，后来长期不相来往，直到1992年才正式建交。如今，只用了十几年，中国已成为韩国的第一大贸易和投资市场，韩国也是中国的重要外资来源地和贸易市场，两国每年的互访人数高达五六百万人次，韩国在中国的留学生和中国在韩国的留学生都是数量最大的。李明博总统在欢迎温家宝总理的宴会上说，远亲不如近邻，中国对韩国来说特别重要。这也不完全是外交辞令，也许是内心之言。

　　不过，我们也看到，在感情上，两国人民之间还是隔阂不浅。看看两国互联网上网民的留言就知道，几乎每天都出现些惊人之语，网民对立气氛浓厚，有时候，一些令人啼笑皆非的说法也不知道是真是假，弄得气氛很紧张。

　　这也许是两国离得太近，走得太近的缘故吧！不过，也应该看到，中国夹在对立的韩国、朝鲜之间，事情也真不好办，有时候，好事做了一大堆，两边不讨好。李明博上台之后，南北关系急转直下，弄得我们很被动，有时也很难办。在韩国，经常有人问我，你们为什么要站在朝鲜一边？我说，不是站在哪一边，而是我们没有理由不与朝鲜发展关系。很多人对这种说法好像不理解。

　　历史告诉我们，千年来，我们与朝鲜半岛就有解不开的结，有些结很难解开，有时试图理顺，可能会更乱。其实，有些也就让它们放在那里，历史就是历史，两国（三国）之间，出于不同的视角、利益和立场，在一些问题上认识难以一致，这也正常，只是不要让他们过度发酵，影响现代关系。

　　我们与朝鲜半岛这条割舍不断的情与结，就只有靠我们自己耐心地来梳理了。

新发展理念

2011 年 6 月 5—6 日，达沃斯世界经济论坛在越南的胡志明市召开东亚论坛会议，我应邀出席。好多年没有访问胡志明市了，由于没有时间到处看一看，有点儿遗憾。

胡志明市是越南最发达的城市，GDP 占了全国的 20% 多，工业产值和出口的 30%，税收的 1/3，是越南的经济中心。目前，越南是外来投资的热土，自然胡志明市更有吸引力。不过，看了统计，在前十位到胡志明市投资的国家和地区中，中国不在其列，看来，我国企业走出去还有待努力。

胡志明市大街上，到处是滚滚的摩托车流，机动车，摩托车不分道，浩浩荡荡混行，街上见不到公共汽车，大家都靠摩托车。现在，汽车还远没有摩托车多，看来还处在发展的"初级阶段"，汽车时代还没有到来，要是汽车时代到来，还不知道街上是什么状况呢。

胡志明市规划好，树多，马路宽，街两边的房屋比较整齐，很多都是过去留下来的花园洋房，绿树丛中，黄墙红瓦，别有一番风情。朋友告诉我，在越南，胡志明市相当于中国的上海，这里的人有经济头脑，会赚钱，会生活，是个不夜城，晚上很热闹，沿西贡河边，灯火辉煌，夜生活持续到很晚。

会议结束后的晚上，我与朋友到外边吃大排档。街上人很多，吃饭都要排队，尽管菜不怎么样，价格也不太便宜，但生意却很火，都是老外，图个新鲜。不过，由于街上的摩托车太多，噪声太大，加上天气热，真有点儿受不了。

作为学者，我最感兴趣的还是参会。参会要有硬功夫，坐得住，听得进，要练好这个功夫也不容易。其实，要是能利用好开会，可以学到很多东西，因为各个场次都会带来很多新的信息，如果认真听，会收获不小。实际上，我的不少新思考都是在参会中得到灵感的，在大多数情况下，我是尽可能多参与，认真听，记笔记，这是我多年养成的习惯。

这次会议的议程很多，有大会，专题会，午餐会。使我很感兴趣的是一场午餐会。这场午餐会是关于湄公河区域发展的，由达沃斯论坛主席斯瓦布主持，台上发言的是越南总理阮晋勇，柬埔寨总理洪森，老挝总理波松，缅甸总理吴登盛，泰国总理阿皮实，东南亚湄公河地区国家的领导人都到齐了。一个民间的会议，这样的阵势，恐怕只有达沃斯论坛可以做到。每个领导人只有5分钟发言时间，他们大老远来，只给5分钟，也是有点儿不够意思，可是他们仍然愿意来，足可见会议本身的影响。

越南总理没有念稿子，发言要点写在一个小本子上，看来不是秘书班子写好的稿子。他思路清晰，发言灵活，足见越南新一代年轻领导人的新风格。泰国总理阿皮实是留洋派，一口纯正的伦敦音英语，尽管国内局势搞得他很狼狈，他还不忘调侃，说这个会议要是早开几天，就来不了了，来了也可能回不去了。他提高嗓门说，泰国又回来了！看起来他信心十足，对掌控国内局势很有信心。

我感兴趣的倒是几位领导人发言的调子，好像是商量好的，有些"英雄所见略同"，都是强调，湄公河地区要发展，但要重视环境，要合作协商，不要相互指责。他们都一再强调，发展要有新思路、新模式，要走可持续发展的路子。我想，这反映了各国领导人的新认识、新思路，这与过去大家发言把重点放在推介自己，做招商引资说客有所不同。

大湄公河地区流经六个国家，中国和东南亚五国。中国是河流上游国家。一般情况下，下游国家总是指责上游国家搞开发，损害下游国家的利益，比如上游国家建水坝，下游国家就有意见，一是指责截流水源，二是指责破坏环境，中国受到这方面指责不算少。这次会议中，领导人强调协商，不要相互指责，这还是一个新迹象。领导人都强调，这个地区的人民还很穷，需要发展，但是，不能因为发展而牺牲了生存环境。洪森特别强调，现在湄公河地区面临气候变化的威胁，水灾成为威胁湄公河地区人民生存的大问题，湄公河发展合作要重视抵御这种新的威胁。

这些年，中国开始积极参加各种合作机制，通过大湄公河次区合作机制，中国与湄公河五国合作机制开展了许多合作。但是，毕竟上下游国家间的利益是有差别的，如何实现互利共赢不是一件容易的事情。从中国方面来说，这次会议释放的信息是很有意思的：要有新的思路，要走新的路子。我想，我们要重视这个新信息，在与湄公河地区国家发展经济关系中必须重视它们的关注。前不久，一位访问过缅甸的学者就告诉我，他们在与当地老百姓座谈时发现，当地人对中国公司在那里建水坝，不注意环境保护很有意见，有人甚至对中国学者说要把大坝炸掉（后来，就是在那里，发生了炸水坝的事件）。在会上，我听到领导人的发言就想，我们不仅要在自己国内转变生产方式，在与国外的经济交往中也要能体现这一点，要真做好才行。尤其是我们与东亚国家，相邻相依，我们要教育走出去的公司，有新的思路，负起可持续发展的国际责任。

席间，一位来自美国的人士告诉我，来参加关于东亚的会议，就是希望更多地了解亚洲。她说，在美国没有办法了解和理解亚洲，在这里听到的还是不一样。美国人不能指手画脚告诉亚洲怎么做，应该更多地了解这里的人们如何想。她说，从会上得到的信息是，这里的事情只有亚洲国家和人民自己最有发言权。我当时就想，要是美国人都这样想就好了，也许因为她是一位商人，不是政治家，不是自作聪明的战略理论家。

越南对这次会议很重视，下了很大工夫，不仅接待周到，还印发了大量的介绍越南的英文材料。我发现，越南人说英语，发音很标准，就是宾馆餐厅的服务员英文也说得很标准。我问当地人为什么？一位年轻人告诉我，胡志明市很开放，能说几门外语的人也很多。

作为新一代年轻领导人，风格也不一样。我数了一下，越南总理先后参加了这个论坛的三场活动，两次专题发言，发言很灵活，推介越南很到位。很显然，越南要借此很好地推介自己，让越南有更大的吸引力和影响力。用阮晋勇的话说，要把世界的眼光吸引到越南来。看来，他们做得不错。

柏林新印象

2011年3月，我到德国首都柏林参加会议，并利用开会结束后的有限时间到几个地方转了转。我第一次访问东西柏林还是在两德统一前夕的1988年。这么多年之后，故地重游，这个城市又发生了这么大的历史性变化，到处看一看，颇觉新鲜，所见所闻，也令我感慨颇多。

柏林这个城市发生了太多的事情，它曾是两次世界大战的策源地，是东西方对峙的前沿。第二次世界大战中，柏林90%的建筑物被摧毁，德国人又按原样把它重建起来，如今你看到一座座历史建筑，不会感到那是重建的。柏林有很多很多的博物馆，它自身就像一个大的历史博物馆，柏林也展现现代，各种艺术、美术、音乐流派都在这里开始繁生起来，在一些地方，你也会看到墙上花花绿绿的涂鸦。

统一的柏林还是发生了巨大的变化。这个曾经被分隔的城市，被厚重的围墙隔起来的城市，重新合在一起，成为一个整体。站在威武的勃兰登堡门下，放眼笔直的大街，感到变化带来的新感觉。但是，历史的遗痕还在，不论走到哪里，人们总会告诉你哪里曾经是东柏林，哪里是西柏林。柏林墙被推倒了，德国人在原底线上砌上了双行砖线，开车的司机也会告诉你，这就是柏林墙，在国家议会大厦前的砖线上，还用铜牌刻上了柏林墙建立和推倒的时间。也许是为了不可忘却的记忆，部分柏林墙还被保留了下来，现在，墙上布满了各式各样的图画，最著名的当属戈尔巴乔夫和科尔亲密亲吻的一幅大画图，每每都会聚集了不少人观看，整个残墙成了一条亮丽的风景线。历史总会为自己拓展延伸的路子，这堵墙现在成了游人必去的地方，为柏林带来了可观的旅游收益，这是建墙者当初所没有想到的。

柏林人看来还是很宽容的。尽管西德统一了东德，他们并没有把原东德的、苏联的东西都毁掉，不仅是柏林墙，还有许多标明历史的东西被保留下来，比如，苏军入城纪念公园里的雕塑、坦克等，都保留了原样。

著名的柏林查理关卡哨所曾是冷战对峙的前沿阵地，20 世纪 60 年代，在攻打柏林中曾并肩作战的美国军队与苏联军队差一点儿打起来，而现在，这里成了旅游热点，是旅游者必到之地，那里热闹非凡，小贩的叫卖声，导游的介绍声，嘟嘟的汽车声，汇成一片。沿街的小摊上，有卖美国大兵迷彩服的，苏联大兵帽子的，原美军的哨卡处，还有学生装扮的全副武装的美国大兵在那里站岗，交上两个欧元就可以与他们一起照相留念。

说起关卡，我还有一段故事。那是在我 1988 年访问柏林的时候。当时，我应东德科学院的邀请到东柏林访问，然后到西柏林参加一个会议。不想在从东柏林过境到西柏林时被东德的边防警察扣了 5 个多小时。我有西德的签证，手续齐全，开始我也不知道什么原因，边防警察看了我的护照之后，就把我叫到一个小屋里，说是要我等，他们要打电话请示。过了几个小时，他们还是不让我走。我很生气，向他们发脾气，但警察就是不让过。本来说好的，在西柏林那边在约定的时间有人接我，可是我过不了关，又联系不上，东西柏林的通话又很困难，我干着急也没有用。东德接待我的主人本来是送我到边境检查站过境的，我进去以后，人家就走了，因此，再与他们联系也没有办法。那时不像今天，有手机，可以马上打电话。在过了几个小时以后，我要求边防警察打电话给接待我的东德东道主（科学院的秘书长）。当时是星期天，办公室没有人，幸亏他给我留了家里的电话。电话通了，他只好又过来，向东德警察解释，才放我出关。我问东德社科院的秘书长，为何不放我出关，他说，警察看我拿公务护照，又是在星期天从东柏林过西柏林，他们认为可能是中国的官员出逃西方，需要核实，由于是星期天，联系不上中国大使馆，只好把我扣在那里。当知道是这个原因后，我真是有点儿哭笑不得，心想，真是有点儿狗拿耗子，多管闲事。尽管这件事发生在 20 多年前，可是，看到那个边防关卡，我仍然记忆犹新。

现在，柏林还在重建，很多在东德时期被拆掉的历史建筑物，或者第二次世界大战时被炸毁没有被修复的历史建筑都在重建，有的是拆掉了东德时期建在那里的现代建筑（有许多是东德政府的办公大楼），恢复以往历史的原貌（皇家庭院），有的则是利用分裂时期分界线附近的空地，建设新的建筑，像旅馆、艺术馆、博物馆等。

柏林的博物馆多，有著名的博物馆岛。据朋友介绍，柏林最值得看的是博物馆，很多很多，要慢慢看，细细品才行。我问那要多少时间才能看个差不多，回答说，至少要住上一个月才行。我当然没有条件住上一个月细品，只有走马观花，匆匆一瞥。

柏林对建筑的高度管理严格，不允许建高楼，除极个别旅馆外，几乎都是5层以下的建筑。柏林的绿地很多，占城市的1/4，公园很大，周围有很多湖泊，感觉城市空间很大，环境优美，交通通畅。两条河缓缓流经市区，游人可以乘游艇畅游，观看河两岸普鲁士风格的古建筑与现代化的建筑交相辉映的景象。

柏林是座文化城市，有为数众多的歌剧院、话剧院，由蜚声世界的交响乐团，还有颇具影响的电影节、文化节，这些都是其巨大的资本。

据介绍，柏林正在雄心勃勃地重建世界文化之都，大力吸引世界的音乐家、文艺家、艺术家来柏林创业。由于这里房价比较低，居住环境好，越来越多的来自各国的各类人才移居柏林。作为首都，柏林打文化牌，靠优美环境吸引人才，这一点令人印象深刻。

看到柏林，当然联想北京。北京是历史名城，文化古都，政府提出要建世界大都市。可是，你看看市里、区里的领导，一天到晚忙招商引资，大搞制造业基地，又是汽车基地，又是医药基地，半导体基地，航天基地，等等。本来，北京作为一个内陆城市已经够大的了，已经不堪负重，还要搞这么多大工业（虽然迁走了首钢，可又引来了那么多大工业），庞大的工业群会进一步扩大城市的人口规模，会进一步增加城市的治理负担，这样的大都市战略令人担心。

东西德统一20年了。为我们开车的司机来自原属于东德的德累斯顿，我问他，统一对他家的影响如何，他说，对年轻人来说还是很好，对像他父母那一代有影响，他母亲原是搞医的，工作保住了，但父亲原在大学教哲学，工作丢了，一直没有找到工作，在家吃养老金。同样的问题，我问一位来自原东德地区的饭店服务员，她也说了类似的话。她说，几个姊妹都有不错的工作，但是父母亲都受到影响。她说，统一的最大好处是自由，可以到处旅行了。她说，非常希望到中国旅游，等赚够了钱就去，不过，她撇撇嘴说，要攒那么多钱不容易。

柏林，这个曾经被分割的城市，现在又拢在一起，历史的裂缝在慢慢弥合。柏林人决心要重建一个能体现历史，又能面向未来的兴旺之城。我问一位当地人，兴旺的标志是什么？他说，吸引力！这个回答妙啊！

探访柏林城市社区

　　在柏林开会期间，我挤出一点空闲时间，专门走访了几个社区。我之所以探访哪里的社区，是因为带着我们自己社区的问题，想看一看人家如何做的。

　　所访柏林的社区都是按照新理念改造或者新建的，看后很受启发。它们共同的特点是：把居住、办公、商业、手工业、特色创业结合起来，形成有活力、有生活气息的综合社区。

　　我看的一个综合社区很大，就在市中心，原来是老城区，再早据说曾经是兵营。柏林市对其进行重新规划，房子外形不变，内部改造，变成居民住的单元住宅楼，一套单元一般都不大，2—3个卧室，楼也不高（柏林对住宅楼有限高）。整个社区很大，分为十几个小区，每个小区都有编号，一个小区套一个小区，可每一个小区风格都不一样，大都是几个楼组成一个小区，中间是空地，形成一个大的空间庭院，院子里种有花草、树木，庭院很干净，居民可以在外边坐一坐，聊聊天。不仅如此，更有特色的是，小区里有小作坊开的特色专卖店铺，小商店，花店，画店，手工艺制作间，充满生气。政府对在这里开办商店、作坊者给予税收优惠和其他支持（如控制房租价格）。

　　我们去得早了点儿，小区的商店还不到开门时间。看到一家专卖店门口有人站在那里，我们走过去问，能否让我们到里面看一看，站在店门口的小伙子很热情，满口答应，马上开门让我们进去。我们进去一看，原来是一个前店后厂的特色服装店，这里出售的衣服都是"本店名牌"，一律手工制作，各件款式、颜色都不一样，每件都有制作人的名字，可以定做，价钱也不太贵，与我一起去的印尼朋友买了好几件衣服，商店也是特例提前售货放行。走进另一个小区，看到很多小商店，有一家小店是工艺品店，也是手工制作的，还可以为客人加工定做。我问，小店在社区里面，生意能好吗？店主回答，还可以，因为她住在这里，上班很方便，政府对创造就业的小作坊、小店铺有补贴，对房租也有限制，对税收也给予优惠。其实，社区整体面积很大，交通也方便，四周与大街相连，道路四通八达，来这里买东西的有老客户，也有旅游观光者。据介绍，这样的综合社区也是柏林市的一项"民心工程"，为的是解决城市居住区缺乏活力的老问题。

我特意到这样的社区造访，也是想借机了解一点国外的经验，对发展我国城市社区提点建议。我国正在迅速地城市化，越来越多的人口将住在城市。我们看到，在迅速发展的城市里，大量的住宅新区拔地而起。城市居住区不应该只是住，而是要生活，而生活就要有气息、有氛围、有全面和多样的活动。现在，我国很多城市的新建住宅区，要么是封闭的"堡垒"，保安把着大门，"闲人莫入"，在这样的小区里，大家也是"老死不相往来"，在很多情况下，就是对门邻居，也不知道姓啥叫啥；要么是单纯住宅的"睡城"，因为那里只有居民住宅楼，没有其他的经济单位，居民在这里只是"留住"，居民早出晚归，住处就只是睡觉的地方。在北京，像天通苑、回龙观等，规模很大，几十万人，由于远离中心市区，是单纯的居住区，除了商业外，没有其他，在这里居住的人们，基本上都要到城里上班，孩子上学也要到很远的地方。这样的住宅区，导致交通拥挤不说，更重要的是缺乏活力、生气。据说，北京市政府还在规划比天通苑还大的、还集中的经济适用房住宅区，这样的经济适用房大区肯定会导致更多的问题。

从国外的经验看，大城市的周边发展小城镇是一个规律，但每个小城区不要太大，要综合配套，居住、办公、商业、教育、文化样样皆有，每个小区有自己的特色，吸引不同的人群居住和就业。相比之下，我们的大城市周边都是新起的住宅区，缺乏配套设施和综合产业。调查表明，在郊区买房的年轻人多，因为房价便宜，但是，他们的工作在城里，孩子上学在城里，其结果，要么把房子空下来，要么疲于奔命，来回跑。

我看，柏林的综合社区经验对我们很有参考价值。我们的城市化还在飞速发展，城市还在成长，新的区域发展要考虑到综合社区规划，不要再建那么多"睡城"了。

达沃斯论坛的魅力

　　我参加了 2010 年在天津召开的达沃斯论坛夏季会议，来自世界 80 多个国家的 1000 多名代表，其中包括几个国家的领导人与会，总理温家宝在开幕式上发表讲话。短短的三天会议，达沃斯论坛组织了上百场形式多样的分会，议题涉及世界与中国可持续发展的各个方面的问题。

　　天津市对举办这样一次会议非常重视，据说，为举办此次会议准备了几年的时间，从硬件（专门的会议场）到软件，可是下了大工夫。天津把这次会议作为向世界展示自己的一个机会，倾力所为，期望能让来自世界各地和国内的与会者留下最美好的印象。我的看法，这个目的基本达到了，大家都在称赞，天津变了，是一个充满活力的城市。

　　达沃斯论坛的影响越来越大了，它已经走出了瑞士小城达沃斯，成为一个世界大品牌。现在，除了冬季论坛会议还在达沃斯召开之外，其他会议都在世界各地召开，地区性的论坛会议涵盖了世界各地，如东亚、拉美、南亚、非洲、中东会议，还有针对某类问题召开的专门会议，它的世界竞争力报告也成为一个标尺。谁也没有想到，诞生在欧洲边缘小城，由一位名不见经传的学者发起的一个会议，如今，竟有如此大的影响力。

　　达沃斯论坛不仅很会组织会议，也很会经营，如今，它已经拥有巨额资产。达沃斯论坛当然不提供免费午餐，企业要是想成为论坛会员，就要交很大一笔会费，参会也不是免费的，也要交不少的钱。

　　前不久，达沃斯论坛东亚峰会在越南的胡志明市召开，很多中国的企业家，特别是中小企业老板参会。我问他们，为何要花这么多钱成为会员，来参加达沃斯组织的会议？花这多钱值得吗？他们都说，这钱花得值，因为达沃斯会议形式开放，为参加者提供了一个开放与平等的大平台，通过参加会议可以接触到很多高层人士，专家，尤其是认识了很多有名的企业家。他们说，要是我们自己花钱找他们，不仅找不到，就是找到了人家也不会理睐。中国的与会者企业家普遍反映，参加达沃斯论坛会议感到很平等，感到受到尊重和照顾。

企业家花钱很会算计，值得花他们才花，他们说值得，自然有他们的判断，有他们的道理。我参与了不少达沃斯论坛会议，就我的体会，其突出的特点就是平等参与，不管你是大部长，还是小小企业家，进了达沃斯会议，就没有特权了。台上发言者不准念稿子，每人发言3—5分钟，要回答提出的任何问题。比如在达沃斯开会，我就看到，在外面威风凛凛的大老板、大人物（领导人除外）也是只准一个人进会场，不准带随从，各个会场随便选择听，可以到处走动，在开放的大厅里，设有网络平台，你可以通过手册找到与会人的电子邮件，可以直接发邮件与他们联系，要求约会会面、交谈。在会议大厅里走动，你可以见到许多大人物，可以走上前去要求与他们合影，没有人会拒绝。我记得多年前有一次在达沃斯参会，天下着大雪，许多名人都在外边排队过安检，我的前面就是大名鼎鼎的索罗斯、萨默斯等，都在那里排队进大厅。在大厅里，我夫人发现以色列的领导人佩雷斯，巴勒斯坦的阿拉法特，要求与他们合影，他们都笑着应允，他们身边没有警卫，也没有人加以阻拦。会议期间，我试着用大厅里的电子邮件系统与一位名家约会，希望在某个时间见一面，就某个问题进行5分钟交谈，不想一会儿就收到回复，同意见面。我们约好在大厅的一个角落里见面，他并不认识我，我也没有见过他，我们如约见面，谈了半个小时，挺投机。我这样做，一半出于试探达沃斯的电子信息平台系统，一半是好奇，看看人家名家反应如何，达沃斯创建的平等精神是否有效，不想还真有神效，令我吃惊，也令我难忘。

我当时就很有感触，中国也应该学学达沃斯。不过，说实话，达沃斯式的平等在我们这里实现不容易。我们这里讲究等级，高官自己要保持身份，组织者也是对他们高看一等，会议组织者按等级安排"贵宾"，部长、名人不仅自己带着助手，还会前呼后拥，进会场也是走贵宾通道，有严格的安全保卫措施，一般人等难以接近。

其实，会议只是一个大平台，是一个关系平台，大家利用开会的时间相互认识，尤其是企业家，可以与各种人物接触，建立关系，有的中小企业老板，要是利用这些机会与大人物、名人合影，挂在办公室里，对于他们来说，那是形象的提升，是"千金难买的"。如果是等级森严，只让他们听听会议，我想很多人也许坐不住，或者不去参加了。

达沃斯的创始人施瓦布已经高龄，仍然很活跃。他已经是大名人，就是各国的领导人也是对他不敢怠慢，可是他一点儿架子也没有。会议期间，他不仅主持大会，还参与分会讨论，不辞劳苦，与各类人物见面，包括一般的与会者。比如，近年来，每一次会议期间他都专门安排一个时间与中国的参会者座谈。前不久，在越南的胡志明市召开达沃斯东亚峰会论坛期间，他专门安排与中国与会的中小企业老板座谈。企业家们要与他合影，他乐观其成，面带笑容。我已经是多年没有参加达沃斯举办的会议了，因为参加冬季达沃斯会议路途遥远，天气寒冷，感觉太累了。在盛情邀请之下，我答应了到胡志明市参加达沃斯东亚论坛峰会，不想，见面时他还清楚地记得我，问为何近年不见我参会，真是令我吃惊！我真佩服他惊人的记忆力，也为他的亲和所感动。这也许就是达沃斯成功的一个秘诀吧！

还是回到天津的夏季达沃斯论坛会议吧。应该说，天津各方面都做得很好，尤其是会议设施，很到位。但是，会议期间东方的等级安排也是难免的，见到高层人物很难。比如，会议大厅里，鲜见高官走动，因为他们由专门的贵宾车接送了，会前会后都进了贵宾室。

许多外国人都感叹，天津发展很快，很漂亮，尤其是夜晚，灯火辉煌，海河两岸被装饰得像幻境一般。人们在称赞天津发展成就的同时，也为这个城市的"摆阔"感到忧虑。就说这"光亮工程"，要用多少电啊！我不只听到一个人议论，这与达沃斯会议的关于可持续增长，节能经济的主题很不相符。

我想，这也许是为了达沃斯会议吧？我问当地人，是否平常也是这样？许多人都说，平常也是这样。听到这样的回答，我觉得与会者的担忧并非多余，很值得天津深思，也值得所有到天津参会和访问的领导们深思。

"光亮工程"的可持续性应该是亮在人心，亮在可持续。

我看中日关系

日本抓扣中国渔船，要按日本的国内法律来处理船长。这引起了中国人的愤怒，一时间中日关系紧张。经过反复的交涉，日本终于释放了扣押的中国渔船船长，剑拔弩张的中日关系看似有了缓和，但是，它为两国关系投下的阴影不会很快散去。

就在日本冲绳那霸地方检察厅以"保留处分"的方式释放中国船长詹其雄之后，中国外交部立即发表声明，要求日本对非法抓扣中国15名渔民和船长进行道歉和赔偿，而日本方面则明确表示，日本按照国内法处理有理，决不道歉。日本媒体还在继续炒作这件事，大谈中国的威胁，日本的70名国会议员甚至联合发表声明，要求政府派自卫队在钓鱼岛常住，大有理亏不饶人的架势。有人说他们是在政治作秀，其实也不这么简单，这背后反映的是日本政治的风向变化。

以中国渔船故意撞日本巡逻船，妨碍执行公务为由，日本政府抓扣中国渔民并且要按日本国内法处理中国船长。日本这样做事，走得太远了。小小的百余吨渔船怎么可能去撞大过自己数倍的巡逻船，这个编造的理由本身令人难以置信。而最大的问题是，日本要按照国内法处理中国船长。这就是说，中国人是在日本领土犯罪，就要接受日本国内法律的判决。这样一来，日本就把中国推到墙角：因为这样就意味着中国要接受钓鱼岛是日本的领土。这当然是中国不能接受的。

尽管出于复杂的原因，钓鱼岛长时间处在日本的监控之下，但是，这并不表明日本对钓鱼岛拥有领土主权合法性。中国也有立法，明确表明钓鱼岛是中国的领土，中国也有理由按国内法律行事。由于钓鱼岛问题涉及主权，存在争端，在中日关系中必然反映出来。日本凭借获得的管辖权，越来越否认争端存在，这导致双边关系不时出现紧张。承认有争端，这是个重要前提，没有了这个前提，基本的基础就被破坏了。现在，日本的政治家们要破坏这个基础，这才是问题的严重性。

出于复杂的原因，中日关系是一个顺畅的关系。自 20 世纪 70 年代恢复关系正常化之后，风风雨雨，磕磕碰碰，时好时坏，究其原因，主要是在一些涉及根本或者重大利益上有硬伤。这些伤痛弥合起来很不容易。

历史问题一直是一块大伤疤。日本不能痛痛快快地承认侵略中国的实事，这是中国人不能原谅的。我们看到，每当这个问题凸显的时候，两国关系就会受到全面的伤害。小泉执政时期坚持参拜靖国神社，把这个问题激化了起来，一连好几年中日关系处于低谷，他下台后关系才出现好转。应该说，由于后来日本政治家重视了这个问题，近年来历史问题对两国关系的影响才逐渐消减。前不久的一项民意调查结果显示，大多数被调查的中国人不把历史问题作为影响两国关系的重要因素。但是，这根神经仍然很敏感，很容易被再调动起来。

中日力量的对比变化是影响中日关系的一个新因素。日本强的时候，我们很担心日本的威胁，担心日本再军国主义化，担心日本军力强大对我国造成的直接威胁，担心日本对我国经济的控制，等等。应该说，随着我国综合国力的提升，这个因素的作用在减少，我们对自己更有自信，不再把日本作为对我国的主要威胁。这对我国处理与日本的关系增添了积极和主动的因素。这也就是上面提到的那份民意调查中，中国人对中日关系多数有信心的一个大背景。

而日本方面却出现了反向的变化。当中国弱的时候，日本是把中国作为一个落后国家来看待的，不太把中国当回事，也有帮中国一把的意愿。但当中国作为一个大国迅速崛起，经济、军事实力迅速增强，地区和国际影响力大大提高的时候，日本对中国的看法变了，担心中国对日本造成威胁（经济、军事等）成了日本人的一个心病，进而影响了政府对中国的政策。我们看到，在经济上，日本很担心自己的技术被中国掌握，超过日本，在对外关系上，日本把牵制中国作为一条基本路线，为此提出了不少口号（如民主国家联盟、民主之弧等），也推出了不少应对措施，有些甚至针锋相对。

我作为东亚 "10 + 3" （东盟加中日韩）自贸区可行性专家组组长对此深有体会。进行东亚自贸区可行性研究是 "10 + 3" 经济部长和领导人会议决定的，由中国牵头，日本也是派代表参加的，在研究报告上签了字。但就在我代表专家组向经济部长们报告之后，日本方面明确表示不同意东亚自贸区以 "10 + 3" 为基础，并当场提出了事先准备好的针锋相对建议——要以"10＋6"为起点（"10＋6"，除东盟10国加中日韩三国外，还包括印度、澳大利亚、新西兰）。日本事前也不与大家商量，搞突然袭击，导致这个进程至今被搁置。一个内在的原因是，日本担心中国主导"10＋3"合作机制，要进行牵制。

在我看来，尽管经历了小泉执政时期的折腾，日本终于认识到要与一个崛起、强大的中国相处，但是，在如何与一个强中国相处上，还没有找到方位。随着中国经济实力和综合国力不断增强，日本对中国的挑战担心增多，于是乎，国内牵制、防备中国的声音找到了发泄的机会。在这样的背景下，在日本就出现了一个怪圈：政治家越是对中国放狠话，就越可以得到国内的支持，这样的日本政治导向必然损害两国关系。这一点，在民主党竞选时体现得淋漓尽致。菅直人、小泽都表现出对中国强硬，说了很多狠话，被称为强硬派的前原诚司也当了外务省的长官。

其实，大家都明白，在竞选的关口，抓扣中国渔船显然有选举这个政治背景，即通过对中国强硬赢得支持。只不过，把抓扣中国渔民这个政治烫手山芋烧的这样烫手，自己拿着很难受，要烫伤自己。因为，这类涉及中国核心利益的大事，中国是不会等闲视之的。中国高官在凌晨紧急召见日本驻华大使，这似乎表明，形势急迫，日本大使不能在那里安稳睡大觉。日本方面对此反映强烈，认为中国有意羞辱日本，其实，这不是羞辱，这是警告，是中国用自己的文化方式客气地传递最强烈的信息。我想，作为中国通的日本驻华大使先生应该懂得这个信息的含义。

在这个大背景因素下，中日关系今后也可能不会太平稳。人们一般认为，钓鱼岛问题激化有国际海洋法生效的背景，也有资源开采的因素。我倒是认为，主要还是中日力量对比变化这个大背景。

在钓鱼岛问题上，看来日本凭借实际管辖不会示弱，中国更不会服软。难道这会使两国兵戎相见吗？我想还不会。从日本方面来看，中国市场的重要性越来越大，如何利用中国发展的机会，如何学会与一个上升的中国相处，这是关系到日本国家利益的大事，与中国对抗、打仗不可取，也恐怕得不到国内民众的支持。从中国方面来说，维护一个和平发展的大局，发展与日本的合作关系，这是其国家利益所在，中国的这个大政策不会改变。中国不想打仗，需要和平发展的环境，当然，中国也不会轻易放弃属于自己的根本利益。

事实上，近年来，中日两国政府已经为此做出了不少努力，就东海问题开始了协商谈判，在一些领域也在增加合作的共识，比如，在东亚金融合作上，在中日韩三国合作上，都取得了一定成效，但是，分歧还是很大，在一些重大问题上，取得共识不容易。

我看，尽管由日本抓扣中国渔民所造成的创伤还可能会发炎，但是，也不会因为这个事件而不能破解僵局。因此，对中日关系也不应太过悲观。像钓鱼岛这样的问题也只有慢慢地、耐心地、智慧地寻求解决办法，急不得。这也就是为什么当年邓小平说，我们这一代人解决不了，让下一代人解决的原因。

不过，日本不能否认钓鱼岛主权争端的实事，不能无视中国对领土拥有的权益，不能把问题激化和复杂化（比如拉美国进行干预）。日本政客不能靠热炒中国来赢得民意，像成天吵吵嚷嚷要与中国作对的前原诚司这样的高官，如果不顾两国关系的大局，做出损害中国利益，损害两国关系大局的出格儿的事情，那他肯定会碰大钉子的。

中日这对冤家，尽管冤结太多，但还是要解结，而不应紧结，甚至结新结，和则两利，敌则两伤，这个道理好说，但做起来并不易。

冤冤相报何时了

朝韩之间发生大规模炮击事件，牵动了本地区，以及世界的神经，作为朝半岛的接壤邻居，中国更为此担忧。人们担心，朝半岛会不会引发战争？

炮击事件发生后，火药味仍然很浓。韩国总统在地下掩体作战室召开紧急国家安全会议，发言人声称，要进行"多重报复"。朝鲜声言，如果遭到对方报复，要进行更严厉的反击……

值得注意的是，问题起于对西海划分线的争端。朝鲜从不承认现有划线，声称韩国军演打炮打到朝鲜界内，韩国声称军演打炮是在本国的领土，涉及领海、领土，各持己见，很难退让。说起这西海分界线，那还是朝鲜战争遗留的一个有争议的问题，这个线是美国单方划定的，一直有争议，有争议就难免有冲突，南北这样对立，擦枪走火难以避免。

更令人担忧的是，朝半岛是个火药桶，南北都部署了大量的大规模杀伤武器，朝鲜拥有核武器，美国对韩国提供核保护，真的战争打起来，后果非常严重。作为中国人永远不会忘记半个多世纪前发生的把中国卷入其中的那场大战，我们为此付出了巨大的牺牲。

不让类似的悲剧重演，这是涉及中国重大利益的大事。中国为缓解和解决朝半岛的对立启动了六方会谈，创建了由各主要"利益攸关方"参加的对话与合作平台，一个时期，局势一度得到缓和：一是各方就解决朝核问题，实现朝鲜半岛和平问题达成了重要共识，；二是南北交流得到很大发展。朝半岛走向和平合作的前景似乎曾露出了"一线曙光"。

但是，由于复杂的原因，这一线光亮很快被乌云遮盖。韩国政治发生大的变化，新领导人改变了前政府实行的"阳光政策"；朝鲜由此宣布退出六方会谈，对韩国实行对抗措施；"天安舰事件"又把南北对立气氛进一步提升；以此为由，美韩进一步加强军事合作，美韩日也加强军事协调，反复进行大规模军演；朝鲜则针锋相对，宣称要进行"无情的反击和打击"……显然，在此情况下，发生"擦枪走火"随时都有可能，一点火星引发军事冲突的危险难以排除。

一些人老是批评中国对朝鲜姑息，这次炮击事件发生后，类似的批评声又大量涌起。其实这是不公允的。局势紧张、发生对抗的根子不在中国。朝半岛南北对抗是冷战的产物。冷战结束了，朝半岛的对立没有得到解决。美国对朝政策是个关键。克林顿时期曾为此做过努力，但是，共和党上台后，改变了政策，小布什把朝鲜称为"邪恶轴心国"之一，誓言要让朝鲜政权"改朝换代"。朝鲜看到美国在伊拉克的所作所为，以发展核武器以对之，试图通过核威慑保护自己。显然，尽管朝鲜的核技术研发早就有之，但，是美国的政策助推了朝鲜的核武开发。

朝鲜发展核武器当然会引起众怒，因为这会增加在本来就存在的朝鲜半岛紧张局势，增大东亚地区发生核对抗的危险，会引起东北亚地区的关系格局发生重大的不可测变化。中国明确反对朝鲜的核武开发，支持联合国对其进行严厉制裁。但大家都明白，制裁并不能解决根本问题。

美国民主党重新执政后，人们对奥巴马政府寄予希望，期盼他能够拿出不同于小布什政府的对朝战略与政策。既然奥巴马可以改变小布什的伊拉克政策，反恐政策，为何不能调整对朝政策呢？但是，迄今没有看到他有什么举措，实际上是不想改变，或者顾不上改变（伊拉克、阿富汗是当务之急）。

六方会谈仍然陷于停滞，美韩日进一步靠紧，通过加强军事同盟对朝鲜施压，而朝鲜也提高了对应嗓门，一时间，局势变得非常紧张。尽管，在中国做工作的情况下，朝鲜数次表示愿意重返六方会谈，但是，鉴于没有互信，美韩日对朝鲜的表示加以拒绝。

当然，也有人认为，问题出在朝鲜。因为朝鲜不改革，搞封闭政策，发展核武器，搞军事冒险。如果朝鲜主动宣布放弃核武器，这当然可能会开启新的局面，但是，实际的发展也许可能不会那么简单，因为美国、韩国、日本的要价会很多，如果是这样，朝鲜也许不会那么顺从。

西方希望中国能够压朝鲜自动放弃核武器，改变其政治和政策。要是中国不这样做，或者做不到，他们就说中国不负责任。这样说也是很不公允的。中国反对朝鲜开发核武器，这是很明确的，中国遵守联合国对朝鲜的制裁决议，也是真的。但是，中国没有办法强制朝鲜改变政策，更没有办法改变美国对朝鲜的政策。

朝鲜是中国的近邻，出于自己的利益，我们当然要与其维持一个稳定的关系，我们不希望朝鲜出大乱子。至于朝鲜如何变化，中国可做的有限，关键是其自己。就像当年我们自己决心实行改革开放一样，要是当时别人压我们，反而有可能使改革退回去。

还有，要推动朝鲜改革开放，就是要有一个基本能让朝鲜不过分担心自己政权生存和国家安全的外部大环境。不难想象，就像目前，外部大军压境，大规模军演就在大门口，美韩日拉紧同盟关系，这样的形势如何让朝鲜去放弃核武器呢？

多年的实践证明，加大制裁和压力，只能使朝鲜变得更强硬，更有恐惧感，更具冒险性，无助于局势缓和。

靠美韩日加强军事同盟提升，加大对朝压力，也只能使局势更为紧张，会促使朝鲜在开发核武的道路上走得更远。应该说，韩国是最担心在朝半岛发生冲突、战争的。这也是韩国前两届政府要通过南北和解缓和局势，推动交往合作的内在原因。李明博改变了前政府的政策，他提出要有"回报"的南北交流，为此推出"大讨价还价"政策，试图以经济援助换取朝鲜放弃核武器，这个政策以朝鲜改变为前提，以"让朝鲜过上好日子"为诱饵，这样的一相情愿，肯定是不行的，尤其是在没有美国对朝政策改变的情况下，很难行得通。

有人说，如果中国不支持朝鲜，断绝与朝鲜的往来，朝鲜就会乱，就会就范。如果中国真这样做，那局势可能会更危险。最近，在发生炮击事件以后，几位美国高官马上怪罪中国，批评中国不执行联合国决议，纵容朝鲜冒险。我们要反过来问一下：是谁在刺激朝鲜，激化了局势呢？有人说，局势紧张，可能只有一家暗里高兴，这就是美国，因为这样，它可以继续待在这里，航母可以过来游弋显威，可以推销先进武器装备，可以显示自己的重要性……

在当前的局势面前，要紧的是各方都要冷静（不容易），中国还是要发挥特殊的沟通和调解作用，推动各方回到对话、协商的方向上来，靠军演吓阻，靠打仗都解决不了朝核问题和朝鲜半岛的问题。当然这个"好人"不好当，但是，不好当也要做。

我们的战略应该是，一是不卷入；二是做调解。调解可能效果不会太快，太好，但也只能这么做。不过，要是真有发生大的战争的危险，必要时我国也要加强直接干预。这既包括不允许美国采取直接干预行动，也包括不让朝鲜过度挑动。

迪拜之梦

　　早就希望到迪拜看一看，因为听说了太多的关于它的故事。2011 年 5 月，我终于有机会前往，应邀参加达沃斯世界经济论坛议程峰会年会。

　　在 2008 年国际金融危机爆发前，迪拜成了吸引全球目光的闪亮的"世界明珠"。在这一片沙漠之地上，仅仅短短的二十几年的时间，就冒出了那么多的世界之最：最高的大楼——200 多层——占地近 200 万平方米，里面不仅有办公室，还有豪华公寓；最大的音乐喷泉——喷水 150 多米高，几十公里以外就可以看得见；最大的购物中心——里面应有尽有，不仅购物，还有水族馆，电影馆，儿童乐园，人工滑雪场；世界最豪华的七星级旅馆，世界最美的人造岛屿群……

　　这一切就像变戏法似的，把梦想变为现实。迪拜领导人说，要为迪拜人带来世界一流的生活方式，把迪拜变成世界的展示、旅游、发明创造中心，要成为"梦幻之都"……

　　于是乎，一段时间里，世界媒体充满了关于迪拜神话的报道。来自世界的设计师，建筑商，投机家，都来到迪拜。迪拜被称为世界设计师的试验场，投机家的幸运之地，奢饰品的推销地。迪拜火了，房地产价格扶摇直上，但那些看好未来的投资商还是蜂拥而至，200 多层的哈里法大楼办公室，公寓很快全部售出。

　　然而，发端于美国次贷危机的国际金融危机很快蔓延到迪拜，把热火朝天的迪拜一下子打入了冷宫。2009 年 11 月，主导迪拜开发的世界公司集团出现大规模违约，接着几家资本公司也要求延期偿付到期债务，于是，整个市场出现了恐慌，导致迪拜房地产价格大幅度下跌。这场风暴又反过来迅速扩展到世界，导致美国、欧洲、日本股市大幅度下跌，因为巨大的投资涉及世界许许多多的大金融机构，但是，世界金融市场出现恐慌，不知道迪拜危机的水有多深。

幸亏阿布扎比兄弟（同属阿拉伯酋长国）紧急提供 100 亿美元的援助，解燃眉之急，才使被称为"日不落公司"的迪拜世界集团（在世界各地有大量投资）免于破产，迪拜政府也对一些债务进行重组。一场大风暴过去了，风暴过后留下的残迹至今还在。

这次会议的与会者近千人，所有的开支均由迪拜政府埋单。会议是在豪华的五星级饭店召开的，组织者还专门在最繁华的哈里法高塔下的广场安排了音乐晚宴。晚宴上，有 50 个幸运者可以免费到哈里法高塔的"顶端"（实际上只是 146 层，上面还有 50 多层）游览。我很幸运，得到了幸运号（随机，在自选的座位背后藏着，最后才让自己找），一睹了迪拜灯火辉煌的夜景。另外，我还专门到市中心去看了一看，亲眼看看高塔如何雄伟，购物中心如何奢华，尤其是，看一看危机后的迪拜是什么样子。

我看到，迪拜高楼林立，迪拜湾各式建筑鳞次栉比，犹如另一个香港。尤其是哈里法高塔，金光闪闪，高入云端，与周围的建筑群和水系形成一片独有的风光带。购物中心里顾客很多，外面游人也不少，看来，迪拜正在从危机的阴影中走出来。据介绍，现在游客大幅度增加，每年可以达到上千万人。当前，正是迪拜最好的季节，阳光充足，但天气不热，一到晚上，凉风习习，很舒服。这个季节很适合休假。我在旅馆看到，来自欧洲，其中主要是德国、英国的休假者很多，还有不少来自俄罗斯的休假者。这些人很悠闲，白天大都躺在沙滩上晒太阳，下海游泳，晚上出去看各种表演。

不过，沿途也可以看到，半拉子工程还是很多。有些工程已经重新开工，很多塔吊在转动，但是，有些还静静地立在那里。晚上，很多大楼还是黑乎乎的没有灯光，看来入住率不高。

危机到来之后，许多人都批评迪拜"创造世界奇迹"的做法，漂亮的建筑群像是"海市蜃楼"。而迪拜人则认为，外界过分夸大危机的影响。迪拜的梦想已经成真，迪拜还会继续闪闪发光。

迪拜本是一个不大的酋长国。20 世纪 70 年代初才脱离英国的统辖，有了独立管理权（成立阿拉伯联合酋长国）。目前，人口只有 200 多万人，来自 200 个国家。属于酋长国公民的人口仅占 17%，其他 80% 多为外来打工者人口，其中，来自印度的人口最多。

本来，迪拜并不发达，全境都是大沙漠。得益于其优越的地理位置，港口成为一个贸易转运中心。迪拜的经济起飞源于石油收入增加，石油大幅度涨价把迪拜的钱袋子撑得鼓鼓的。尽管迪拜的经济命脉由酋长家族掌控，但在理财上还是有一套。政府把增加的石油收入一方面惠及人民（提供各种高福利，不过只限于公民，打工者没有分）；另一方面用于发展，大搞建设。迪拜人富了，同时国家也得到发展。迪拜曾被作为"成功的模式"为其他阿拉伯国家所仿效。

迪拜的大发展起于 20 世纪 80 年代末。政府制订了把迪拜打造成世界中心的宏伟计划，通过建造"世界之最"，大力推行对外开放，使迪拜成为世界转口贸易、货运业、金融业、旅游业的中心，据说，为此投入的资金高达 3000 多亿美元。危机前，全球 1/5 的起重机在迪拜运转，建筑工人达 25 万人之多。经过打造，20 多年前，迪拜还是沙漠中的一个港口，如今却变得高楼林立，五光十色。

当前，迪拜的经济结构发生了巨大的变化，其主要收入不再是石油（目前仅占 GDP 的 6%），主要来自贸易、金融、航运、旅游等。这样，就是迪拜没有了石油（据说很快就开采完），国家也可以生存下去，经济也可以繁荣起来。

据介绍，政府正在把迪拜打造成世界的新科技研发中心，提供各种优惠政策，大力吸引世界的风险投资和顶尖的人才来迪拜创业，要把迪拜打造成世界的文化创意中心，建造"迪拜好莱坞"……看来，迪拜并没有在国际金融危机的大潮中被淹死，在呛了几口水之后，又在恢复精神，奋力打造未来。

我问一位迪拜的官员，将来迪拜靠什么？他说，很简单，一靠贸易，这是我们的地理优势；二靠好客（hospitality），让世界的人来这里创业、休闲、消费。我还是第一次听人说把"好客"作为未来经济竞争力的主要因素，很觉新鲜。不过想来也是，像迪拜这样一个小的沙漠之国，没有了石油，靠已经建造起来的基础设施，加上一流的软件——"好客"，把世界的财富、人才吸引进来，也不是不可能的。

迪拜就是一个大实验场：迪拜人自己在搞实验，世界的投资家、工程师、设计家、艺术家也在这里搞实验。大家都在看，迪拜这个"梦幻之都"将如何继续打造奇迹。

我理解，迪拜政府之所以慷慨解囊，全数埋单，借达沃斯世界经济论坛之名，邀请来自世界的上千精英来这里开会，绝不是乱花钱，这可能是最好的宣传和广告，让精英们看到危急风暴后的迪拜人的自信，让他们通过各种方式让更多的人了解迪拜不败的未来。

　　可是，放眼看看世界拖长的金融危机，再看看当地那些半拉子工程，我也有疑虑，迪拜当年的风光，何时才能够再现呢？

世界在变

  我参加过数次达沃斯世界经济论坛，但是第一次参加达沃斯世界经济论坛全球议程峰会，会议的代表主要是该论坛各个委员会（council）的成员。达沃斯论坛有几百个委员会，涉及世界的各个地区、各个领域的问题，参会者近千人，可见达沃斯论坛的规模和实力。

  会上，达沃斯世界经济论坛公布了其就世界面临的主要问题所进行的最新调查结果。结果表明，2010 年，世界最关注的重大问题，排在第一位的是"世界的权力转移"（power shift）。所谓"世界权利转移"，主要是指世界经济的重心由西方发达国家向发展中国家转移，在这种转移中，发展中国家的新兴经济体国家是支柱，而在新兴经济体国家中，中国又居于核心地位，于是，中国当然成为整个会议议题的中心。

  世界在变，这是一个共识。在这样的转变中，中国被推到一个中心的位置，这也是可以理解的，因为，中国的力量上升很快，在后危机时期，许多国家还在困境中挣扎，中国经济继续快速增长，中国在世界经济中的权重在迅速提升。一个小国发展很快，实力提升对别人影响不大，而像中国这样一个大国实力提升，其影响是世界性的。

  那么，人们关注中国什么呢？从会议上可以看到，主要关注三个大的问题：其一，中国迅速崛起的影响，这里既包括经济，也包括政治、军事、社会、文化；其二，权力转移对西方的含义，西方如何应对以中国为中心的权利转移；其三，未来的世界会是什么样子，新的世界发展和秩序是否稳定，如何建立一个稳定的世界？

  英国的广播公司（BBC）还专门组织了现场直播的专家辩论会。一个突出的变化是，以往，谈到中国，人们总是对中国的未来发展提出很多质疑，担心中国经济会出大问题，中国政治不稳，社会会乱等，而这次，没有人提这方面的问题，基本的共识是把中国的继续迅速发展作为一个既定的事实来

对待。

作为来自中国的学者，我被要求在多个场合发言，就是在公布达沃斯世界经济论坛调查结果的记者发布会上，我也是被拉去作为主要发言者，回答来自各国记者的各类问题。事前，我对论坛的调查结果一无所知，只是参会报到后，才看到简报。我明白，拉我发言，也许不是因为我，而是因为中国，会议需要一位中国人回答有关中国的各类问题。

"权力转移"的确在发生，这主要表现在：世界经济增长的中心在发展中国家，尤其是几个大的新兴经济体；世界经济的协调与治理必须由发展中国家参与（20国集团）；主要发达国家成为最大的债务国，而主要发展中国成为债权国。但同时，也应该看到，"权力转移"是一个长期的过程，"实权转移"并没有真正发生，因为发达国家仍然在财富、金融、科技、军事、国际治理、文化等诸方面居于主导地位，发展中国家仍处在一个长期的追赶过程。发展中国家的特征毕竟是发展中，因此，不能用"权力转移"来过度增加发展中国家的国际责任，把世界的问题归咎于发展中国家，把纠正世界发展中的问题的责任推到发展中国家。说到中国，尽管中国的经济总量上升很快，居于世界前列，但是，中国今后长时期内还是一个发展中国家，其所能承担的国际责任与能力受到很大的制约与限制。

给我的感觉，会议中，发达国家的人们对"世界权力的转移"感到有些迷茫。比如，一位来自美国的专家以一个母亲的角度发言说，我们世世代代这样生活，这是我们的生活方式，我们的价值观，我们的骄傲。但是，我们不知道孩子们会怎样，他们的生活，他们的价值，他们的未来会怎样，我们留给他们的是不确定，对此我们表示担心。一位来自欧洲的学者发言说，目前，我们被自己的问题所困扰，我们看不到解决的前景，对未来没有把握，没有信心，这是我们自己的问题，但是，我们没有能力解决。一位来自日本的专家发言说，日本人很富裕，我们有许多优势，但是日本人没有信心，对我们的政府没有信心。当然，这些言论并不表明发达国家没有了前途，也不是说发展中国家超越了发达国家，不过，它们也体现了一种情绪，即在这样的转变中，好像很多人感到迷茫，看不到前景，对世界来说，这是一种危险。

来自新兴经济体的代表也不是因为经济形势好而就那么盛气凌人，因为大家心里明白，毕竟与发达国家不处在一个层次上，本国毕竟面临许多挑战和需要解决的问题。来自中国的代表自然也比较"收敛"。在发言中，大都一方面强调中国是一个发展中国家，另一方面也强调世界需要理解和了解中国。当然，世界这么看好中国，作为中国人，自然心里高兴。参会之余，中国人凑在一起，议论起来，也觉得心情很不错，大家都感到，世界在变，对中国人的看法也在变。闲谈中，一听是来自中国的代表，就很愿意交谈。休息的时候，我会突然被记者截住，让发表看法。

中国"大出风头"，使印度人有些不悦。一位来自印度的专家发言强调，世界要看好印度，印度的经济增长在加速，可能会超过中国，印度的增长是可持续的，等等。来自巴西的一位专家发言强调，世界在变，要改革现行的国际经济机构，发达国家的调整必须要考虑其他国家的利益。不管怎么样，来自新兴经济体的国家的与会者都表现出一种自信。

会议期间，达沃斯世界经济论坛主席施瓦布单独约我交谈，要求我为论坛委员会推荐更多的来自中国的成员。他说，世界需要中国更多的参与，论坛每个委员会里都要有中国的专家参加。我认为这是一件大好事，让更多的中国专家参与论坛委员会，就可以有更多的来自中国的声音，这样就可以让世界更好地了解和理解中国。我想这要比花那么多钱做宣传效果要好得多。

世界在变，这是一个现实和未来的趋势。但是，在我看来，这个变还不能简单地，甚至过分地归结为"权力转移"。因为如果"简单"的话，那就会扭曲了事实；如果"过分"，那就会造成了对立。世界的变化是一个整体，我们生活在一个相互依赖的世界上，应对这种变化需要大家共同努力，需要对话、协商、合作，不然，就会把问题和责任不适当的归结到新兴经济体，特别是中国。

初识塔什干

　　2010 年岁末，我有机会访问乌兹别克斯坦，第一站是首都塔什干。去之前，我有两个想象的认识：一是那里不发达，肯定吃不好；二是那里比新疆还往西，肯定很冷。为此，我做了些充分的准备，比如，怕饿着了，带上一些零食小吃，怕冻着了，穿上了家里最厚的棉衣，结果，所带的东西足足了装了一大箱子，尽管同事告诉我，那里不冷，也饿不着，可我还是坚持己见，舍不得拿下那些"以防万一"的行装。

　　飞机到塔什干是当地时间凌晨 3 点。第一个没想到的是，办理出机场手续，拿行李，过海关速度那么慢。我们还是走的贵宾通道（VIP），但由于办入境手续就一个窗口，速度很慢，高高的小窗口，办手续的官员坐在里面，慢悠悠的检查证件，尽管心里着急，但也只好忍着。最慢的要数过海关，也是只有一个通道，一个官员检查，行李还要过安检机器，海关官员对申报单看得很仔细，还问了不少问题。由于一个个行李都要打开检查，要比过入境那一关还慢得多。两个程序下来，足足花了一个多小时，办完后，到了旅馆已是接近天亮了（其实，回程出关的时候也是很慢，办事人员都是慢腾腾的，要等很长时间，同样令人心烦）。

　　时下塔什干天气并不冷。尽管是凌晨，天下着小雨，但不觉得怎么冷，温度在 3—4 摄氏度，空气也清新。白天的温度更高些，达到 12 摄氏度。可想而知，带去的厚棉衣是穿不住了，没有办法，我只好到商店买了一件薄棉衣。据说今年有点儿反常，以往塔什干的冬天还是比较冷的，尤其是经常阴天下雨，阳光灿烂的日子不多，每天几乎都是阴冷阴冷的（说来也幸运，在这里访问期间，每天都是艳阳天）。

　　入住的旅馆条件不差，早餐也不错，尤其是到外边吃饭，饭馆的饭菜虽然样数比较少，但吃得饱，作为主食的馕，随便吃多少都行，青菜很多，主菜是牛羊肉，味道鲜美，根本用不着添补零食，看来带吃的东西真是有点儿多余了。不过，旅馆的上网费很高，一个小时合 10 元钱（外地更贵，一个小时要 20 多元钱）速度也很慢，在旅馆的大堂里说是可以免费上网，但就像老牛拉车，网速慢得几乎没有法用。这对我这个每天要关注世界发展，要查看回复大量电子邮件的人来说，是最感痛苦的一件事。

初到塔什干，觉得什么都新鲜。我早晨早早地起来，到处去转一转，看一看。塔什干的街道整齐，宽阔，公园很大，树木很多，可以想象，要不是冬天，整个城市会是绿树成荫的。

现在的塔什干是在 1966 年的大地震之后重建的。那场大地震把整个塔什干几乎夷为平地。当时的苏联动员了全国的力量支援塔什干重建。新的城市规划，新的建筑，新的布局，使重建后的城市焕然一新。塔什干分老城和新城。我们住的地方属新城，老城还基本上保留了原有的风貌，不过，也是整整齐齐的，不像印度的老德里，破旧脏得令人难以接受。

乌兹别克斯坦从苏联独立出来后，大力恢复自己的历史和文化。历史上，铁木尔王朝曾是这个国家最为辉煌的时期。这位帝王曾带领他的骑兵队伍西进巴格达，南到德里，北及莫斯科，东征吐鲁番，几乎所向披靡。如今，铁木尔跃马扬鞭的高大塑像矗立在以他的名字命名纪念广场的中心。

在我看来，塔什干有两多：一是清洁工多，二是警察多。清洁工们身着橘红色的工作服，好像无处不在，大街上，公园里，鲜艳的衣服使他们很显眼。大街小巷，公园绿地，我没有看到一点随便扔下的废纸，塑料袋，街上，公共场所都很干净，不像北京，街上到处都可以看到随手扔掉的废纸，垃圾袋，路上不乏痰迹。

走在塔什干街上会感到很安全。每个街道，公共场所，商店，马路旁都有警察值勤。在马路上，我看到，警察不时挥手让小汽车停下来，客气地询问检查（据说是检查证件）。去之前，我们还为安全担心，因为有关中亚极端势力猖獗的报道很多。看到到处都是警察执勤，我们也就没有了不安全感了，晚饭后，我一个人也敢到旅馆前面的公园里散步。塔什干只有 300 多万人，街上看不到熙熙攘攘的人群，人们走路都是慢悠悠的。

乌兹别克斯坦是一个世俗穆斯林国家，男人不留大胡子，妇女也不身裹黑衣，宪法规定实行一夫一妻制。这里的人很淳朴、很讲礼节。我在公园里散步，遇到行人，都很和气，不少人都是主动手放在心口前，口中念念有词，据介绍，这是他们为客人祝福。

塔什干街上跑的小汽车不少，但人们不必担心过马路被汽车撞着，因为是汽车让人，看到有行人过马路，所有的汽车都会停下来，让行人先过。在国内的城市里，人总是让着汽车，几乎没有汽车停下来让人先走。因此，刚到塔什干，我过马路不敢走，还是等着汽车先过，可司机自然停下来，挥手让行人先过。看到这样，有人可能会说，那可能是因为塔什干的人口太少吧。我想，人少也许是一个原因，但根本的，还是公民素质的一种自然体现。

目前，来塔什干旅游的人并不多。据介绍，这是政府控制外来旅游的结果。政府为何要控制游客来访呢？旅游作为"无烟工业"，各国不都是极力推动大发展的吗？据说，由于乌兹别克斯坦处在一个特殊的地缘环境里，政府把维稳放在第一位。政府担心，如果外来游客太多，可能会破坏社会安定，扰乱社会秩序。还有，现在的接待条件也有限，尤其是道路，国内还没有一条高速公路。

塔什干几乎没有大高楼，可能是预防地震的要求。街道特别宽，两边建筑布局看起来有很好的规划。商业街上有大商场，也有小专业店，但都显得不太繁华，到商店里看一看，顾客稀稀拉拉，显得很冷清，就是在步行商业街上，也没有摩肩接踵的人流。

塔什干大街上的小汽车不少，但档次不高，基本上都是小拉达车，大宇迷你车，有点儿像北京 20 世纪 80 年代，满街跑的都是夏利、奥拓、小面的。

乌兹别克斯坦还是一个农业国，工业产值只占国民生产总值的 1/4。从苏联独立出来只有 20 年，由于实行了以稳为主的转型与发展战略，工业化、城市化进程比较缓慢。这里没有热火朝天的建筑工地，没有大量涌入的农民工，没有简陋的棚户区，也没有让人透不过气来的污染空气。对于来自拥挤不堪、污染严重的北京人来说，看到这些，不禁有些感慨。同行的几位就议论，这种"低现代化"不是也不错吗！至少城里没有那么拥挤，没有那么紧张，没有那么喧闹。由于空气清新，我在北京老是有痰发痒的嗓子没两天就好了。

当然，作为一个走马观花的访客，很难说已经了解了塔什干。我只能说，只是看到一些表面的东西，多是"第一印象"罢了。

总的感觉，这个国家的人很友好，社会秩序稳定，但现代化发展的进程任重道远。

撒马尔罕纪行

到乌兹别克斯坦不能不访问撒马尔罕。撒马尔罕历史上曾经是铁木尔帝国（14世纪末到15世纪前半期）的首都，也曾是中亚地区的政治、宗教、文化中心，那里不仅有铁木尔的陵墓，还有中亚最大的穆斯林宗教学院，名胜古迹比比皆是。如今，它是撒马尔罕州的州府所在地。

从塔什干到撒马尔罕大约300多公里，有火车和公路连接，据说火车行速很慢，我们一行选择了乘汽车。由于路况不是太好，车开得不怎么快，需要4个多小时。

沿途看到，公路上不多远就是一座检查站，警察很多，不过这里的警察并不威严，有些随随便便，但工作很认真，不时挥手让车停下，检查证件。我们乘的车只有一次被停下来检查，不过很快放行。我们对有这么多警察倒不反感，因为出门在外，在一个陌生的国家，这样反倒感到安全。

也许由于是冬天的缘故，沿途大地一片土黄、不远处就是连绵的沙石山脉，好像这里是干旱的沙漠。其实，这里河流、水渠不少，发白的是盐碱地。沿途村庄的农舍大都是土坯墙，不过看上去并不简陋，像是新盖的。从老百姓的穿着看，倒是比较整洁，妇女穿得都是花花绿绿的，与在新疆看到维吾尔人的着装差不多。

乌兹别克斯坦是一个农业国，盛产优质棉花，沿途可以看到大片大片的棉田，收获过的棉花棵子还残留在田地里。田野里，到处是一群群的散养牛羊，这里的羊大都是黑色的，个头较大，一群群，一片片，点缀着冬日没有了绿色的大地。

撒马尔罕是一个不大的城市，没有高楼大厦，街道显得很整洁，但并不繁华。本来，像这样一个历史名城，应该是游人很多的，可能是政府限制旅游的缘故，游客很少。看来，撒马尔罕人还没有很好地利用历史留给他们的宝贵遗产，通过大力发展旅游业发财致富，真有点儿可惜了。

第一个参访的地方处无疑应该是铁木尔的陵墓。据介绍，该陵墓原来是铁木尔为他的孙子修建的。他的那个孙子原是被钦定为第一王位继承人的，不想他福浅，早年夭折。撒马尔罕死后就与他的孙子合葬在这个陵墓里，于是这里就成了铁木尔陵墓了。

参观陵墓，最令我惊异和感动的是墓穴的排放方式。这是一个合葬陵墓。最大的、最上端的墓穴并不是铁木尔本人，而是他的老师巴拉卡（Mir-said Baraka）。巴拉卡早铁木尔去世一年，把老师放在首位，应该是铁木尔本人的主意。在老师的墓穴之后，居中的是铁木尔，两边是他的孙子和儿子。铁木尔的棺椁是黑色大理石，儿子和孙子的是白色大理石，铁木尔本人的棺椁比他老师的要小得多。我想，这样的布局和规格肯定是后人按照铁木尔本人的遗愿建造的。

真的没有想到，铁木尔这样一位所向披靡的帝王，却能这样敬重文人！就是在天国，他也把他的恩师推举在高居于他本人之上的位子，而他本人却甘居其后。

据介绍，尽管铁木尔连年征战，一出征就是好几年，但他非常重视教育，包括女人的教育，在神学院对面，他建立了专门的女子学校。这在当时真是难能可贵。

第二个必去之处就是神学院了。这个学院由三座规模宏伟的建筑构成，是在不同的时期先后建立的，前两座是铁木尔的孙子们建立的，第三座是撒马尔罕的州官建立的。有意思的是，在第三座寺前有一个墓地，葬的是撒马尔罕城的一位卖肉的，因为他为建寺庙的工匠免费提供肉吃，政府为了纪念他，在他死后，就把他特地葬在这里。

据介绍，当时来这里学习的学生要有小学文化基础，经过老师们的直接面试录取才可以入学，学习实行 15 年一贯制，学生们不仅学习宗教，也学习数学、天文等。由于铁木尔的孙子爱好天文，是一位天文学家，因此，学院对天文课给予特别的重视。学生毕业后可以当阿訇，也可以当老师和从事其他的职业。如今，这座神学院已经是历史文物了，列联合国教科文组织历史文化遗产名录，不再作为学校使用。商品的大潮也入侵到神学院殿堂，学院的诵经堂，做礼拜的大厅，学生上课的教室，都成了商品销售店，出售各种当地的土特、工艺产品。不过，很有意思的是，许多商店把历史展示与推销商品结合起来，小店墙上挂有很多历史"文物展品"，导游在引游客入店后，可以随便拿起商品介绍历史和当地风土人情，这样，会使你感觉不到是导游为了拿回扣而卖力在推销商品。卖货的店主也不高声叫卖推销，随你看选，显得很淳朴，让你买了东西放心。

参观的另一处历史遗产的正式名称是礼拜五清真寺，平常人们称为"大老婆清真寺"，号称是当时世界上最大的清真寺建筑，如今仍然可以体现它的雄伟。这所清真寺是铁木尔为他的"大老婆"而建的。这里，大老婆挂上引号是因为她并不是第一夫人，而是第四个老婆，也是铁木尔的最后一位老婆，之所以称她为"大老婆"，是因为她在所有的老婆中年龄最大，长得最漂亮，受过教育，地位和影响高居其他三位夫人之上，还是一个中国人。这位"大老婆"带去了很多中国的文化传统，很受人尊重。

这所清真寺虽然雄伟，但是已经是有些破旧不堪，据说，整修从 20 世纪 30 年代开始，到现在也没有完成，原因是这个建筑有先天不足，建好之后就出现裂缝、倾斜，曾让铁木尔很生气。为何建筑出现这样的问题？主要是因为赶工期，忽视了质量。据介绍，当年铁木尔出征预先都是确定了回程时间的。铁木尔的"大老婆"亲自监督清真寺建设，为了给征服埃及胜利归来的丈夫一个惊喜，她让工匠们赶工期，赶在铁木尔回城之前完工。这样一个宏大的建筑，只用了三年的时间，可想而知，结果成了豆腐渣工程。

如今这个历史的遗产也成了一个历史的大包袱。修缮工程成了胡子工程，拖了这么长的时间，还没有完成。在大厅里可以看到，墙体裂缝很大，看似快要崩塌了一样，穹顶倒是新修的，但还没有任何装饰。据说是因为修缮难度太大，整个建筑是危房，也因为经费不足，目前半拉子工程处于停工状态。

作为历史名城，撒马尔罕历史景点有几十处，匆匆一过，只能是"走马观花"。这个城市曾经令世界震撼，留下了太多让人费解、思考的东西，这也许是它可以发挥真正的历史作用的价值吧。

中美之结还是要解

中美关系一直不顺，波折不断，有时候气氛紧张。撇开中美贸易的矛盾不说，单说在中国的周边地区的对抗性气氛，就很令人担忧。布什当政时期，美国的战略重点是反恐，中美找到了战略合作点，因而两国关系由紧张转向协调。随着中国实力增强，乐观的人甚至唱起了"G2"的高调，即由中美主导和管理世界。

奥巴马上台，人们曾经期望，中美关系会进一步改善，因为他在竞选期间提倡"改变"，承诺要建立一个合作的世界，对中国也是说了很多好话。然而，事实与人们的期盼大相径庭。随着美国战略重点转移，美国加深了对中国迅速崛起的战略担心，调整后的美国对外战略加强了对中国的战略防备和遏制。在国内，有关美国进逼中国的讨论也是大大升温，有人甚至建议，不惜与美国一战。

中美关系无论对中国来说，还是对美国来说都是最重要的关系，但出于一些基本的矛盾，总是磕磕碰碰。邓小平当年曾说，坏也坏不到哪去，好也好不到哪去，这句话很有穿透力，如今看来仍然适用。

中美关系为何如此艰难？在我看来，是因为有一些"死结"，有的是旧"死结"，有的是新结的，很难解开。

要解开这些"死结"不容易，但是，出于我国发展的利益，花些力气，使其松一松，让他们不那么紧，还是有必要的，对我们也是有好处的。中美关系的"死结"主要体现在三个领域，一是政治，二是经济，三是战略。

政治上的结，主要起于中美不同的政治制度，这使两国歧见甚深，影响对对方的一些基本观点，判断和政策。对美国来说，一个成功崛起的异端政治制度是对其最大的挑战，而对中国来说，美国的政治压力，其"和平演变"的运作是最大的威胁。这样，中美就被置于一种紧张的对立关系框架之中。破解或者宽松这种对立首先是发展对话，因为只有对话才可提供各抒己见的机会，也可提供增进了解和相互理解与学习的机会。更为重要的是，要转变观念。当今和今后的世界发展趋势是政治多样性，不同的制度之间相互借鉴吸收。对于美国来说，对中国的认识和政策要能"与时俱进"才行，强制改变中国是行不通的（有人说，美国人一直努力改变中国，让中国更像美国，但是一直没有成功）。中国要走自己的路，但中国的当代政治是一种开放结构，在改革开放中调整和完善，并不是要搞一个孤立的模式。这样，就提供了"和而不同"的可能性，创造了"不同"条件下的认识和交往空间，这个空间就是解结的润滑剂。

经济上的结，主要是贸易不平衡，中国作为制造大国向美国出口，中国出口的是美国不制造的优质、廉价产品，加上美国对中国的高技术出口进行限制，中美之间贸易呈现严重不平衡。美国政府批评中国的贸易政策，压人民币升值，对中国的产品实施惩罚，在美国这又被政治化，贸易争端因而成为影响两国关系的重要因素。鉴于中国拥有特殊的制造业发展优势，在吸引外资，发展加工出口业的政策激励下，大量制造业向中国转移，由此，中国成为出口集中地。这种结构是全球化发展的结果，单靠压中国解决不了问题。中美需要对话、合作解决存在的问题。美国人自己清楚，没有了中国的廉价优质产品，美国人的日子就很不好过，同时，美国也不能靠信贷疯狂消费。中国当然也认识到，靠不断增加出口拉动经济也难以持续，要靠拉动内需。问题是，这需要达成利于调整的共识，而不是搞"贸易战"、"汇率战"来出气。

战略上的结，主要体现在战略定位，战略利益。中国的迅速崛起和不断增强的影响力，使美国感到地位和利益上的威胁，为了维护其超级大国地位，保卫其主导利益，美国自然极力设法遏制，限制，制约中国，就像去年，美国以重返亚洲为导向，炫耀武力，挑动关系，施加影响，力图抹杀中国的影响。中国对美国的战略遏制当然深表不满，保持警惕，也不会忍气吞声，听之任之。这样下去，旧结未解，新结又增，结也会越结越大。

中国实力和影响力的上升是一个难扭的趋势，遏制，武器禁运都不会有多大效果。从美国来说，要放下身段，对中国的战略意图、战略关注、战略利益多加了解，理解，要能学会能够接纳一个实力和影响力上升的中国。对中国来说，要避免与美国进行战略对抗，只要美国尊重中国的基本利益，就不去主动挑战美国的地位。中国作为一个实力迅速上升的国家，需多做工作，用自己的言行增信释疑，这不仅包括美国，也包括其他国家。从国际和地区的发展来说，大家希望中美不要对抗，因为中美对抗对大家没有好处，大家希望中美保持对话与合作。

最近，对中国充满战略怀疑的美国国防部部长盖茨访华，看起来，气氛有所好转，军方的交流开始恢复。胡锦涛在会见盖茨时说，在两国关系中，两国军事关系起很重要的作用。的确如此，咄咄逼人的美国军事演习，不示弱的中国军事应对，很容易把两国民众的情绪调动起来，也会发生擦枪走火。

中国领导人访问美国，可能会对去年以来紧张的中美关系气氛有所改善，但是，要松开中美之间的那些死结，不仅需要时间，也要花大力气，需要双方共同松解才行。

人民的声音

最近中东地区的局势引起世界的关注。尤其是埃及，自 2011 年 1 月 25 日群众上街游行，到 2 月 11 日总统穆巴拉克宣布辞去总统职务把权力交给军方，持续时间也就是半个月的时间。这期间，形势翻转变化，令人揪心。开始是政府镇压示威者，中断互联网，后来，示威规模扩大，总统不得不出来缓和局势，宣布不谋求连任，任命副总统并削减自己的权力，责成政府与示威群众进行对话。但由于总统宣布绝不辞职，对话陷入僵局，示威进一步升级，在此情况下，看来总统自认已无力扭转局势，于是出人意料的突然宣布辞去总统职务。

局势很富戏剧性。谢天谢地，最后，总算没有酿成更大的暴力，总统平静交出权力，大规模示威逐渐平息。

对于发生在幕后的政治，人们有很多猜测，也有很多专家型分析，各种说法都有。且不说穆巴拉克突然交权到底背后发生了什么，埃及的将来局势到底如何发展，单就人民发声（有的评论论称为"人民起义"），迫使被认为是铁腕统治的穆巴拉克下台这件事，颇能发人深省。

穆巴拉克 1981 年上台，在位 30 年，数次遭到暗杀，仍稳坐总统宝座不倒。据认为，要不是这次"人民起义"运动，他要么今年 9 月还会谋求连任，要么把权力交给儿子。

他执政时间太长了，一人在位这么长时间，肯定会积累很多矛盾，为要维持局面，就不得不靠强制高压政策。面对激化的社会矛盾，自 1995 年，他不得不宣布实施紧急状态法，自此以后，一直靠强制手段维持政治和社会稳定。这肯定会累积更大的矛盾。这次示威中，群众提出的其中两个明确要求是：一是穆巴拉克必须下台，拒绝与他进行对话；二是立即取消紧急状态法，还自由于民众。有人说，穆巴拉克为一个充满矛盾的埃及带来了长期稳定，是有功的，但是，事实表明，公众不买这个账。一个社会的稳定靠强压终究是靠不住的，社会的长期稳定需要建立在社会共识和和谐的基础之上才行。

埃及的一个根本矛盾在于社会差别越来越大，很多人长期以来没有从发展中得到好处，他们被现代化所抛弃，这种形势也为极端势力的发展提供了土壤。过去一些年，埃及屡屡发生外国游客被极端分子枪杀的事件，政府不得不建立专门的旅游武装警察部队来保护旅游者。贫富不均，社会分化，源于制度，老百姓对长期以来的特权、专权、腐败盛行恨之入骨，示威中提出的一个主要口号是民主、改革、公民参与。人们要求举行公正的选举，要求惩治腐败。形势逼人，军方接管政权后，不得不明确承诺立即组成班子修改宪法，按时还政于民，下决心惩治腐败。当然，鉴于埃及政治的复杂性，是否会能实现真正的改革，老百姓的生活能否得到明显改善，还是个未知数。如果达不到人们的要求，还会闹下去。

到过埃及的人都会发现，埃及老百姓很反美。这样就造成埃及上层政治与公众社会的两极分野。穆巴拉克与美国保持着密切的合作，是美国在中东地区的可靠战略伙伴，每年美国为埃及提供大量的军事援助，但是，这些钱并没有到了老百姓的手里，而是用于维持政权，军队，支持美国在中东的政策。在我访问埃及的时候发现，与老百姓交谈，都有很强的反美情绪。我们看到，在发生"人民起义"之后，美国政府并没有像在别的国家那样兴高采烈，而是忧心忡忡，奥巴马、希拉里都一再呼吁，示威者要有序，要守规，不能乱来。原因很清楚，美国最担心反美的穆斯林兄弟会力量借机上台，改变穆巴拉克的政策方向。最近，美国一些专家在反思，美国在中东政策的失败之处是，只依赖专制统治人物，脱离了民众。

当然，在埃及，参与示威的各个力量很复杂，如果局势失控那就会导致很大的混乱。这次埃及军方表现很克制，尽管开始发生了死人事件，但后来军队对示威者采取了容忍的姿态，并公开对死伤者表示哀悼。

埃及毕竟是一个文明古国，人民是很有觉悟的。就在穆巴拉克宣布下台之后，大多数参与示威的群众开始撤离广场，许多人还在撤离之前把垃圾收拾起来，有的还挂出标语，说声对不起，影响了大家的生活。他们这样的表现真是令人敬佩。但是，从今后的局势发展看，如何实现公平选举，如何实现稳定过渡，都还是未知数。毕竟从一个极权体制向开放民族体制过渡需要时间，需要新制度建设，也许选举一下子并不能带来人们期盼的结果，尤其是，乱局会影响人们的生计，新的制度也可能带来不稳定。

中东地区的这场人民运动还在发展，将来如何，会带来什么样的结果，还有待观察。但我们看到，中东的这场风暴还在刮，在几个一人长期执政、靠专权维持政治社会秩序的国家都爆发了示威，尽管背景不同，但有一点是类似的：人们不满现状，强烈反对专权，反对腐败，要求生活改善。其影响也是很明显的，一些国家的当政人物都急忙宣布不再连任，承诺进行政治改革，有的甚至向公民发放福利。

俗话说，水可载舟，亦可覆舟。人民的力量一旦起来，势不可当。在一个国家，当政者如果长期忽视人民的利益，无视人民的诉求，风暴迟早会来的。

同舟共济，需要合作

　　日本大东北部地区地震、大海啸、核泄漏三位一体，其危害程度之深，影响之大，令世人震惊。灾害发生后，我国立即派出救援队，提供紧急物资援助。来自世界各地的救援队，援助物资也都在最短的时间汇集日本。有难同当，危难之中见真情，面对这样的大灾大难，生活在这个星球上的人，不分国籍、肤色、宗教信仰，都表现出了共同的情感和责任，这是最难能可贵的。

　　面对大灾难，没有人去责怪谁，因为天灾是无情的，谁都不知道它在那里发生，以何种形式发生。尽管如此，前所未有的日本三位一体的大灾难，还是提出了许多值得人们深思的问题。

　　东亚地区，尤其是东北亚地区地缘连接紧密，人口密集度高，灾害传递性强。尤其是像核泄漏这样的灾害，危害性极大，扩散性极强。一出发生问题，会殃及很大的区域，对周边海域，周边国家的人民可能会造成直接的伤害，同时，核辐射扩散的信息传递会导致广泛的社会不安和不稳定。日本福岛核电站的几个机组出现问题，由于救助措施跟不上，面临出现大泄漏的威胁，日本不得不把核污染的水向海里排放，这使得相邻地区国家处于高度的临危状态，引起相邻国家的不满。过去几天中，人们几乎是带着恐慌的心情密切关注事态的发展。在我国，传言就曾导致了民众抢购碘盐的风潮。因此，这表明，安全已经跨出国界，不仅仅是一国国内的事情。在安全标准、安全检测、信息共享和信息通报等方面需要更好的合作机制。

　　在全球化、区域化高度发展的情况下，各国的经济发展相互依赖，尤其是在东亚地区，各国之间形成紧密联系的区域生产网络，一国出现问题，就会导致整个链接链条的断裂，尤其是像日本这样的处于供应链高端的国家出了问题，就会对整个生产网络的运转产生重要的影响。日本地震、海啸和核电站危机导致了日本许多从事汽车零部件、电子、通信产品部件生产的工厂停业，或者限产，使得对中国、东南亚国家的有关加工、装配产业供应中断，进而对地区经济的增长产生消极的影响。

气候异常，灾害频发需要我们对防灾、应灾的问题进行重新审视。应该说，日本是在防灾方面做得很好的国家，日本人民也有很好的防灾意识和素质，但是，日本这次三位一体的灾害造成这样大的破坏，产生这样的困局，还是始料不及的。比如，日本的物流非常发达，但是，灾害面前却陷入瘫痪，原因是物流体系一切依赖电力和电子系统支持，电力一中断，一切就不灵了，加油站有油，但是没有电，油流不出来，仓库里有物资，但是，电子自动发送系统不工作了，靠人工无从下手……现代化的社会变得如此脆弱，不堪一击，这需要我们重新考虑和设计规划包括防灾系统在内的综合发展体系，同时，在如此巨大的灾难面前，一个国家的应对能力显得如此单薄，需要有主动、及时、有效的国际，尤其是地区合作反应体系，以便在最短的时间提供援助。

近年来，东北亚地区，尤其是中日韩三国合作取得了一些新的进展。防灾减灾是三国合作的重要内容。2008 年，在福冈召开的第一次三国领导人会议就通过了《三国灾害管理联合声明》，三国承诺，"制定全面灾害管理框架，制定措施并建立系统，以增强防灾抗灾能力，最大限度地减少灾害破坏"，三国灾害管理部长会议也制度化。日本三位一体的灾难及其所造成影响应该成为推动中日韩三国灾害管理合作机制发展的契机。在日本京都召开的中日韩第五次外长会议强调，三国应进一步加强灾害管理合作，期待这方面合作加快步伐，取得显著的成效。

东北亚国家有着紧密的地缘、生态、经济、安全环境，合作的机制建设的步伐应该加快，不仅是中日韩三国，也有朝鲜，值得注意的是，朝鲜的核开发不在监控之下，有没有问题？一旦有了问题怎么办？其核开发设施紧邻我国东北，我们有理由介入。俄罗斯也是核大国，发生过切尔诺贝利核电站事故，造成灾难。

中日韩三国已经同意建立合作秘书处，这样就可以更好地推进合作，尤其要重视把生态安全、核安全放在突出位置，也要建立涵盖东北亚所有国家的对话合作机制。俗话说，危中生机，日本大地震灾难应该成为重建家园，重新谋划发展，加强区域合作的新契机。在灾难面前，日本的政治家要改变观念，增加与中国合作的意识。中日若不合作，东北亚地区的大事就干不成。

危险的"游戏"

　　我应邀到韩国参加国际会议，会议的主题是朝鲜半岛问题。我参加了一天半的会议，组织者安排我作了三次发言。其间，还让我接受了韩国电视台记者的访谈，真是忙得不可开交。再加上会议地点是在首尔的远郊区，结果，我的韩国之行就是从机场直接接到会议驻地（飞机飞 1 个小时，到会议驻地开车 3 个多小时），再从会议室（发完言、回答完问题）直接到机场回京。这也算是出了一趟国。

　　这次会议是由韩国基金会组织的，形式特别，主旨发言者都是比较有影响的人士，参会者来自世界各国，主要是年轻专家，有上百人。会期三天，分了好多个议程，每个一个议程都是先安排 2—3 位主旨发言，然后开放提问，进行问答交流。每个议程之后，把参会的年轻人分组，进行自由讨论，然后再把他们集中，交流讨论的看法。会议议题严肃，但气氛很活跃，由于参会者来自很多国家，他们的观点分歧也很大。

　　韩国人对朝鲜可以说是心情复杂，且看法也不尽相同。对很多人来说，说心情复杂，主要是两边的人本是一个民族，但却严重对立，实在是一种民族的悲哀。人们对来自朝鲜的"挑衅"颇为愤恨，从朝鲜开枪打死韩国游客，击沉天安舰，到炮击延坪岛，死了很多人。韩国方面认为，韩方对朝鲜提供了大量的援助，却没有换来任何好的回报。

　　不过，由于韩国政治分野，人们对现行政策看法很不同，这也涉及对朝鲜的态度。民主党当政时实行对北方的阳光政策，促进了南北交流，南北对抗性大为降低，但是，阳光政策受到对北方强硬派的批评；大国家党现在当政，对朝鲜实行的是强硬政策，结果对抗加剧，导致形势不时陷于紧张，而民主党这一派则主张对朝鲜实行接触、对话的政策。

　　这样的情况也使外国人到韩国很作难。比如，我有许多韩国的熟人，"左""右"都有，他们的观点很不一样。现在是右翼（大国家党）当政，话语权更强硬些，我又担任中韩联合专家委员会执行主席，这个委员会是现任领导人倡议建立的，接触的当权派人士多些（尽管有不少看法我与他们不同）；"左翼"（其实也不是左，民族主义也强，但主张对朝鲜怀柔，以和解，交往促变）在台下，自然对当局颇为不满，与这派人交谈起来，他们会对当前的政策深表不满，对南北紧张，他们认为责任在当局。

作为中国学者，我有自己的看法，与观点这样对立的两个阵营的朋友交谈，还是有时感到有些"左右为难"：一是不同的观点都得听下去，二是我自己的观点他们有些也不认同。好在我是学者，不是官员，比较灵活，什么话都听得进，有什么话都可以说出来，并不影响与他们交往。有一位韩国的老朋友，他是属于"极右派"，很亲美，反北，他的观点我基本上不认同，这次会议又在同一个议程发言，会上观点不同，会后，我们还是交谈如故。

当前的朝半岛局势还是很令人担心的。韩国当政者一派对朝半岛局势很担心，对朝鲜的政治很敌视，认为朝鲜是挑衅者，打沉天安舰，炮击延坪岛，死伤那么多人，简直是穷凶极恶。他们认为，朝鲜政治家族世袭，令人反感，而其经济极度困难，韩国给了那么多援助，不仅不感激，还恩将仇报，一再挑衅，为此，对付朝鲜的办法只有一个，就是强力对抗。他们拉美国搞军演，自己大力增强军力，誓言要对任何来自北方的挑衅给予 10 倍的报复。尽管李明博总统表示，有兴趣进行南北对话，但是，前提是朝鲜先道歉，要承诺弃核，这肯定是做不到的。朝鲜也不示弱，面对军演，一再表示，若受到侵犯，将以核战报复。

这是危险的游戏。有人说，这不过是两边搞边缘政策，美国趁火打劫，真的大战是打不起来的，因为双方都知道，真的打起来，损失都难以承受。不过，战争这个东西，有时很难驾驭，很难预测，战争大火往往是由一点小火星引起的，由小到大，最后变得一发而不可收拾。

开会期间，几位韩国专家发言都表示，朝鲜拥有核武器，以核欺人，韩国的安全受到根本性威胁，为此，韩国为了自己的安全，也应该拥有核武器。值得注意的是，最近，韩国一家机构搞的一项民意调查结果表明，被访问者主张拥核的比例竟然高达 69％，支持美国重新在韩国部署战术核武器的占 67％。这是一个很大的变化！我倒不认为韩国会轻易走上核武装的道路，但是，令人担忧的是民意取向以及它们对政策的影响。如果韩国搞核武器，或者再引美国的核武器入岛，那么，日本就会跟随，朝鲜也会更对抗，东北亚的局势就会发生很大的变化。

中国设计的"六方会谈",目标就是"一石三鸟":朝鲜放弃核武器,朝半岛关系正常化,建立地区长久安全机制。看来,朝鲜不愿意上这个钩,美国也不愿意改变政策,日本有自己的打算,韩国希望朝鲜有一天撑不下去垮台。六方会谈从一开始就步履维艰,目前陷于停滞,晾在那里没人理。朝鲜曾发誓,永不会六方会谈,最近,朝方又表示愿意无条件回到六方会谈,但是,韩国、美国、日本都认为朝鲜没有诚意,而是因为其国内粮食短缺,想缓和气氛,争取援助,因此,不接这个招。

朝半岛局势充满着危险,可是大家都好像在这里玩游戏,玩危险的游戏。只有中国还在那里苦口婆心地游说,拉大家回到"六方会谈"。尽管大家都说很有必要,但是,真心往前挪步者无。

怎么办呢?韩国,美国,还有日本都说,中国要压朝鲜,可是,看看利比亚那里发生的事情,卡扎菲因主动放弃核计划曾被美欧说成是"好孩子",足可以为朝鲜所仿效。可是,现在欧美的飞机正在对卡扎菲的地盘进行狂轰滥炸,逼卡扎菲下台。这时候去压朝鲜,那不是要碰一鼻子灰吗。

看来,朝鲜半岛的事情急不得,那就静观其变吧,只是不要使局势失控就行。

可信的印度

最近去印度开会，虽然来去匆匆，但还是有不少新的感受。飞机一降落，第一个感觉就是，机场变了，变得宽敞了，出了机场大厅，再也不是以前那种乱糟糟的样子，一条条宽敞的通道，一辆辆排得整齐的汽车，显得现代，有序。通往市里的道路也变得宽阔了，大道一直延伸到城里，城里的道路也整修一新。

印度人为新机场自豪，来接我的印度小伙在引领我到停车场途中，自豪地说：这是亚洲最大、最好的机场。我点头称是，可心里嘀咕，这远没有北京的机场大，更没有北京的机场气派呀。我没有好意思扫小伙子的兴，因为，毕竟，新德里的新机场花了那么多年才建成，实属不易，我记得机场那个写着"世界一流的机场在等着你"的很大的广告牌在那里孤零零地立了很多年，据说，要不是2010年年底的英联邦运动会，新机场建设可能还会拖下去。出了机场刚上快速路，还可以看到，半拉子完工的场地上，还堆着很多工程机械，一个个大土堆还在那里没有清理，看来，整个工程完工，还需要时日吧。

到新德里已经是很晚了，新德里的夜晚显得很宁静。第二天一早，我走到大街上，看到了熟悉的熙熙攘攘的人流和车流。大街上的汽车倒是比以前新了，老面孔的大使牌汽车已经不多见。我极力搜寻广为宣传的为印度大众制造的廉价"纳诺"小汽车，可是一辆也没有发现，后来一问，原来，这种车没有投放市场，塔塔公司停止生产了。据说是因为市场接受度太低，有钱的人不买，收入低者嫌贵，买不起。倒是被称为"印度直升机"的三轮小蹦蹦车还是那么活跃，满街穿行。这种车是印度的大众出租车。很方便、很便宜，这在北京叫黑摩的。晚上我出去时，决心试一把，体验一下。坐这种蹦蹦车很便宜，一趟也就是人民币一元钱。我上了车，开车的小伙子很爱谈。他吹牛说，这是印度最安全的车，开车都不用手扶。他还表演了一下，只用

69

脚，开得飞快，在汽车流里穿行。我说，还是别这么冒险，慢点开。他说，别担心安全，已经开了7年了，没有出过事故。他还告诉我，这车是从公司租来的。他原来家在农村，一家人到新德里来打拼，希望改变生活。他老婆没工作，有两个孩子，一个上学，一个还小，就靠他一个人开这种"直升机"挣钱。我问他住的怎么样，他说，住的房子很小，是租来的，租大的付不起房费。我说，将来挣钱自己买房子，他说，那是不敢做的梦，靠我的孩子吧。我问他，日子过得怎么样，他乐观地说，挺好！下车时我大方地给了他10美元，他很感动，当知道我是中国来的，还说了一句"谢谢"。

我参加会议的一个重要内容是关于印度的发展，主讲人大都是印度专家。关于印度的经济发展和未来市场，印度专家都表示，印度未来发展的有利因素是继续享受"人口红利"，也即人口总体保持年轻。但是，有的专家也表示，印度的人口虽年轻，但是领导人太老了，年轻的领导人没有培养起来。像辛格总理，年纪很大了，也下不来，接他班的领导人没有，他只好一直干下去。

谈印度也少不了联系中国，因为这是两个国家人口最多，发展潜力最大，反战势头很猛，两个国家发展合起来会改变世界。但是，与中国比较，看起来，印度人心情复杂：一则，感到自豪，因为印度的经济增长速度加快，大有赶超中国之势；二则，与中国比，印度总体实力还有不小的差距，中国的竞争力太强。有的印度专家在会上说，印度在世界上有地位，在中国面前没能力，印度向中国出口原材料，从中国进口制成品，像是不发达国家对发达国家的关系。也有发言者担心，尽管印度经济增长加快，但是，还是赶不上中国，如果这样下去，与中国的差距只能进一步拉大，有人甚至夸张地警告，未来印度与中国比，就像现在的墨西哥与美国比。

惧怕中国是一些印度人的心病，因此，许多人整天拿中国说事。在他们看来，就好像中国有个不可告人的大战略：在千方百计不让印度起来，有朝一日，要与印度打一仗。尽管在大场合，中印共同参与了许多合作框架，如东亚峰会、20国集团、金砖集团等，但是，一到具体事情，就有矛盾了，比如，印度对中国的商品、投资施加限制，对中国人到印度，也是限制有加。

我曾写过两篇关于印度的博文，题目是"不可思议的"印度（英文是incredible India），这本来是借用印度人自己的说法。印度人一直为"不可思议"而引以为自豪。印度人喜欢这个形容，因为那代表着印度这个国家多姿多彩，体现着印度人的智慧，可以令人对印度感到深不可测。

这次访问时，我被告知，印度人不喜欢用"不可思议"（即 incredible）这个词来形容自己了，因为英文的"不可思议"，也可以被理解为"不可信"，为此，印度人提出，要成为"可信的"印度（credible India），而不是"不可信的"印度。

成为"可信的"印度，这个提法好。给人的印象，印度因为不可思议，的确也有些不可信。比如，据几位与印度有生意关系的朋友讲，与印度人做生意，打交道，最大的问题是"不可信"、不守信，比如，往往谈好的生意，他们可以突然变卦，定好的付款规约，对方可以置之不理。

与印度人打交道，有一个难题，就是印度差别太大。有的印度人说，印度是一个大陆，而不像是一个国家。印度的特色就是差别，人分种姓，国分邦土，各行其是。国家就是不同的机制自我运转的一个大混合体。因此，了解印度，就要首先认识印度的差别性。可是，印度那么大，人口那么多，深入了解谈何容易。我多次访问印度，仍然感到所知甚少。

我记得中国的一位高官说过，中国强大起来，要做"可亲的"大国。可亲，就是让人爱，让人信赖，而事实上，大国，强国往往做事霸道，令人生畏，甚至令人痛恨。中国要改弦易辙，强大起来后让人可亲，真正做到这一点，那是很不容易的事情。

当今，世人关注的一个大势就是，世界力量的转移（power shift），即以中印两个大国发展崛起为代表的亚洲（东方）实力将会进一步上升，由此，欧美（西方）主导世界的格局将会发生转变。

现在，两个崛起的亚洲大国，中国和印度，一个要做"可亲的"大国，另一个要做"可信的"的大国，这真是一件大好事，是世界发展的一个积极的信号。

果真如此，那世道真的要变了！

暴走布拉格

　　最近有机会访问了捷克的首都布拉格。我早就向往能有机会访问布拉格，因为它有很多美誉，像"金色城市"、"千塔之城"、"世界遗产之城"等，关于它的故事很多，历史上，这里曾是神圣罗马帝国的京都，曾引发过欧洲30年战争；在20世纪，发生过"布拉格之春"、"杜布切克短命改革"、"天鹅绒革命"……

　　布拉格就像一部厚沉的历史巨著，要花大时间细细品读才行。短短的一天，只能是走马观花，看个皮毛，尽管如此，也多少满足了我"到此一游"的心愿。

　　在布拉格参观，不能错过三个地方：布拉格城堡、查理大桥和老城广场。这三个地方既述说着布拉格的历史，也体现着现在。站在高处，就会发现，这三处景点处在一条中轴线上，看起来，当年的城市整体设计颇具匠心：最高处是皇宫，雄踞山顶，从那里几乎可以俯视整个城市，往下走则是查理大桥，由于伏尔塔瓦河穿城而过，大桥是从皇宫通往城里的唯一通道，过了查理大桥，就到了老城广场，那里是布拉格的中心，繁华之地。

　　在布拉格参观，被称为"暴走"，原因是，一则，布拉格城市依山而建，要不断地走上跑下；二则，老城区的路都是由小石头铺成的，高低不平，走起来很不轻松，一天下来，会感到很累。

　　布拉格城堡有1000多年的历史，一直是布拉格的政治中心，历史上曾是皇家官邸，现在是总统府和政府机关所在地。这里建筑多样，有罗马式、哥特式、巴罗克式、文艺复兴式等，体现了历史的变迁。有意思的是，作为历史遗产，它向公众开放，每天游人都是熙熙攘攘。对于我们中国人来说，也许很难理解，国家元首和政府大员怎么能在这样热闹非凡的地方办公，既不安静，也不安全。有意思的是，总统在办公室的时候，一定要挂出大旗，告诉人们他在办公室里，据说，前总统哈韦尔还不时走到办公楼的阳台上，或者走下来到办公楼的小广场上，与群众见面，发表讲话。总统办公楼的大门是紧闭着的，但是，门前没有耀武扬威的站岗士兵，倒是城堡大门入口处有两位站得笔挺的卫士，显然那是代表历史，摆样子的。其实，这倒使我想到，欧洲的不少国家都是这样，领导人的办公处大都是一个个向公众开放的地带。

查理大桥建于 14 世纪，以国王查理四世命名，集历史与艺术于一身，桥上有 30 座雕像，被称为"欧洲露天巴洛克塑像美术馆"，各座雕像都代表着一段传说的故事，有些近乎神话。如今，桥上不准机动车通行，成为旅游景点，每天都是摩肩接踵的人群。令人感兴趣的是那些桥头画家，游人坐在那里，一会儿就可以得到惟妙惟肖的画像，价格也不贵。游人站在桥上，可以尽赏伏尔塔瓦河两岸的美景：穿梭而过的船帆，绿荫掩映中的红瓦白墙排屋，尤其是那高高在上的布拉格城堡。

老城广场曾是布拉格历史上的商贸中心，政治中心，那里有老市政厅，也是富商巨贾的豪宅集聚的地方。最具特色，最吸引人的要数自鸣钟，据说是 15 世纪中期由一名钳工用锤子、钳子、锉刀等工具手工制作的，至今走时准确，每到钟点，先是"小鬼"拉响铃铛，接着 12 个圣徒依次在打开的天窗里出现，最后是金鸡鸣啼，钟楼上的人吹号，结束报时。这里，每天都吸引很多人，游人都想一睹为快，看看西洋景。不过由于大钟报时的时间很短，大多数人几乎听不到什么，如果错过时间，只能扫兴而去。尽管如此，游人还是不断地往这里拥挤。

老城广场是群众集会的地方，捷克发生的大事都离不开这里，像 1940 年 2 月的"红色革命事件"，1989 年 11 月的"天鹅绒革命"，这里都是人群的集聚点。

捷克人为自己的悠久和辉煌历史感到骄傲，常常津津乐道地历数他们的世界发明，他们伟大的文学家、诗人等。他们有很强的民族自立、自主性，并为此而挺身奋争。有意思的是，捷克加入了欧盟，按照惯例，总统府应该挂两面旗，一面是国旗，一面是欧盟旗，而捷克总统府就偏偏只挂自己的国旗和总统旗，据非正式说法，这可能是因为，捷克人认为，总统府在老皇宫城堡，老皇宫城堡只属于捷克，而不属于欧盟。

布拉格曾经是捷克—斯洛伐克的首都，如今只属于捷克了。分分合合，争争斗斗，这是第二次世界大战后发生在这个城市的历史，但是，这里发生的一切似乎都是"平静的"：1948 年，一场和平革命使捷克—斯洛伐克转向苏联集团；1968 年当时的领导人发起政治改革，提出要建设"人性面孔的社会主义"，结果招来苏联的大举入侵，捷克军队举手缴械，领导人被抓走，两个青年不惜自焚，以示抗议（如今在其自焚处，设有小小的纪念碑，他们的肖像镶嵌其中，不时有人敬献上一束小花）；1989 年，这里发生了重大的政治转型，也是以"天鹅绒革命"（意为舒舒服服的）的方式完成的；捷克与斯洛伐克和平分家，也是那么顺理成章……

捷克人最喝爱啤酒，是世界上人均喝啤酒最多的国家。据说，捷克啤酒益神，喝了啤酒，人们就心地平和了。这也许是真的，你看那沿街的酒馆、餐馆里，到处都是举杯痛饮的人们，几杯啤酒下肚，似乎一切忧愁都可以被消融掉了。"脸上挂着一丝淡淡的微笑，心中却藏着深深的惆怅"，这是捷克浪漫主义诗人马哈的诗句。如果当年马哈多喝点啤酒，那惆怅也许就云消雾散了吧。

在布拉格访问，人们很少提及过去发生的变革，好像一切都是那么平和。在那里访问，介绍者不时提及捷克的"转型"，那是指 1989 年的"天鹅绒革命"，他们说起来那么轻松，好像一切都是顺其自然，没有什么值得令人惊异的。

布拉格是唯一整体被联合国教科文组织列入世界文化遗产的城市。一天的"暴走"，只能说是匆匆一瞥。什么时候能够再来，安静地住上几天，那时，也许我对它会有更深入的了解。

快乐的罗杰

2011 年 5 月，我有机会到法国的科西嘉岛访问，长了些见识，尤其是偶遇住旅馆当服务员的罗杰先生，他的一席话使我受益匪浅，终生难忘。

科西嘉是法国南端的一个岛屿，面积小于我国的海南岛，人口只有 23 万人，比海南岛的人口少得多。

科西嘉因人出名，这个小小的地方出了两个尽人皆知的大人物：一个是发现新美洲大陆的航海家哥伦布；另一个是曾驰骋疆场，建立法兰西帝国的拿破仑。

尽管拿破仑曾英雄盖世，那毕竟是历史了。不过，如今他的一句名言却是被常常提起："中国是一头睡狮，一旦醒来，会震撼世界！"随着中国重新崛起，他的这句名言似乎在应验，在发威。

科西嘉于 18 世纪中后期（1769 年）被强行并入法国。有意思的是，正是这一年拿破仑呱呱落地。拿破仑的父亲本来是抗击法国入侵的英雄，后因抵不过，成了顺民。拿破仑曾经说过，他永远不会原谅他的父亲向法国投降。可是，试想，要是不归顺法国，一个边缘小国的拿破仑，也许就没有那样大的空间和实力横扫欧洲大陆，成为一世枭雄了。

许多科西嘉人仍然怀念自己的历史。很长时期以来，要求独立的科西嘉独立运动一直不断香火，2003 年，法国政府把搞独立的头目判处了死刑，是年，让科西嘉人为是否要有更大的自治权进行公民投票，投票结果显示，50% 多一点的人反对，因为他们担心更大的自治权会助长独立势力。少数服从多数，赋予科西嘉更大的自治权也就作罢了，如今形势比较稳定。

现在，科西嘉成为旅游胜地，除了它美丽的自然风光，拿破仑也是一个大名片。在科西嘉，有拿破仑的故居，拿破仑的展览馆，很多旅游产品也有拿破仑的印记。我住的旅馆就在拿破仑故居附近，按说是"近水楼台"，可惜，去的时候正值拿破仑故居闭关，没有能够如愿造访。不远万里，慕名而去，结果，"时运不济"，吃了闭门羹，这不能不说是一个小小的遗憾。

科西嘉最南端的"南海"风光是最迷人的。从阿雅克肖省城驱车，一路山峦起伏，绿海延绵，经过3个多小时，就到了最南端的博尼法乔（为了好记，根据发音，我给它起了名字，叫"保你发笑"）。到了"地尽头"，才感到"天边"是那样的无际，站在海滨之崖，放眼望去，蔚蓝而平静的大海，在阳光下，闪烁着波波磷光，远处，似有隐约可见的岛影浮现（据介绍，那是意大利的撒丁岛），此景此情，任凭你打开心扉，尽情放想。

这里，最迷人的是海。地中海以风平浪静著称，没有其他大海惯有的那种放荡，整日里波涛汹涌。这里的海水是那样的蓝，蓝得令人心醉。整个景象就像是一幅油画：蓝天上飘着朵朵浮云，一望无际的湛蓝色海平面，远处，还可以看到白帆点点，缓缓飘移。我们常说，海天一色，似乎只有在这里，你才可以真正地体验到。

最使我难忘的是乌多姆宾馆的服务生罗杰先生。他高高的个子，一头白发，脸上总是带着笑，笑得真诚，笑得可爱。

开始，我把他当作是一位可亲的老者。不过，聊起来，才得知，他才54岁，比我还小十几岁呢。也是，看看他矫健的身姿，仅凭他的一头白发，就把他当作老者，看来是有些"走眼了"。

问起他的经历，令我有些吃惊，也令我对他有些敬佩。据他介绍，他原来是一位银行的经理，几年前辞去经理职务，从法国西北部的布列塔尼半岛来到科西嘉。他来科西嘉是寻找自我。他先是在一家旅馆当管理员，去年才来到这个旅馆当前台服务生。

到旅馆时天色已晚，他为我们搬箱子，登记注册，箱子有些沉，他一趟趟搬，看来累得有些腰疼，他自己捶捶背，脸上还挂着笑容，没有一丝不快。早餐时，还是他一个人服务，端茶送饭，跑来跑去，忙得不可开交，脸上还总是带着笑，他笑得很自然，看起来，也笑得很开心。

我问他，为何从银行经理换到这个工作？他很平静地说，因为他喜欢科西嘉，喜欢当服务员。他说，干这个工作，每天可以看到来自不同地方的旅游者，能为他们服务，能让他们高兴的游览科西嘉，感到很愉快。他说，现在他是自己一个人在这里，原来是有家庭的，他来科西嘉，妻子和孩子就与他分开了。

我问他，为何来科西嘉？他说，来科西嘉是因为他崇拜拿破仑，来这个旅馆工作，是因为它离拿破仑的故居很近。他喜欢这里的环境，这里的人，这里的气氛，愿意永远把自己留在科西嘉。罗杰是个天真的人，不愧来充满浪漫情调的布列塔尼。

他的一席话使我想了很多。尽管我对他弃家出走的做法不敢苟同，但对他为了自己的追求，自己的所爱，而放弃在我们看来是金饭碗的工作，甘愿当服务生的人生观，深表钦佩。

在他看来，工作就是为了快乐的活着，活着就是为了快乐。这使我想起中央电视台主持人白岩松出的一本书的题目《幸福了吗?》，据说卖得很火。我粗粗地看了一遍，他书里没有回答到底是不是幸福了。他似乎想表明，做什么事都是不容易的，不管有多艰难，做了，努力了，就可告慰了。我想，他想说，这就算是幸福了吧。

罗杰给予了另一种回答：干你想干的事情，快乐地活着。

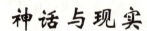

神话与现实

提起希腊，总是有一种神秘感。说它神秘，历史上，希腊曾是那样的光芒四射，出了那么多的名人，产生了那么大的影响。可如今，这个国家陷入了严重的债务危机，以致被喻为是一个"处在破产边缘"的国家。这真是，历史与现实，一个天上，一个地下，有些不可并提而论！

最近，我有机会访问希腊。过去，我对希腊的了解只是从书中得知，而今，亲临其境，毕竟感觉不一样。

希腊是文明古国，在公元前5世纪达到辉煌的顶峰，出了好几位流传千古的伟大思想家，像苏格拉底、柏拉图等，他们的思想影响至今。

奇怪的是，中国也几乎在这个时期出了伟大的思想家老子、孔子等。当时，世界是分割开的，东西方没有横向联系，可是为什么在这样大的世界空间里几乎同时产生了那么多伟大的思想家呢？这有些让后来的人很难做出解释。

说到希腊的史迹，令人惊异的当属迈锡尼古城，鼎盛于公元前3000多年前，该王国曾富甲一方。后来的发掘，不仅发现了王者的金面罩，还出土了1公斤多黄金。如今，从遗留的残墙断壁中，还可以依稀看到当年的繁荣痕迹。

古剧场不能不说是一个奇迹，距今已有2500多年，能容纳近两万人。圆形大剧场从底层向上扩展，全部用石头建成。现今，站在剧场底部的正中央，就是撕一张纸片的声音，也可以在最高处清晰地听见。我们同行的一位京剧名角忍不住检验一下它的神奇，站在正中央，一声清唱，顿时震响整个大剧场，引来不少游客观看。

然而，据说，建这个剧场当年并非是为了演戏，而是用于治疗疾病，是一个大露天理疗场，人若有了病，就站到剧场中央，大声喊叫，排出毒气，身体就可恢复元气了。

雅典体育场是第一届奥运会的主场馆，2004年，雅典申办奥运会成功，这里又重新上演辉煌，200多个国家派人参加比赛，盛况空前。如今，这个场地只是用于举行仪式，平常成了旅游景点。

　　当然，高高在上的雅典卫城，是必去之地。卫城本是一个神庙群，始建于公元前580年，被称为希腊最杰出的古建筑。它是为了炫耀胜利而建，因此，曾尽倾城之力修筑，满是内容丰富的壁画，威严的神像，精美的雕刻。不过，现今，这里看到的很多东西已非原物，许多真品被英国掠走了，放在大英博物馆里。希腊人对此耿耿于怀，期盼早日物归原主。比如，在新建的博物馆里，一尊女神雕像，至今只有底座，空位以待，专等她由英国归还时体复原位。

　　乘着夜色，我们还专门找到了在卫城附近的古希腊城邦民主议事台，以目睹一下这个被称为现代西方民主的发祥地。沿着林荫小路，经高人指点，终于找到了那块地方不大的台子。这里，白天只能看，不能登台。趁着夜色无人，我们同行的几个人都轮番走上议事台，不由得随便高喊几句，感受一下历史。也许是因为历史太遥远了，似乎难有历史回归的感觉。很难以想象，几千年前，几百人聚集在这里议事，大家七嘴八舌，如何就重要议题达成一致意见。

　　也正是在这里，公元前399年，伟大的哲学家苏格拉底被500人的陪审法庭以莫须有的罪名判处死刑。黑格尔认为，苏格拉底之死是悲剧性的，因为，一个可敬的人遭受了无辜的灾难或冤屈。这是古希腊城邦民主的一曲悲剧哀歌。

　　希腊人为自己悠久的历史而骄傲，也为有如此伟大的历史文明而自豪，那里有看不完的古迹，听不完的历史故事。如今，希腊人仍然享受着辉煌历史赐予的遗产，仅旅游一项，每年就可创造18%的国民生产总值。

　　然而，我们毕竟生活在现在。现在的希腊已经风光不再。当前的债务危机几乎使希腊成为一个大叫花子，公共债务已经高得无法承受，靠求人借钱过日子。欧盟向希腊提供了1500亿欧元的贷款，它不得不接受欧盟提出的最苛刻的改革要求。目前，其债务危机仍然没有过去，还需要大输血。

　　与希腊专家学者座谈，他们认为，希腊必须彻底改革，需要改变思维方式，需要变革社会体制，需要建立一个更有竞争性的社会，甚至需要"一场文化大革命"。他们担心，彻底改革很不容易，但是，也认识到，除了下定决心改变，希腊别无出路。

历史上，希腊人曾非常勤劳，很富有创造性。他们最早懂得进行商品交换，最早建设了大批量航海船队，发展起了世界上最大的船队。他们懂得积累财富，知道文化的巨大价值，倡导竞技精神……

然而，如今不同了。据介绍，如今的许多希腊人已经沉沦了，他们太会享受，太过放荡。据说，雅典同性恋多，人妖多，夜生活长，狂欢一直持续到黎明。有人私下告诉我，在希腊男子中，几乎每三个人中就有一个是同性恋者，或者是双性恋者。希腊人爱罢工，动不动就不工作，也许是由于当前的经济情况不好影响了人们的工作和收入，雅典不隔几天就有一场大罢工。我们乘坐的航班就是因为发生了大罢工，而不得不推迟一天，在希腊的两三天，每天都有因罢工而封闭的地段。

希腊人对中国很友好，因为中国在其困难的时候出手相救，承诺购买政府的债券，增加在希腊的投资。我们所访问的机构都提出，希望中国进一步增加在希腊的投资，并购希腊有困难的企业。希腊面临的困境，在我们的交往中也可以孔窥到一些。比如，我们访问希腊的机构，与他们座谈，就是熬到大中午，也没有一家提出来请我们吃顿便饭的。

希腊当前遇到的困难的确不小，克服起来也不容易，尤其是人的改变，就更难了。但是，对于希腊也不可看扁了。毕竟，它是欧盟的成员国，欧盟不会见死不救，任其崩塌；再说，"穷则思变"，无论是内部还是外部力量，都会推动希腊改革。一些希腊人也告诉我们，中国人讲"危机"意味着"危中有机"，希腊能够乘机渡过难关。

再说，希腊地处战略要地，是世界和地区航运中心，有远见者，必定会抓住这个历史的机遇不放。俗话说，机不可失，这个机遇，也许是千载难逢的吧。

克罗地亚琐记

没有想到有机会访问克罗地亚，因为该国地处欧洲边缘，又是小国，而我近年的研究领域又很少涉及。不想最近真的有机会成行了。

其实，克罗地亚早在 8 世纪就建立了独立王国，只是后来，与他国分分合合，到 1991 年才又从南斯拉夫联邦脱离，成为独立的国家。然而，这次独立代价是很大的，处于少数的塞族闹独立，拿起武器反抗，于是发生内战，引起了南斯拉夫的干预，后经联合国出面调停才达成和平协议。内乱历经 2 年多，死伤人数多达几十万人，这独立的代价着实不小。如今，国内形势基本稳定，民族和解取得进展，国家致力于发展经济和融入欧盟大家庭。

克罗地亚是从前南斯拉夫独立出来的国家中最富裕的，人均国民生产总值近 15000 欧元。克罗地亚首都萨格里布是一个有着近千年历史的老城，现集中了全国 20% 的人口，是政治、经济、文化中心。这个城市高高在上，海拔 1000 多米，建在两个山冈上，王公贵族和统治机构一向都在"上城"，因此，上城的古迹名胜也最多。由于时间紧，许多地方也只是匆匆扫描一下，连名字也记不住了。印象深刻是上城的"石门"，因为那里有"动人的故事"。据说，1731 年，城门失火，所有的东西都毁之一炬，唯独有一幅"圣母玛利亚与儿童"的画像完好无损。于是乎，这幅画就成了神像，几百年来，成为信徒、公众拜祭的场所，20 世纪 30 年代，政府为这幅画加封了金冕，更增添了它的神秘。其实，走到那里一看，很是平常，画幅不大，铁栏封围，由于人多，细微之处无从观看。尽管如此，观者还是络绎不绝，这也许就是传奇的魅力吧。

克罗地亚风景秀丽，最美丽的是沿海地区。沿海有 1000 多个岛屿，因此，克罗地亚也被称为"千岛之国"，可惜行程太紧，没有时间去沿海。不过，倒是有机会去了被联合国教科文组织列为"世界自然文化遗产名录"的国家公园"十六湖"。由于山上瀑布逐级落跌，该地形成一个个小的湖泊，自上而下，依次排列。其地貌类似于我国的九寨沟，因矿物质的缘故，湖水是蓝绿色的，景致独特。克罗地亚人保护自然的意识很强。我问当地人，这么好的泉水，为何不开发利用？得到的回答是，为了保持它的原始生态，政府禁止开发。我还问，这么美的地方，为何不建些度假村？得到的回答还是保护原始生态。他们介绍说，这里的一草一木都是大自然的恩赐，都不应该毁坏。这一席话，令人回味。

中国人熟知的铁托，是克罗地亚人。铁托故居在离首都只有 50 多公里的一个小村子里。如今这个村已无村民，南斯拉夫时期，政府把房子买了下来，办成了民俗村，供游人参观游览。铁托的家很普通，一所大房子，住着一个大家庭，要是按现在的标准，真的不大。铁托是个传奇人物，少年出走求学，青年时就加入抗德武装，很年轻的时候就成为领导人，当了大元帅。铁托出名，还因当年他作为社会主义国家的领导人，竟不听从苏联的指挥，闹独立性，走自己的路，被开除出"世界共产主义运动"，被称为"叛徒"，他还拉大旗，搞不结盟运动，反对西方霸权，算是个铮铮硬汉。

不过，如今，在克罗地亚提起铁托，当地人的反应似乎很平常。我问一位当地人，如何看铁托？得到的回答是，他是个英雄，但作为克罗地亚人，他并没有为"自己的国家"做多少好事，这个说法当然是站在如今独立的克罗地亚立场上。这样的看法，也可以多少从铁托故居的昔今对比上看得出来。在铁托时期，他的故居之地曾热闹非凡，世界上很多领导人、名人都来这里参观，每年参访者多达 150 万人。可想而知，这么个小地方，来这么多人，当然会红火起来，很能受益。当时，这里建有大学，科研机构，还有大型体育、文化设施等。可如今，这里似乎已经退色，风光不再，游人稀少，留下的只有秀丽风光和宁静气氛。

接待我们的当地领导很热情，一班人马几乎是全部出动，详尽介绍的是这里的投资机会，希望中国人能够来这里投资，拉动当地经济的发展。我们原本只是怀着崇敬的心情来这里参拜铁托故居的，并没有更多的的思想准备，面对当地领导的高度热情接待，看到他们那种迫切招商引资的真情，我们似乎感到有点儿不知所措。当然，我们能理解，这些领导被选民推出来，为官一任，如果不能把当地经济搞上去，压力是很大的。

克罗地亚人向我们提及最多的还是马可波罗。据他们说，马可波罗是克罗地亚人，因此，克罗地亚与中国就是老朋友了。如今，他们希望借助马可波罗的老关系，拉近与中国的关系，特别希望更多的中国人来克罗地亚旅游，更多的中国公司到那里去投资。

特别令人印象深刻的是克罗地亚人在加入欧盟上的执著精神。在全国各地，无论是总统府，还是政府办公室内，到处都挂着欧盟的蓝底黄星的旗子，与本国的国旗齐挂，初到者还以为克罗地亚已经是欧盟成员了，其实不然，该国入盟的谈判还在进行中呢。据克罗地亚人自己说，今年6月会完成谈判，就可以正式成为欧盟成员国了，可是内行人告诉我们，没有那么容易。我问当地人，既然还不是欧盟成员，为何要挂欧盟的旗子？得到的回答很可爱：我们认为是就行了。也就是说，"生米已经做成熟饭"，看你吃不吃吧！

克罗地亚人对执著入盟有着自己的梦：成为欧洲大家庭的一员，安全可以得到保障；进入欧盟大市场，能得到欧盟的大量援助；能借欧盟进入世界大市场；还可以……可他们应该想到，这样借势提升，弄不好要出问题的。看看如今的希腊，借机加入欧盟，一下子实现了借钱过好日子的梦，可借钱终究要还的，寅吃卯粮，一有风吹草动，人家就来要账了，那时没钱还账，危机就来了。

执著的克罗地亚人，执著得着实可爱，可我也为他们的单纯执著担心。

还是要和为贵

2011 年的南海很不平静，围绕南沙岛礁的争端升温，针对中国的批评铺天盖地。大国乘机介入，他们不是来凑热闹的，而是来捞好处的。

不过，这几天，有关南海地区剑拔弩张的局势看来有些缓和，媒体的报道也从头条消失。两则消息令人宽慰：一是越南派特使来中国，转达越领导人关于和平解决南海争端的口信，双方表示，要通过谈判与友好协商和平解决两国间的海上争议，尽早签署"指导中越海上问题基本原则协议"；二是菲律宾外长访华，明确表示，不希望在南海问题上的争端影响与中国的总体关系，不希望与中国发生军事冲突，争端应该与两国关系分开处理，在发表的联合声明中，承诺和平解决争端，继续发展两国关系。

越、菲两国在南海问题上曾调门最高。自去年以来，越南挑头，菲律宾跟上，围绕南沙岛屿归属，大有与中国对抗之势，越南领导人甚至声言征兵，菲律宾领导人放出狠话，说不怕与中国对抗。

面对这样的形势，中国也不示弱，一边在南海地区进行大规模军演，一边派出大型海监船穿行南海。国内媒体也大量报道事态发展，一些专家也发表看法，批评美国趁火打劫，要求政府对侵犯我国主权的行为采取行动。

国外媒体舆论似有"同情弱者"之情，大多站在东南亚国家一边，批评中国搞扩张，搞霸权，美国政府也是火上浇油，又是与越、菲联合军演，又是声言承担义务保卫盟友，武装菲律宾。

应该看到，南海问题由来已久，冲突也一直不断。新中国成立后，继承了 1947 年民国政府在南海划定的 U 形线，表明对包括西沙、中沙、东沙、南沙群岛的所有岛礁拥有主权。但是，中国在很长一段时间内并没有对南海地区的岛礁实施有效占领（当时也许没有这个力量）。

争端激化始于 20 世纪 70 年代。1974 年中国与南越打了一仗，夺回了西沙，而越南在实现统一后加紧了对南沙地区岛屿的抢占，并发表声明反对中国占据西沙，80 年代以后，除越南外，菲律宾、马来西亚等也扩大抢占岛屿的范围，这时中国也加强对南沙地区岛礁的实际占领，到了 90 年代，大部分岛礁均被有关国家占据，出于地理上的优势，越南抢占最多，期间，中国与越南、菲律宾都因为渔业、资源开发发生过小规模海上军事冲突。

应该说，U 形线并不是一个严格的划界线，其含义也不甚清楚。迄今，涉及南海地区主权，我国先后制定了三个法律：一是 1992 年的领土与毗连区法，明确规定我国陆地领土包括东沙群岛，西沙群岛，中沙群岛，南沙群岛的岛屿；二是 1996 年的海基线声明，明确了大陆海基线与西沙群岛海基线；三是 1998 年的专属经济区和大陆架法，明确了 12 海里领海和领海外 200 海里专属经济区基线，这个法同时明确规定，对发生专属经济区基线与他国重叠的，在国际法基础上按照公平原则，以协议界定。

然而，南海岛屿和专属经济区的形势是非常复杂的。尽管我国以立法的形式明确了对南海四大群岛岛屿的主权，但是，实际上大多数岛屿被越南、菲律宾、马来西亚等国占有，且这些国家均先后制定了国内立法，确立对南海地区相关岛屿的主权。这样，一则，相关国家对有关岛屿的主权归属出现争议；二则，各国对岛屿的主权宣示与实际占有存在不一致；三则，有关国家对各自实际占领的岛礁以及相关海域进行开发，采取切实措施稳固实际占有。显然，这样的局面必然发生矛盾和冲突。

其实，我国早就认识到局势的复杂性。我们从发展与东南亚国家关系的大局出发，早在 20 世纪 80 年代，就提出了"主权归我，搁置争议，联合开发"的原则。2003 年我国签署东南亚和平友好条约，与东盟签署有关南海的行为声明，共同承诺保持这个地区的稳定，不诉诸武力，通过协商、合作解决争端。应该说，这些努力维护了南海地区大局的基本稳定。

那么，近年来为何局势发生逆转，变得紧张了呢？在我看来，大体有三个大背景：一是向联合国海洋委员会提交界定方案日期临近，当事国一方面通过自己的方案明晰主权拥有，另一方面通过加强对所占岛屿的实际掌控和利用，通过进一步立法强化主权地位，这等于是主动挑起争端；二是中国力量提升，加强了对岛礁主权以及相关专属海域管辖的宣示和捍卫，对一些国家在争议区进行资源开发加强了直接干预；三是一些东南亚国家主动拉美国制衡中国，而美国则借机介入，高调宣称在这个地区的利益和发挥作用，使局势复杂化。

面对新的局势，我们怎么办呢？大的战略无非就是两个：一个是打，另一个是和。打的战略意味着，用武力把被别国占据的岛礁夺回来。按实力对比，我国现在应该说是有这个能力的。但是，这要付出很大的代价，甚至会改变我国的对外整体环境，尤其是导致与东盟国家关系的对立，且会背上一个大包袱，花很大的代价去保卫这些远离大陆，且难以布兵守卫的岛礁。和的战略意味着，通过协商维持大局，通过谈判解决争端。南海有关国家都不会主动放弃主权诉求，也不会主动撤离已占岛礁，况且有关国家都向联合国提交了划界方案，将来谈判既要考虑到历史，也要考虑到现实，还要依据新的国际海洋法规定（如大陆架基线），显然，就是谈，也是会旷日持久，而目前并不是开谈解决争端的时候，因此，要做的主要还是维护局势稳定，防止发生大的冲突。对于发生小的冲突，也要有理有节，引导问题向和平方向发展，而不是在一片喊打声中轻率动武。像菲律宾、越南，可能还会有动作，激你发怒，还是要冷静。

除了要大家遵守已经达成的协议外，我们也可以提出一些新的建议，比如，主动出击，邀大家讨论南海地区自由与安全问题，因为维护南海地区稳定与航海自由、安全问题是大家的事；再比如，主动提出各方共同承诺不在南沙争议海域区单方面开发资源，不对南沙地区所占岛礁设立专属区海域等。

我看，无论是越南还是菲律宾，都不想继续挑动与中国打一仗，就是美国，也没有打算军事介入南海，冒与中国打仗的风险，不过是借机捞一把，增加自己的在这个地区的影响力。

南海的问题积淀已深，彻底了断，不容易，也不现实。古语说，和为贵，我赞成和的战略。当然，和也要有进取型，比如，尽早研究发布我国解决南海争端的具有实质性内容的原则（包括九段断续线含义），创造条件就容易的问题开展磋商。

寅吃卯粮，难以为继

经过一段时间的争斗，美国国会终于在 2011 年 8 月 1 日就提高政府债务上限达成协议。此前，很多人担心，如果到期达不成协议，美国政府会因为没有钱而出现违约。其实，这种担心真的没有必要，因为，国会最后总是要"以大局为重"的，反正不能让政府关门，进而损害美国的国家大利益。这样看来，目前的这个结果并不多么出人意料。

早在 20 世纪初，美国国会就为政府乱花钱戴上了"紧箍咒"，规定了政府债务上限。但是，实际上，由于政府入不敷出，政府债务的上限一再被突破，自然，政府的赤字和所欠债务也就一再增加。到这次国会同意提高政府债务上限之前，美国政府的债务已经达到 14.29 万亿美元的新高度，且早在 5 月就已经触顶。新的债务上限提高了 2.4 万亿美元，分期落实，同时国会要求政府逐年削减财政赤字，今后 10 年削减的数额与新增上限数额大体相当。

政府欠债的原因很简单，就是入不敷出。目前，美国政府开支 1 美元，就要拉 0.4 美元的窟窿，每个月的开支超出税入 1200 亿美元，显然，政府不举债就维持不下去。美国人平时不存钱，总是借贷消费，因此，美国的储蓄率很低，许多年份都是负数，因此，政府借钱就要靠外来资金。

长期以来，美国作为最大的经济体，最发达的金融市场，很容易吸引世界的钱流入，买美国国债就如同把钱放进了增值保险箱。长期以来，石油输出国赚的美元，积累了大量贸易顺差的国家，都大量购买美国国债，因此，美国政府不愁借不到钱。以往，日本是美国政府债券的最大持有者，如今，中国超过了日本。

美国政府寅吃卯粮，欠债日益增多的一个重要原因是搞军事霸权，到处进行军事干预，不断发起战争。尤其是战争，最烧钱，每次战争都使美国政府的债务剧升。远的不说，就说美国发动的伊拉克战争、阿富汗战争，都使政府开支剧增。奥巴马下决心要从伊拉克和阿富汗撤军，开支不堪重负是一个主要原因。其实，美国并不想离开，走了也不放心，但是，无论是在伊拉克，还是在阿富汗，会把美国旷日持久地拖在那里，美国政府深感拖不起。还有，奥巴马对北约在利比亚的军事行动之所以保持距离，避免直接陷入，一个主要的担心是会大大增加政府的财政负担。

按说，美国有特权，可以大量印制美元，很长时间以来，美国就是这样干的。但是，挥霍无度，乱发票子，最终也是会损害自己：一则这会导致美元贬值，使其逐步失去信用；二则影响资金流入，美国举债会变得困难。货币、金融这个东西，靠的是信誉，信心，美国不守信，失去市场信誉，美国就难以支撑这个老大帝国的摊子。

当然，当今还没有一个国家抵得上美国的力量，没有一种货币像美元那样被世界接受，成为主要的贸易和金融交易、外汇储备的货币，但是，美国欠债这么多，越来越侵蚀美元稳定的基础和金融市场的信誉。现在，美国政府的欠债已接近美国的 GDP 数额，奥巴马四年任期积累的政府债务会达到 6 万亿美元，是历届美国总统之最。

美国的问题就是世界的问题，因为美国占世界经济的分量很大，美元是世界主要的储备和交易货币，美国金融机构掌控这世界金融体系的命脉。次贷危机发生以后，世界都在谴责美国，都在要求美国负起责任，压美国进行改革，看来，美国我行我素的日子难以继续了。

从美国政府的债务危机，我想到一个长远的问题，就是政府如何管理开支，实现收支平衡。据一项研究，今后的一个大趋势是，各国政府的开支压力都会增大。其中，一个主要的原因是人口老龄化，而与此同时，经济增长的速度会放慢，税收的增加会赶不上开支压力的提升，这样，各国政府都面临如何实现预算平衡的问题。

当前，政府债务最多的是日本，已经相当于其 GDP 的两倍还多，好在日本人爱存钱，政府是借本国老百姓的钱，但是，这会降低国民的实际消费能力，反过来拟制经济增长，而经济低增长是税收减少，由此，又会增加政府举债的压力，形成一种恶性循环。欠债第二位的是美国，政府债务接近 GDP 的一倍，还有进一步上升的趋势，接下来是法国、英国、德国都在70%—80% 以上。令人费解的是，经济越发达，政府欠债越多。在发展中国家中，印度接近 60%，巴西超过 60%，都呈增加的趋势。令人担忧的是，一些发展中大国的政府已经累积了这样大的债务，将来要是养活老龄化的巨大人口，会面临更大的压力。

　　我国政府的债务占 GDP 的比例比较低，还不到 20%，但是，最近暴露出来地方政府债务黑洞很令人担心。如果考虑到我国人口城市化和老龄化的趋势加快，未来，政府面临的开支压力会大大增加。现今，政府的日子好像不难过，政府税收连年以高出经济增长率一倍多的速度增加。但是，如何使用增加的税收必须从长计议。在我看来，最要紧的是加快社保基金的积累，不然，未来养活巨大的老龄化人口会面临很大的困难。如果未来我们也要靠政府大量举债，情景可能会比美国政府当今面临的困境严峻，毕竟美国有美元特权和金融霸权，而我们没有。

寅吃卯粮，难以为继

不安宁的欧洲

挪威刚刚发生惨绝杀人案，伦敦及英国多个城市又发生了破坏性的大规模骚乱，欧洲到底怎么了？

我收到一位来自挪威朋友的电子邮件，是关于挪威7月22日发生枪杀案的。他告诉我，作为挪威人，他感到难以接受和难以理解。挪威人一方面为那个极端的青年布雷维克枪杀了那么多无辜的孩子而感到悲痛，另一方面更为这样的事发生在挪威而感到困惑不解。很多人都在问：为什么是在挪威？他在电子邮件里问我，中国人怎么看这件事？

说老实话，我对这样的大悲剧发生在挪威也很不解。我曾多次访问这个国家，在那里的大学做过客座教授，教过学生。我一直对挪威留有极好的印象，那里环境好，生活安逸，那里的人淳朴，实在，平和。真的很难想象，一个青年人，竟在制造爆炸案后，还又转向另一处，对着参加夏令营的无辜孩子们疯狂开枪扫射，造成近百人死亡。这样的惨案发生在一向和平安宁的挪威，就连警察对此也毫无准备，一时反应不过来。

从报道中了解到，那个疯狂的青年信奉基督教原教旨主义，反对外来移民，反对穆斯林，反对欧盟的多元文化共融政策。他不隐藏自己的极端观点，曾多次在网络上公开表达，采取行动前，留下了万言自白书。他为了显示自己的影响力，决定采取极端行动，为此进行了精心策划准备。他自诩是"神殿骑士"，声言要做世界最大的"怪兽"。他的这些怪语许多都来自他平时爱玩的电子游戏，如"魔兽世界"、"现代战争"等。在他被捕后，他对杀了那么多人竟然毫无悔意，认为"虽然残酷"，但"很有必要"。

布雷维克参加过挪威民粹主义政党"进步党"，"挪威人保卫联盟"，与欧洲的许多右翼同党有联系。就说"挪威人保卫联盟"，是"英国人保卫联盟"的分支机构，该组织的目标是保卫"白色斯堪的纳维亚本质"。就在布雷维克疯狂杀人之后，"英国人保卫联盟"竟然对他的举动大加赞赏，称他做了"成功一击"。布雷维克本人也对他的欧洲"兄弟"给予的支持表示感谢。

极端主义思想和运动在欧洲是很有市场的。尤其是近些年来，欧洲的极端右翼势力非常活跃，他们借助欧洲国家出现的经济困难，有效利用民主平台和网络工具，通过大力批判政府，大大提升了他们在公众中的影响力。公众之所以接受他们，则是因为很多人对政府的政策不满，寄希望于右翼能改变困局。右翼政治势力显露出"后起之秀"的"魅力"，在奥地利、德国、法国、荷兰，以及瑞士、丹麦等，右翼政党都先后迅速崛起，成为议会里的大党，他们加快"抢班夺权"步伐，力图扭转欧洲第二次世界大战后形成的开放、多元、共生等主流价值观和政策共识。

极右翼势力在欧洲的新发展，有着它滋生的土壤。最基本的原因是经济社会发展出现困难，诸如，经济增长放慢，政府入不敷出，财政困难，原有的社会福利根基受到侵蚀，特别是经济低迷，导致失业率上升。第二次世界大战以后，欧洲建立起来"有保障的福利社会"。在新的环境下，那些在福窝里长大的青年们有着很弱的承受力。很多人往往眼高手低，不愿意做不起眼的工作，对那些吃苦耐劳的外来移民，他们往往很嫉妒，也很憎恨，甚至以极端的方式发泄不满。像几年前发生在巴塞罗那街头的焚烧店铺事件，就是针对外来人口，其中包括华人的，他们认为，外来移民抢了他们的饭碗。

近来，欧洲债务危机可以说是火上浇油。为了应对危机，欧洲多数国家都不得不削减财政开支，减少赤字，这必然影响到经济增长，社会福利和就业。像在发生债务危机的希腊，政府的紧缩政策导致数百万人上街游行，工人罢工。最近在英国伦敦和其他城市发生的大规模骚乱，直接的导火索被认为是警察开枪打死一名黑人青年，但大背景则是英国政府缩减财政开支，公众福利受到影响，经济形势恶化，社会矛盾激化。正如一篇评论所指出的，西方国家当前普遍的经济困局、政策进退失据，催生了社会，特别是一些年轻人的"幻灭"和"反社会"心理，以极端心态制造麻烦。英国《卫报》写道，骚乱是"愤恨的爆发和多重失败的标志"。英国首相卡梅伦说，目前发生的事情显示，"我们的社会生病了"。

挪威的布雷维克，巴黎走上街头的愤怒学生，参与打砸抢烧的伦敦"愤青"，还有联想到中东北非那些赶走突尼斯统治者，推翻穆巴拉克的失业青年大军，这些，都提出了一个特别值得关注的问题：如何应对青年问题。

事实上，经济境况不好，政策调整，政治贪腐，受害最直接，精神受打击最大的是青年人。很多青年人走向社会，找不到工作，或者找不到如意的工作，结果是，生活拮据，前途无望，感到被排斥在社会的主流活动之外。这使得他们感到失望、愤懑，因此，他们变得很脆弱，有些人变得沉沦，也有些走向极端。

一个现实是，在多数国家，政府，政治家门，没有对青年遇到的问题给予特别关注，尤其没有采取特别对应措施。在英国多个城市发生骚乱之后，首相卡梅伦承认，政府对这些走向街头的青年关注和关心太少，离他们远了。卡梅伦的这句话说到点子上了。因为，在发生事端之后，很多人只是指责青年极端，责怪网络的坏作用。如果照这样的逻辑，那就只有对肇事者进行严厉的惩罚，对网络进行严管，或者甚至关闭，这样做的结果，只能是治标不治本。

欧洲是发达成熟的大陆。大凡到欧洲访问的人，尤其是对于那些来自像中国这样的发展中国家的人，都会为欧洲的"得天独厚"自然条件和欧洲人享有的富足安逸生活所羡慕。人们往往不解，欧洲人还闹什么？

然而，欧洲的确面临新的挑战，欧洲不再平静，欧洲人难以再过那种"从摇篮到坟墓"的有保障的富裕日子。欧盟的深化和扩大原本会为欧洲的发展注入新的活力，但是，过快的扩张，制度上的缺陷，为其带来许多新的难题，"欧元危机"起于内在体制，本来是一副强身剂，结果却因为药力不足，而产生副作用。借欧盟扩大，那些"一步登天"，一下子过上富日子的新成员，终究为寅吃卯粮付出代价，他们的问题也拖了欧洲整体治理的后腿。

尽管如此，自顾不暇的欧洲还要举起所谓"国际责任"的大旗，挑头干预利比亚，花大把的钱，对利比亚进行连续数月狂轰滥炸。巨额的花费已经使那些主要参与国捉襟见肘，尤其是那看不到尽头的"干预黑洞"，肯定会加剧欧洲内部的政治、经济和社会矛盾。

人们自然会问，为何不把这些金钱花在自己内部的改善和治理上呢？

卡扎菲完了

　　反对派武装力量攻入的黎波里，卡扎菲逃遁，尽管还没有被抓，但是，他要想打回来复辟看来一时不可能了。不可一世的卡扎菲看来完了。①

　　卡扎菲从一个年轻的军官通过发动政变上台，在位40多年，其间，创造了许多吸引世界目光的惊人之举，他行动怪异，反复无常，常住在军营的帐篷里办公，靠美女保镖护卫，靠儿子们掌控要害部门，他自封为革命导师，时而大反西方，时而又成为西方要人的座上宾，他曾制造了骇人听闻的洛克比空难，遭到美国的轰炸，差点儿丧命……他的非同一般的故事，真的有点数不过来。

　　说实话，这样一个人，早该下台。我们看到，当反对派势力崛起时，他的战友，最信赖的高官，一个个离他而去，加入到反对他的阵营，足可见积怨多深！

　　卡扎菲的悲剧在于，一个人当政长了，就不愿下来，就要排斥异己，最后只信自己的家人，把大权交给孩子们掌管，让孩子接班，自己成了孤家寡人。直到最后一刻，卡扎菲还可能相信，人们会舍命起来保卫他，结果，就像伊拉克的萨达姆，看似强大的卫队，不堪一击，自我崩溃。就算卡扎菲可以暂时隐藏起来，甚至动员一些力量发动反击，看来，他已是无力翻天了。

　　有人说，卡扎菲执政下的利比亚老百姓的生活过得不错，福利颇多，问题是，利比亚有那么多的石油，如果是一个更好的政府，老百姓的生活理应更好。

　　但愿利比亚局势能够较快的稳定下来，不发生持续内乱，尽快顺利过渡到一个稳定的、民主的、公信力强的政体，这样，遭受了战争之苦的利比亚老百姓可以过上安稳和幸福的日子。

---

　　①　2011年10月21日卡扎菲被打死。

不过，北约的轰炸还在继续进行，涌进的黎波里的反对派武装人员到处进行抢劫，城市断电、断水，商业秩序不能保证，这样的乱局不能持久，必须尽快结束乱局，取胜者要把恢复秩序，保障供给放在首要位置。

其实，在我看来，世上同情卡扎菲，让其继续当政者可能不多。但是，卡扎菲毕竟是在西方直接干预的强力下下台的。北约打着维护人道主义、保护人民的旗号，对利比亚进行了近半年的狂轰滥炸，大量的建筑、基础设施都被摧毁。西方世界利用高科技武器，武装和训练反对派，直接参与反对派的军事行动，派遣特种部队深入内部，指挥轰炸，这样的大规模军事行动，这样的以推翻一个国家现政权为目标的武力干涉，毕竟令人难以接受。

令人奇怪的是，北约这样干，是明显违反联合国决议的。除了激进的查韦斯大声表示反对，南非的领导人对此提出异议外，世界各国官方几乎都是闷不做声。国际法院判卡扎菲犯有"灭绝人类罪"，遭到通缉，而北约的轰炸使那么多人死于非命，却没有遭到谴责，足见当今世界仍遵循着"实力为大"、"实利为上"的"公理"。一篇评论说得明白：历史是由胜利者书写的，当利比亚的结局已定，大家就跑去与胜利者合影了。

现在，法国要带头召开利比亚重建会议，参加者只是从一开始就支持采取武力干涉的国家。这究竟是重建会议，还是分赃会议，不得而知。法国带头发动了这场军事干预，现在胜利了，萨科齐兴高采烈，希望这能加大他竞选总统的筹码。把一个个好端端的城市炸个稀巴烂，再言重建，伊拉克的例子表明，肇事者是不会花钱去搞重建的，羊毛还是要出在羊身上，反正利比亚有石油。据估计，重建利比亚，要花几千亿美元。

在卡扎菲下台和北约武力干涉之间，似乎面临一种困境：如果卡扎菲该下台，那要通过什么方式来实现呢？单靠国内反对势力起事，几乎肯定会被消灭在萌芽之中，或者因为势单力薄，取胜无望。然而，如果认可外部可以直接干预，尤其是使用武力，这个口子一开，就可能没有了边界，强权国家可以以各种借口，推翻一个"不友好"、"不顺眼"的国家的政府。世界上，这样的例子不少，尤其是冷战结束以后，西方就是打着人道主义干预的旗号武力干涉南斯拉夫，以消除大规模杀伤武器为借口（其实没有）大举入侵伊拉克。当时发动入侵的理由，现在都被击破。可是，那如何呢！反正事已至此，只能不了了之。

其实，用非战争的办法让卡扎菲下台，推进利比亚的政治变革，实现民族的和解，也不是一点希望没有。南非和非盟都进行了很多工作，提出了和解路线图，这也得到了卡扎菲本人的认可，只是前提要北约停止轰炸。但是，北约为了要面子，为了要不留后患，不肯半途而废，对让其他人抢去头功不肯接受。其结果，有更多的人失去生命，城市基础设施遭到更大的破坏。如果按照非盟的安排，至少死的人要大大减少。

有人说，中国在联合国安理会投票时投了弃权票，对北约的行动，对反对派没有给予明确支持，其后会被排斥在"利比亚棋盘之外"。按照利比亚全国过渡委员会主席的说法，在签订重建利比亚合同的时候，将会倾向于那些曾经帮助过他们国家的企业。之前，中国在利比亚有着巨大的投资，如果中国被冷落，那里的大量投资将会无法收回。然而，难道我们能够从一开始就与北约为伍，支持其对别国进行武力干预吗？

中国坚持不干涉别国内政的原则，不过，我们也审时度势，根据形势的变化调整自己的政策，比如，我们在反对派势盛之时也与他们保持接触，也向利提供人道物质援助，接待全国过渡委员会领导人来访。有人评论说，这表明，中国在走向实用主义，是接受"现实政治"。

目前，尤为令人担心的是利比亚局势陷入长期混乱，局势难以稳定下来，部落冲突泛起，这样，利比亚人民的生活会长时间陷入困境。战争是最无情的，仇恨很难化解，利比亚如果陷入长期内乱，社会秩序不能稳定下来，政治变革不能为老百姓带来安宁与幸福，那将是一场悲剧。看看伊拉克，这么些年了，还是那么乱，几乎每天死人，美军都大部撤走了，留下来的躲进了安全岛，而受难的还是当地老百姓，谁之过？

但愿不再孤独

2011 年的"东北亚智库论坛"会议经过艰苦的努力，邀请到朝鲜的几位代表与会。这令我非常满意，因为我是这个论坛的发起人，成立这个论坛的目的是为了让东北亚各国的专家学者能够利用这个平台就涉及本地区的经济合作，地区关系等交流看法，结交朋友，以有助于这个地区的合作、稳定与和平，这对关系复杂，局势仍然充满危险，人与人之间敌意颇深的东北亚是有意义的。其中，让朝鲜的专家学者与会，让他们与各国的专家进行接触，交流，听听其他国家专家的看法，开拓眼界，输入些新思想，也是我推动成立这个论坛的初衷。

去年，我们就想邀请朝鲜的专家与会，但是没有成功，今年，经过承办会议的吉林社会科学院的努力，终于请到了朝鲜社会科学院、对外投资委员会的几位人士与会。当吉林的朋友告诉我，直到最后一刻，朝鲜方面才给予可能的答复。不少办会者都有过教训，邀请朝鲜人参会，到最后一刻说不来了是常有的事。我想，这次他们最后一刻肯定与会，真的不容易。这是今年论坛会议的一个成功。尤其是在朝鲜半岛南北对立的情况下，能让韩国和朝鲜人士共聚一会，同在一个会议室里发言，本身就有意义。我想，如果他们之间能在会后个别接触，进行"一个民族之间的交谈"那就更好了。这样，也算是我们这个论坛对于南北关系的改善起到了些特殊的作用。

看来我的想法有些太天真了。据吉林负责接待的领导讲，朝鲜学者到了长春就提出不参加会议，理由是发现有韩国的学者与会，说他们不能与敌人在一起开会，朝方抱怨我们没有事先告诉他们有韩国人与会（他们应该知道，因为有会议议程）。这使我很担心，因为朝鲜学者要是不来参会也没有什么，问题是会议日程已经搞定，事前已经发出，大家都知道了，这些人若是"罢会"，或者退出，毕竟会给整个会议添乱。我恳请吉林社会科学院的领导多做做工作，好言相劝，希望他们能顾全大局，参加会议。吉林社会科学院与朝鲜学者接触较多，人头也比较熟悉，经过有关领导耐心地做工作，最后，朝鲜与会者总算答应参会。但是，他们提出，只作发言，不准与会者向他们提问题。

吉林方面煞费苦心，在排座位时，尽量把朝鲜与韩国的学者排得远远的，可以互不接触。会上，朝鲜学者发言谨慎，严格念稿子，倒是没有批判别人，主要是介绍关于开办经济特区的情况以及与中国的合作。来自朝鲜对外投资委员会的代表是两位年轻美貌的女士，吉林方面的人开玩笑说，在这样的年轻美女面前说话，都有点发憷。她们两位也是主要介绍经济特区，希望吸引外来投资。事先说好的，她们不回答问题，因此，主持人不得不特别说明，提问不包括朝鲜代表。不过，还是有人"不遵守纪律"，向朝鲜发言者提问，出于大局，一位朝鲜学者还是回答了问题，她在回答时纠正大家，不要说朝鲜实行开放政策，朝鲜不需要开放。不过，在会议休息时，她们还是提出不满，请主持人保证不再有人向她们提问题。因此，在以下的议程，主持人不得不严格重申"会议纪律"，不向朝鲜与会者提问题。

在朝鲜的与会者中，我记得有两位曾访问过中国社会科学院，我见过他们。会议休息时，我过去与他们打招呼，他们很紧张，不愿说话，我也只好悻悻作罢。

按说，朝鲜人士的发言主要是推介朝鲜的特区政策，希望别人了解，也就是说他们是来介绍自己的，尤其是那两位来自对外投资委员会的年轻人，发言中特别希望外资去朝鲜投资。可是，他们不与其他与会者接触交流，如何才能让人信任，如何有吸引力呢？在会议期间，来自朝半岛南北双方的人士自始至终没见他们相互说一句话，看也不看对方一眼。其实，韩国学者倒是大方，当得知朝鲜学者不愿意与他们一起开会时，曾表示，可以在对方发言时各自离开会场，保证不主动涉及南北关系问题。韩国学者对我说，张教授，你的心我们领了，我们理解他们的难处。他们这样说，令我感到欣慰。

不管怎么样，论坛会议算是圆满地结束了，没有发生不愉快。但是，看到朝鲜学者们的表现，我也想了很多，我称他们是"孤独的参会者"，因为他们除了念稿子，几乎不与人交流。其实，这也怨不了他们个人，他们都是学者，有的还是研究所的所长，他们肯定都是有思想，有看法的人。他们这样表现，也许是出于无奈，是由于国家的大政策所限吧。

这也使我回想过去，我国刚刚实施改革开放政策，我出国参加会议的情景。当时，也是有不少的"外事纪律"约束，比如，要求出国回来要写详细报告，出去说话要按照口径，不经请示不准随便发言，尤其不准与台湾的学者同处一会，出去是多听、多看、少说，等等。现在回想起来真是有点的过分，不可理解，可是我们毕竟是如此这般地过来的呀。

看到朝鲜学者的表现，我真的想过，以后不邀请他们来了，后来，我还是改了主意，认为还是应该能够继续邀请他们与会。他们继续参会，一回生，两回熟，三回可能就是朋友了，这样，他们的话也许能够多起来，尤其是，朝鲜和韩国的学者能够对话，要是更进一步，他们能够晚上找个酒馆，一起畅饮，能"借酒消仇"，开启和解之路就更好了。如果是这样，那也不亏我与我的同行们的一片苦心，一番努力。

过去我在研究所做领导的时候，曾经为朝鲜学者开过"市场经济研讨班"，专家讲课，结合实际参观我国的工厂、开发区和现代化农村，朝鲜的与会学者开始有点茫茫然，但后来就很有变化，他们听讲和参观都很投入，出于多种原因，可惜这样的研讨班停办了，这是我很感遗憾的一件事情。尽管我明白，也许这样做，对朝鲜的大政策不会起多大作用，可是，对人的影响肯定有，至少参与者听到和看到了新鲜的东西，他们的脑袋会发点儿热，进行思考。

朝鲜太穷了，穷得靠援助过日子，其未来之路在改革，在开放，不改，不放，就不能发展起来，不发展起来，老百姓就过不上好日子。因此，我在发言中特别提到，一个国家要想吸引外来投资，就要开放，中国就是这样走过来的。这些话，当然我是有针对性的，是对朝鲜的与会者说的，看来他们在听，至少没有反驳我。

有创意的特展

2011 年 10 月初，我到台北参加会议，适有半天的空闲时间，热情的东道主建议到台北故宫去看一个特展。过去我曾参观过台故宫，因此，开始去意不大，加之会议日程很紧张，感觉很累，原准备下午睡上一大觉，养养神。可是，朋友一再劝说值得去，我也难以推脱，于是，就与其他与会代表同行，一则，应了"客随主便"这个规矩，不怠慢人家的好意；二则，我也是真的有点儿出于好奇，反正闲来无事，看看这个特展有何特别之处。

在我看来，举办方把它称为"特展"，的确不是为了在展览名字上做文章，以吸引参观者的眼球，而是要体现展览的特别构思和理念。该展的醒目标题是"康熙大帝与太阳王路易十四特展"，从内容上来看，把清康熙与法国路易十四放在一起，本身就已经够"特"的了，看了有点儿令人丈二和尚摸不着头脑。我自己就自言自语地问，为何把这两个人联姻呢？不过，看过展览之后，这个谜底就有些解开了，因为，他们之间还真有历史的联系。从设展理念上来看，筹办者显然不是主要展示两人的历史，让大家看一些没有看过的文物，而是重在展示远隔重洋的东西方两国如何通过交流相互学习借鉴的。

康熙和路易十四，一个在东方，一个在西方，都是 17 世纪末和 18 世纪初有作为、有影响的皇帝，二人执政时间都很长，都是为国家带来辉煌历史的人物。

路易十四 5 岁登基，开始靠母后和大臣辅佐，待成长起来之后便大展宏图，他为历史留下的最宝贵遗产之一莫过于推动建造集建筑、艺术和文化于一身的卢浮宫和凡尔赛宫了。

康熙也是年幼登基，开始靠祖母和大臣摄政，长大后创建了丰功伟绩，有关康熙的故事有书，也有电视剧，国人所知甚多。

展览在展示这两个远隔万里的东西方大国如何相互交流学习上下了很大

工夫。展品中，有路易十四给康熙皇帝写的亲笔信，信中，他深切表达了对远在东方的中国的兴趣和敬佩，当年为送达这封信，还是费了不少心思的。

谈到东西方之间的历史联系，不能不说到中国的瓷器。在西洋人看来，中国是一个遥远的国度，因此，对中国的具体了解似乎就是从瓷器而来，因此，瓷器也就成了中国的代名词，"瓷是中国，中国就是瓷"。

从展览中可以看到，西洋人一方面青睐中国的瓷器，另一方面也努力借鉴吸收中国的制瓷艺术。展示的一些法国本土制作的瓷器表明，制作工匠力图把中国的瓷器染色，绘画技术植入到本土的瓷器制作中。比如，他们仿造青花瓷技术，制作了法国式的青花瓷器，尽管由于技术不到位，色彩不够明亮，图案也似像非像，但是，毕竟那是具有法国特色的瓷器。

有意思的是，从中国出口的瓷器也是考虑如何能符合法国人的欣赏习惯，比如，在中国的瓷器上画上洋人和具有西洋风景特色的图案。从陈列的展品中，可以看到一些具有"洋味"的中国瓷器，只是，看来当时的清政府并没有把制作瓷器的技工派到法国考察学习，制作工匠们看样子也没有见过洋人，结果，瓷盘上画出的西洋人成了"混血"，中国人的脸，西洋人头发，也就是在中国人头上加上了西洋人的长头发，"洋人"吹的乐器也是中国的笛子，弹的是中国的琵琶。展品中有一个大瓷盘，画的是中国的楼台亭阁，三个长着中国人的脸，披着洋人卷毛发的女子，弹着琵琶，吹着笛子，这幅图真是有点儿不禁令人发笑，但细细一想，这里面也蕴藏着大道理，那就是反映了跨国际交流的相互接受，吸收和学习的精神。毕竟，那些"四不像"的瓷器还是成功的出口到了欧洲，没有被退货打回来，它们成了东西方商品与文化交融的历史见证。

在中国方面，尽管当时的清朝统治者自认为天朝无与伦比，但康熙大帝还是对那些来自西洋的许多新鲜玩意儿颇为欣赏。从展品上看，康熙显然非常喜欢西洋的玻璃、珐琅彩。很有意思的是，他不仅是简单的喜欢西洋产品，而且是要"洋为中用"，令人学习洋人的技术，制造出了玻璃，还把珐琅彩用在了本土的瓷器上。中国人造出了玻璃，不过，看来没有得到洋人的培训，技术大逊一筹，造出的玻璃很粗糙，可康熙仍然很欣赏，令人把本国造出的粗糙玻璃片镶在了精致的玉石砚台上，这真是一种"中西合璧"的代表作。在展品中，还可以到中国瓷与西洋珐琅彩合璧的产品——珐琅瓷碗、瓷瓶，还有珐琅紫砂壶等，这些东西，历史地见证了中国人可贵的学习和创造精神，令人钦佩。

我在想，相互学习，模仿创造，是人类的天性，而且，世界就是在这种开放的学习、创造中，不断取得进步的。"洋为中用"，"中为洋用"，古往今来，天经地义，在如今全球化高度发展的形势下，应更为有利于不同文化，不同技术的跨地区、跨国家扩散与传播，这为后进国家通过学习模仿，加快发展和提升自己提供了更为便利的条件。

不过，在参观过程中，几位来自东盟的朋友议论到，当年，没有专利这个问题，学习模仿没有限制，没有成本，如今，过分强调"专利"，这是发达国家挡在后起发展中国家模仿学习面前的一堵墙。专利保护固然有它的合理性和必要性，因为，这可以保护发明者，鼓励创新，但是，也要考虑到为后来者学习提供方便的问题，因为后来者开始往往没有钱买专利，就是买来，也往往是缺乏在此基础上的创新，造成对购买技术的依赖性，因此，从世界发展的角度来说，的确有一个如何让技术更容易的为后来者所学，让后来者通过模仿学习，加快提升自己的问题。国际社会要鼓励提供更多的开放性技术，以利于大家相互学习和创造。

展览规模不大，但独具匠心。我很钦佩这个展览的筹划者，因为展览所体现的理念很清晰，就是弘扬交流、学习和创造精神，力图以古喻今，让我们，尤其是年轻人（有很多年轻人参观展览，大多看得很仔细）从中受到启发和教益。

美国也在变

　　最近，我有机会访问美国，虽是时间很短，主要是开会，还是有些感想，在回程的飞机上，想来想去，还是有些把想法写出来的冲动，好像不写出来心里就不舒服似的。

　　先说住的旅馆 Marriott，是个五星级，在国内叫万豪，从名字就可看出，非同一般。进驻以后发现，这个五星级旅馆服务不错，大厅不大，但会客厅倒是不小，桌椅、沙发一应俱全，走廊里有一个很高级的咖啡机，免费提供咖啡、茶水，还有公用的电脑上网间（在自己房间上网要付费），打印也免费。看来，该旅馆的理念是，来的都是客，来者不拒，来者皆可享用（这不像国内的大宾馆，尽管大厅总是很大，也很气派，但公共会客的地方却大都小得可怜，大部分地方都是圈起来，用作收费服务场所）。

　　其实，最让我想说的并不主要是这些，而是这个旅馆的室内摆设，如此简约，令我吃惊。据介绍，本旅馆加入挽救地球绿色联盟，一切设备，服务都节约从简：洗漱间里没有牙刷、牙膏、梳子，肥皂只有一小块，一大块，小块用于洗脸，大块用于洗澡，大块肥皂中间是空的，可以节约不少原料，洗漱台上有一个说明，毛巾用过要是希望更换就放在地下，不更换就放在台上。我对那块中间空一块的肥皂很感兴趣，觉得这个小小的发明可以节约不少，因为在正常情况下，客人入住也就是两三天，大块肥皂一般都用不完，用不完就要作为垃圾扔掉，中间挖空，用起来很方便，还节约了资源，一举两得。人们出差都带牙刷，牙膏，剃须刀，旅馆不提供也不觉得不方便，如果客人觉得房间不脏，不愿意每天打扫，可以提出免打扫，我在旅馆住了三天，毛巾没有换，地也没有让打扫，因为白天都在外边开会，就是晚上来睡觉，没有可打扫的，只要了两瓶水。尤其值得提及的是旅馆的抽水马桶，类似于飞机上的那种，是抽气的，看起来没有接电线，这样的抽气马桶很节约水，且冲得干净，不知是什么高科技，我本想打开马桶盖子研究一番，结果打不开，也就算罢了。看来，大手大脚的美国人在节约上还真是开始动真格的。

我在国内也住过五星级宾馆，包括万豪酒店，一个比一个奢华，牙刷、牙膏、梳子、剃须刀，应有尽有，有的还有特大的冲浪浴缸，甚至修建了很大的洗浴池，淋水的喷头也是大得出奇，抽水马桶也都很讲究，冲水的水流很大，没有见到用抽气式的新产品。我记得几年前，国内曾要求宾馆不提供一次性牙刷、牙膏、剃须刀什么的，可是，几乎没有一家遵守的，也没有一个机构去检查。我在想，我们天天讲要转变发展方式，走可持续的绿色发展道路，看看那些大宾馆，哪有一个带头的？万豪宾馆在美国可以这样做，到了中国就不干了，责任还在我们，就是管理不到位。比如，能否像美国那样，成立宾馆绿色联盟，让所有的宾馆都加入，自律自查？这样的联盟，或者协会应该在更多的领域成立，让社会参与，社会管理，不要什么都是政府去干。要说我们的政府不干事，那是不公平，但是，什么事都靠政府官员，也没有那么多的精力，再加上官僚主义，往往说过去一阵风，风刮过，就没事了。

我们的会议是在大名鼎鼎的皮特逊国际经济研究所召开的，开会的会议室很小，布置也简单，没有人端茶倒水，也没有会议中间休息，会议室外边有水、茶和咖啡，要是渴了自己取，午餐就半个小时，按美国的惯例，就是三明治，简单得不得了，吃过饭后就接着开会。我也奇怪，在国内中午就困得不得了，在这里有时差，也不感到困，一天的会议下来，虽然有些累，但也撑得下去。

晚饭是研究所所长伯格斯坦请客。原本认为，所长会让大家到外边吃个大餐，不想他请客就在研究所一层的小会议室里。饭菜很简单，先是一份青菜沙拉，主菜只是一小块煎鱼外加一些土豆片，最后就是一份小甜点。红酒倒是有，只上了一次。伯格斯坦不喝酒，只喝白水，于是也没有干杯之类的客套。大家倒没有感觉到饭菜少，也没有感觉到吃不饱，由于边吃边聊天，几乎没有太注意饭菜本身。我当时就联想，在中国开会，情景真的大不一样。主人为表示热情待客，往往是一日三顿大餐，饭菜太多，吃不下，每次都剩下不少，太浪费了。问题是，大家都觉得不好，为何还都这么做下去呢？我们平常总是说美国佬浪费，在请客吃饭上，我们要比人家浪费得多。

目前正值美国经济不好之际，我特意到超市看了一下，好像是有些变化，很少看到以往那种景象：堆得满满的购物车，排长队结账的人群。也许这是城里的超市，与郊区的超市不同，不过，我的美国朋友告诉我，现在多数人都感到收入下降，花钱不像以往那样不加考虑。尽管如此，我看到一则消息，说是过去一年，美国人的信用卡消费额达到 9 万亿美元，也只有美国才能有这样的巨大消费能力。

我与伯格斯坦认识很多年，是老朋友，为此，他让我坐在他的旁边，边吃边谈中国与美国。我问他，美国现在最关注中国什么？他说，最关注中国对美国的挑战。我说，中国真的对美国形成这么大的挑战吗？他说，是也不是，说是，美国现在的不少问题都与中国有关，说不是，美国本身有问题。最关键的是，在美国看来，当今和今后，只有中国有挑战美国的能力。他认为，美国参众两院会通过有关汇率的法案，尽管这解决不了美国的问题，但美国政治只能这么做。他说，中国"搭便车"，只想自己发展，因此，必须对中国提出警告。我说，中国不是"搭便车"，美国的问题是自己造成的。他说，奥巴马面临困难的选择，中国必须有所准备。

伯格斯坦是提出"G2"，即世界由"中美共治"的人，这样的看法，怎么能"共治"呢？

小人物的大看法

在美国华盛顿开会期间，本想抽空去看一看占领华尔街运动的示威者在白宫前安营扎寨的情况，了解一下美国当前的经济形势，不想会议的日程安排太紧，找不出时间，开完会又急忙往回赶，不免甚感遗憾。

回程去机场打出租车，开车的是一位黑人，我试着与他交谈，了解些民情。司机很健谈，不过，他说，我是个小人物，随便说，别太当真。车程一个小时，一路上我问了很多问题，他是有问必答，讲起来头头是道，许多很有深度，都是些大看法，使我受益匪浅。

据他介绍，他是跟随父亲在20多年前从埃塞俄比亚移民过来的，原住在纽约，两年前移居到华盛顿。他有三个孩子，两女一男，老婆也工作，是在旅馆里做清洁工，两个人挣钱，日子还过得去。不过，他的第一份工作收入低，只好下班以后，休息日出来开出租车。这辆车是他自己买的，登记为出租车，有正式的运营执照，每周自己开两天，其余的时间租给别人开。据他说，在美国，申请个出租车运营执照不难，自己有车，有驾驶执照，不需要交什么管理费，只要遵守交规，照章纳税就行了，他的车也加入了全市的出租车呼叫系统，这样，可以随时接受客户信息。听到这些，我倒想，北京为何不学学这个办法，把出租车个体化，统一管理，建立覆盖全市的呼叫系统，这样可以免除了昂贵的管理费，也可以取消了黑车，让他们在阳光下运营。就我所知，单在政协系统，围绕改革出租车的提案不知道有多少，可就是不见动静，据说，阻力主要来自利益集团，那些出租车公司老板都是有背景的人，动不得。

我问他，如何看美国，如何看"占领华尔街运动"？他说，美国出了大问题，主要是经济不好，失业严重，穷人太穷，富人太富。占领华尔街的人，不是要推翻美国政府，而是要求政府采取行动。那些走上街头的人，是要工作，要收入。这几年，美国经济不好，找工作很难，很多人都失业，问

105

题主要是由那些大金融机构造成的，他们发了大财，把经济搞垮了，把社会搞乱了，而老百姓受罪。政府没法把这些上街的人赶走，因为他们没有工作。有意思的是，美国总统对占领华尔街运动表示支持和理解，执政的民主党政治人物大都表示支持。不过，从美国媒体上看到，这些天，主导舆论开始转向，报道多的是占领运动带来的问题，许多地方政府正在想办法加以治理，警察也开始抓人，理由是占领者长期驻扎，威胁公共秩序和安全，影响公共秩序、卫生和生活。有的地方将要颁布法规，对占领者实施管理和限制。

我问，示威能解决问题吗？奥巴马政府能满足他们的要求吗？他说，肯定解决不了问题，但是，穷人没有办法，只好上街，美国的问题是穷人太多了，很多人都是白人、白领。关于奥巴马，他说，总统是个演说家，人很聪明，很会讲话，但是，他说得多，做得少。不是奥巴马没有能力，而是别人不让他做成事情。美国现在的问题都是布什留下的，让奥巴马来解决，他很难做到。美国政治就是这样，总有一帮有势力的人在那里活动，让奥巴马下不了台，也许是奥巴马是个黑人，白人选他上台，又让他干不成事，明年他竞选失败的可能性很大。他还说，美国出了问题，谁有本事干成事就让谁干，共和党上台可能要好些，问题是他们留下的，他们要想办法，民主党说得多，做得少，继续在台上不好。

我问他，如何看待中国？不想打开了他的话匣子，从他的家乡谈到美国。他说，他没有去过中国，但对中国很佩服。中国人勤劳，能干，全世界各处都有中国人，很成功。中国在非洲帮助非洲人，非洲人对中国很钦佩，没有一个国家像中国那样帮非洲人修路，看病，建学校。非洲的问题是当权者不为人民谋利，只为自己发财。在美国，人们都很嫉妒中国，太成功了，太有钱了，能买下美国。老百姓靠中国活着，因为中国的东西便宜，但是搞政治的人不喜欢中国，中国太强大了（他说起嫉妒这个词，重复了还几遍，还哈哈大笑）。

我说，中国还有不少穷人，不是那么富。他说，中国的富人太富了，在美国什么都买，买楼、买地、买贵的东西（在中国炫富会招来问题，在国外就放开了，有点儿像暴发户，这真的给人家不好的印象）。他还问我，听说中国的富人在那里待不下去，都往美国跑，是这样吗？这问题很难回答清楚，也只对他说，他们只有待在中国才能发财。

一个小时的车程不知不觉就到了，我们的对话也只好结束。临别，他还对我说，有一天攒够钱，一定要到中国去看看。

　　我对这位司机很有些佩服，不仅健谈，而且很有看法，有些看法还真的很深刻。这也是我的飞机上，非要把与他的对话写下来的一个原因，我没有问他的名字，这也算是一个小小的留念吧。

马尼拉乱局

　　最近到马尼拉开会，虽然来去匆匆，但还是有些观感。我已经好几年没有去菲律宾了，心想总会有些新变化吧。到了机场，还是那个老样子，出了机场坐上出租车，进城的沿途，还是那个老样子，两旁的房屋还是那么破旧，马路还是那么坑坑洼洼不平。到了宾馆，还是那样如临大敌，进去之前都要受到严格的安全检查，要查验出租车上有没有爆炸物，客人进旅馆大门要开包查验，晚上散步到附近的商场，进大门还要过安检，一律要打开包，让安检人员拿着小棍往里面翻一番，这恐怕是世界独有。

　　马尼拉的商业区很繁华，车水马龙，人流拥挤，那里大商场有的是，规模都很大，大都是华人企业家开的。本想菲律宾人均收入不高，商品价格应该不会太贵，可是一看价格，大都比北京的还贵。我本想买点东西，看看不划算，也只好作罢。

　　回程到机场，坐上一个出租车，我一再叮咛，是乘国际航班，司机却给拉到了国内的航站楼，我们下了车才发现不对劲儿，可出租车已走了。我们被告知，到国际航站楼可以乘免费大巴，可到那里一看，每半个小时一班，而那里等车的人很多，已经排了很长的队，人人都是大包小包，看来是要出国的菲佣们。如此这般，坐大巴，至少要等个把小时，没有办法，只好又返回来，去打出租车。由于是短途，正规的出租车可能不愿去，都是不挂标志的"黑的"，上车后是按固定价付费，短短的路程，价钱比从马尼拉市里到机场还贵，没有办法，也只好任宰。我说，为什么这么贵？司机说，路不好走，很堵车，都不愿意拉短途，再说，在机场等人也要交给人家钱……听此一言，也就好像无话可说了。

　　说来也巧，我们到机场的时候，航站楼大门外云集了一大批记者，我们问当地人，是不是在等什么领导人，都说不知道。从次日的报纸得知，那是政府阻止前总统阿罗约出国看病，记者在抓拍新闻镜头。阿罗约本来定了去新加坡的航班，由于不让登机，结果没有去成。从报纸上的照片可以看到，第二天政府派人到医院抓人，这位前总统身上带着医护设备，那副狼狈的样子，完全没有了从前她那一身贵妇人的气派。在她当总统的时候，我曾两次见过她，还与她坐在一起合影，参加过她举办的宴会，听过她的讲演。她个子虽小，但很有精神，讲话铿锵有力。她出身权贵家族，由于拥有美国哈佛大学的博士学位，据说是得到美国的支持，连续执政达8年多。她在任时与中国修好，来中国拜过祖认过宗，曾大力推动与中国关系的发展。

阿罗约是接替被判入狱的当任总统埃斯特拉达上台的，当时她是副总统，应该说是她收拾了当任总统，罪名是腐败。如今，她也步了后尘，被责为搞腐败和贿选，如果罪名成立，可能要被判入狱好多年。有意思的是，对于阿罗约出国治病，菲律宾最高法院是开绿灯的，接到了法官的指令，因此，阿罗约定了去新加坡的飞机票，可是到了机场，她被行政当局的人赶了回去。这足可见菲律宾国内政治之乱局。

更有意思的是，不过几天，最高法院就判现任总统阿基诺三世家族把控制的近5000公顷土地分给农民。舆论认为，这场土地纠纷官司打了几十年，最高法院现在做出判决，看来是与最高法院与政府当局就阿罗约出国禁令发生纠纷有关。不过，现任总统服不服最高法院判决，能不能把土地分给农民，这些都还要走着瞧。

在马尼拉，我看到当地报纸报道的一项调查，当今，菲律宾经济下滑，65%的被访者认为自己是"贫困者"，已经没有能力支撑生活。开会之余，我在街上与几个当地人聊天，问他们，阿基诺总统怎么样？他们几乎都说，总统干的事与他们无关！有的说，他是个单身汉，什么都敢说，成天折腾。还有的说，老百姓没有得到什么好处，日子更难过了。我记得上次去马尼拉，在海边散步，与一位年轻女孩交谈，她的一席话让我记忆很深刻。她说，在菲律宾，不要指望政府能给你提供什么，我们连想也没有想过。这也使我联想到马尼拉的贫民窟，规模越来越大，政治家们竞选时都说要解决，可是他们上了台就不管了。在亚行工作的我的一位朋友告诉我，住在马尼拉，最有意思的是一件事是看政治家们玩政治，有没完没了的故事。

阿基诺不光是折腾国内，也折腾国外。自他上任，就一直爆炒南海问题，四处活动，拉美国抗中国，拉东盟搞对抗中国的统一战线，看来，他是唯恐天下不乱。菲律宾国内也有人警告，菲律宾与中国对抗，没有实力，靠美国帮忙，从来也不会兑现，到头来还是菲律宾吃亏。阿基诺说得也明白：

我不是要与中国打仗，就是要把局势搞乱。美国倒是很欣赏他这样闹一闹，又是向菲律宾赠军舰，又是把菲律宾纳入"发展伙伴计划"，国务卿希拉里赞扬说，菲律宾是美国的真正朋友，值得信赖。希拉里这样说，好像完全忘了，美国大兵是如何被赶出苏比克湾，克拉克军事基地的，菲律宾是从美国的统治下获得独立的，很多人对美国的深度介入还是很警惕的，比如菲律宾前外长罗幕洛就明确表示，南海问题不需要美国介入。

显然，阿基诺就是要把南海问题炒热，激中国发怒，而如果中国变得怒不可遏，那就上了"这个快乐的单身汉"的当（报道说，他有了一个貌美的女朋友），因为那样，人们就会谴责中国欺负小国。我们对这个人还是要多个心眼儿，对菲律宾国内政治发展还是要耐心观察。我们看到，在前不久结束的东亚峰会期间，阿基诺是要准备大闹一场的，希望得到东盟全体成员的支持，但他倡议并没有得到东盟国家的一致认同，也没有像他期盼的那样通过一个东盟对付中国的决议。其实，菲律宾国内问题成堆，他这样闹下去，也不见得有好结果。

我们对他这样闹腾也可以给他一点儿颜色看看，不过，大可不必为他大动干戈，陷自己于被动。我的判断，当你要真动怒时，他就会软下来，毕竟他清楚，要是真与中国对抗，肯定要吃亏。

认识东盟不易

　　这些年，我与东盟打交道很多，从 2001 年参与论证中国—东盟自贸区开始，大凡与东盟合作有关的合作项目，我参与研究、论证的颇多。东盟是什么？是把 10 个东南亚国家联合在一起的一个地区组织。这个组织从 20 世纪 60 年代开始建立，最初主要是为了防止共产主义向东南亚扩张的，后来逐渐转向开展经济合作，通过渐进扩大，由小到大，实现了东南亚地区的联合。搞地区合作，有欧洲现成的模式，但是，东南亚与欧洲不同，照抄欧洲模式肯定不行，只能走自己的路。如今，东盟越来越受到世界的关注，因为它创建了那么多以它为中心的对话合作机制，把大家拉进来，认可它制定的规则。有人说，东盟就像一个长得不漂亮的大姑娘，来相亲的不少。说她"不漂亮"，是因为它并不是一个高层次的地区组织，而大家之所以来"相亲"，是因为她还有吸引力，有过人之处。

　　差别很大，矛盾甚多的东南亚国家能够走到一起不容易。这就是东盟的功劳，它以独特的方式，经过几十年的努力把各国纳入一个地区合作框架，创建了以协商一致为原则的"东盟方式"，通过合作，联合，使东南亚地区实现了和平和发展，也使其无论在地区，还是国际上发挥了一种超常的作用和影响。

　　说到和平，的确来之不易，因为东南亚地区在过去很长时期里曾陷入战乱。有了东盟，通过合作，使原来的敌人成了朋友，让冲突和矛盾能够得到化解。如今，尽管东盟成员国家之间还有不少矛盾，有时还可能显得"剑拔弩张"，但几乎没有人认为东盟成员国之间再会发生战争。

　　和平、稳定为东盟国家的发展提供了最基本，也是最重要的环境，由此，东盟成为世界上发展最快的地区。由于有了和平、稳定，东盟国家就可以规划未来，才可以逐步落实开放、合作与发展的蓝图。自 20 世纪 90 年代初，东盟就开始实施自贸区建设计划，如今，东盟内部基本上实现了商品、投资和服务的开放，形成了一个一体化的大市场。在此基础上，东盟又制订了到 2015 年建成东盟共同体的雄伟目标。

从 20 世纪 60 年代末成立，40 多年里，历经风险，一路走来，不断取得进步。比如，1997 年东盟地区发生了严重的经济危机，不少人认为，东盟经济会陷入长期危机，然而，经过几年的努力，东盟经济又重现活力。在成员国政治和成员国关系方面，东盟内部不时出现紧张，像印度尼西亚的政治转型，缅甸的政局转变，泰国内部的乱局，柬泰之间的边境争端等，都曾令人非常担心。

东盟没有对成员国的管辖权，因此，在险局面前，往往无大作为，为此，许多人并不看好东盟，对其存在的价值产生怀疑。但是，仔细想来，东南亚地区如果没有东盟，局势可能就会很不一样了。东盟的"软力量"，有时像是打太极拳，看起来无力，可却具有特殊的理疗效果。这种方式，一则可以适应东盟内部的差别结构特征，二则也体现亚洲的独特价值文化方式。不然，换个方式，不仅效果会不好，也可能会使东盟这个组织本身陷入危机。

说到东盟的作用和影响，一是有了东盟，东南亚中小国家在地区和国际事务中就可以运用集体的力量，发挥"大国"的作用，在许多情况下，代表东盟国家看法的"东盟共识"往往具有很大的影响力，这不仅可以更好地维护东盟成员国家的利益，也可以有助于改变长期形成的西方主导的国际体系结构；二是东盟作为先行的区域组织，成为引领亚洲区域合作的取手（driver）。如今，东盟成为多个"10＋1"对话合作机制和自由贸易区的核心，通过这些机制，来自东亚、亚太和欧洲的几十个国家有了进行对话与开展合作的平台。如果没有东盟，这个地区的任何一个国家都没有这样的"感召力"。

东盟自身的发展也面临不少的困难，无论是成员国的发展，还是东盟共同体的建设，都面临着许多挑战。特别是东盟共同体建设，实际进展比较缓慢。东盟作为一个协商合作性的区域组织，在落实达成的协议方面缺乏强有力的推动和监管能力，主要靠共识、靠成员国承诺，结果导致"说得多，做得少，文件多，实效少"的局面。

鉴于东盟自身的弱势，其在引领区域合作深化上也显得令人失望。这表现在，区域合作停留在以东盟为核心的分散架构上，再往前走，东盟本身有顾虑，看来它也缺乏这方面远见和领导力。这可能在很大程度上符合东盟"以我为中心的平衡战略"，但毕竟，不断推进整合与深化的区域合作机制发展，才符合参与各国的利益。

无论是从东盟本身的发展利益，还是从世界和地区的期待来看，大家都需要东盟取得更大的发展，更有进取精神，能够发挥更积极的作用。但东盟也可能不那么争气。

中国与东盟的关系非同一般，它是我们的大邻居，毗邻而居，别国比不了。中国一向表态支持东盟发挥领导作用，这可以理解，一是因为东盟做的事情不反中国，对中国有好处；二是只有东盟的领导大家才可以接受，换了中国当领导，可能就会有争议。不过，近些年来，东盟国家内部对中国的看法和态度也出现"步调不一"，有些国家担心中国的威胁，有的则因为与中国有争端，而不断惹起事端。东盟在一些重大问题上，也难以形成"一个声音说话"。就像南中国海争端，尽管中国与东盟签订了"南海行为宣言"，但是，东盟对其成员的行为并没有约束力。

东盟是邻居，又是合作的伙伴，中国与东盟关系发展到如今这个样子不容易。如今，出现了不少新的情况，不少新的矛盾，南海争端升温正在侵蚀着我们过去辛辛苦苦建造的合作路基。不进则退，我们与东盟的关系发生倒退的可能性不是没有，加上东盟是 10 个国家的集合体，与个别国家的关系出现问题，也会影响到整体。不管怎么说，我国发展与东盟的整体关系不可因为一些小事，一些不愉快的事而发生感情逆转，变得烦它，甚至恨它，把东盟推向别人的怀抱。

联合巡逻执法好

湄公河发生惨案，12名中国船民被杀，这件事凸显国际航运通道的共同安全问题。湄公河流经中国与东南亚一些国家，是共同的航运大通道。以往由于礁石和淤积泥沙阻隔，这条河的航道并不通畅，在中国—东盟合作框架下，通过几年的疏通才成为大通道。

但是，航道通了，航运安全的问题并没有解决，因为流经东南亚国家的一些地区存在地方武装，分离势力，土匪、贩毒集团武装团伙等，他们出于抢夺财物或者其他方面的原因，常常对运输船进行袭扰、威胁甚至抢劫。

这次湄公河惨案竟然出自泰国军人之手，令人震惊。据估计，鉴于泰国复杂的局势，对那些犯下罪行的军人如何进行审判，能否进行严惩也难定论，时间过去了这么长时间，仍然没有明确的结论。毕竟是跨国问题，情况复杂。

记得两年前，我随全国政协考察组到云南调研，当地有关部门就反映过航道不安全的问题，我们回来后写出了关于加强湄公河航道安全，建立跨国联合执法的建议，报送了有关部门。但是，由于跨国联合执法涉及主权问题以及其他许多复杂的问题，很长时间以来并没见有进展，只是这次出了血案，才得引起重视，协商才取得了进展。毕竟这个代价付得太大了。

现实中，很多事就是这样，如果不把事情闹大，往往得不到重视，如果不够严重，各方共识就难以达成。但不管怎么说，毕竟借机达成了联合巡逻的协议，这样不仅可以使停歇的航运重新开启，而且也可以避免再发生类似的惨案。从这一点说，先前遇害者以他们的生命为代价，换取了后人的福康。

走出这一步不容易。要知道，我国在湄公河上游，开启航道运输于我利多，加上中国又是迅速崛起的大国，那么多船队顺流而下，要是再加上武装巡逻舰艇，难免会引起一些人的警惕或者非议，尤其要是发生一点不测事件，让一些不怀好心的人添油加醋挑拨一下，就可能发生一些意想不到的矛盾，对此，我们也要早有心理准备。湄公河这么长，航道情况复杂，信息能否及时共享，巡逻能否无缝链接，特别是一旦发生事端，处理能否及时和相互配合，都很重要，联合巡逻开局顺利，这很好，也要准备发生不测事件。

当然，最重要的是大家能否增进互信。本来，一些国家就对中国的快速崛起存有诸多担心，现在，中国的武装巡逻船跨界执法，很容易被人挑拨。记得还在中国与湄公河下游国家达成联合巡逻执法协议不久，有的国外媒体就煽风点火，说是中国组建了 2000 人的武装部队，调用了大型军事船只，准备把持湄公河水道云云。就在联合巡逻刚刚开始之后，美国《华尔街日报》就发表一篇驻北京记者写的文章，说是"巡逻行动有可能造成东南亚国家的不安"。

中国—东盟国家是近邻，这些年关系发展迅速，但问题也不少。涉及的跨境安全问题很多，比如中国与东盟国家之间的陆路通道安全问题也很突出，石油管道的跨境安全问题令人担忧，这些都需要建立联合安全机制，进行密切合作。联合执法涉及"主权让渡"问题，或者叫"主权共享"问题。现在，中国—东盟要推进"互联互通"的建设，不仅包括基础设施的联通，也包括法规、管理的链接，这就需要建立许许多多的合作机制。

其实，海上安全合作也非常需要，比如在南中国海、东海，经常发生我国渔船被抓，渔民被逮捕的事件。其中，一个原因是沿海国家经过谈判或者自行（存在争端）划定专属经济区以后，改变了我国渔民原来传统的捕鱼海域，而许多人仍然去那里捕鱼，结果被人家抓住，有时发生恶性事件。如果能够建立联合巡逻执法的机制，进行合作管理，事端就可能会大大减少，甚至杜绝发生这样的案件。

令人担忧的是，由于是跨境问题，本来是具体的个别案件，也可能会造成严重的外交事件，甚至引起更大的摩擦。就像刚刚发生的在东海韩国专属经济区内韩国执法抓扣中国渔船导致韩方警员遇害的事件，一个原因是中韩双方渔业协定生效，原来中国渔民的传统捕鱼区发生属辖改变，一些渔民不遵守规定，冒险去那里捕鱼，而韩国警方用激烈的手段进行制止，结果发生不测事故。像这样的问题，如果两国能够建立合作执法机制，则可以避免发生悲剧。

当然，在这个开放发展的时代，新的挑战很多，政府需要提高执政能力，公民也要提高责任意识与应对能力。最近看到一篇采访我国渔民出海捕鱼的报道，心里很难平静。据介绍，由于我国近海海水污染和过度捕捞，传统渔区已无鱼可捕。在中韩签订渔业协定以后，按照专属经济区划定，原来的传统捕鱼区归韩方管理，要到韩方管辖区捕鱼必须持证，而发证的数量是根据协定确定的，很有限，结果没有得到证的渔民为了生计，要么到黑市高价买证（一张几十万元），要么冒险趁黑夜或者恶劣天气非法闯入捕鱼。这些冒险闯入的渔船可能因恶劣天气遇险，也可能会被韩方抓捕（据报道，去年一年韩方对中国渔船的罚款达一亿多元人民币，也不知道打的鱼值不值这么多钱）。目前，我国沿海渔民的数量还很多，很多没有了生计，只好去冒险，他们也知道，一旦被抓，轻则罚款，重则判刑，有的还可能会失去生命，甚至引起外交纠纷。

这是一个很悲惨的景象！应该引起政府的高度重视。一般来说，渔民要比务农农民的转型能力差，面对这样的情况，政府应该采取切实措施，帮助那些无生计的渔民转型，而不仅仅是进行宣传教育，发证管理（据说对无证出海者我们的政府还要罚款）。每年我们有那么多渔民被人家抓扣、罚款，甚至判刑，这个问题不仅要引起高度重视，更要帮助他们找出转机的办法。

京都之韵

我很喜欢日本的京都，先后去过许多次，每次去似乎都有新的认识和心得。最近，我又去了一次，虽是日程很紧，来不及游山玩水，就是信步走了几个地方，还是很有感触，晚上，空闲之余，不免想动笔写点什么。

比较东京，京都要显得清静许多。京都的日本朋友对我说，东京人只有政治，没有文化，而京都人只有文化，没有政治。京都人最感骄傲的也是这种"有文化，没政治"的生活。

在我看来，京都把传统与现代和谐地结合在了一起。京都作为日本的都城延续了上千年，到处是历史遗迹，京都也是现代化的大都市，有发达的交通，川流不息的车流，繁华的商业街道……京都没有丢掉它的古典，也没有落后于现代，它所体现的，是一种"传统孕育下的现代"。

日本朋友送给我一盘 CD，叫做"京都之韵"，都是京都人吹奏的京都古典音乐，节律很慢，悠悠扬扬，听起来有些令人回味。我对音乐没有研究，乐声似乎有些令人伤感，可又能令人放松，好像在慢慢述说对失去的怀念，又好像是在表达自我陶醉的安慰。我把这种感觉告诉日本朋友，他们都告诉我，这就是"京都之韵"：时过境迁，京都不再是日本的京都，但这里，还有不可忘却的辉煌与记忆，更有足以引以为自豪的创新与畅想。

历史是京都之韵的经典。作为日本的古都，这里到处都是古迹，城府、寺院、神社、庭园，据说，寺院有 1000 多座，神社数百个，单被联合国教科文组织列为世界文化遗产的就有十多处。京都的古迹保存得很好，你去访问这些地方，会为那里的干净、宁静、有序所折服。那里没有令人生烦的商业叫卖，走进里面，你会有一种特别的感觉，像是感觉历史，像是历史在向你述说。不像在国内，一些历史景点被附上太多的现代，太多的商业气息。京都的小巷大多是经过改造的，京都的小巷很现代，但你感觉它们就是原来的样子，修旧如旧，风格颜色都尽量保持原貌。不过，在现代中守旧也不容易，由于动土困难，大多数小巷里的电线、电缆线，犹如蜘蛛网，看起来既不安全，也有点儿大煞风景。京都热闹繁华的巷子当属祗园，红格子的大门，古色古香的屋宇，夜色中，穿着木屐及艳丽和服的艺伎匆匆走过，进入这条街，你会有一种特别的时空感觉。

教育文化是京都之韵的底蕴。京都有很多大学、学院，出过"京都学派"，还有类似于德国海德堡"哲学家小道"的"哲学之路"。这里有百年老校，公立的当属京都大学，私立的非立命馆大学莫属。京都大学是出名人的地方，先后竟出了12位诺贝尔奖获得者，有物理奖、化学奖、医学奖、文学奖，还有和平奖。就是这样一所名校，到那里看看校园，可能会令你失望，没有现代豪华气派的大门，许多房屋很旧，也许就是这样的"守旧"，才造就出一个个大师。我认识一位京都大学的物理学教授，我们都曾是中日21世纪友好委员会的成员，一起共事5年。他是研究天体物理的，据说将来能够得诺贝尔奖。他人很随便，没有名教授的大架子，还有些不修边幅，穿的西服都是皱皱巴巴的。与他相处，接触很容易，他有着大学者典型的执著，有时又像孩童似的天真、可爱，每次参加会议都很投入，提出的想法都是深思熟虑，有板有眼，给我们所有的人留下了很好的印象。

立命馆大学的名字来自孟子的名言，意指在这里达到"安身立命"的目标。立命馆大学以"和平与民主主义"为建校理念，学科齐全，也出了不少名人。立命馆大学很重视与中国的交流，与中国的50多所大学签订了合作协议，第一个在日本建立了孔子学院。我是这个大学下属的亚太大学的名誉教授，从建校一开始就是，每年一聘，校长每年都寄来一封签名的邀聘信（校长已经换了好几位），问我同意不同意续聘。作为名誉教授，我也没有什么义务，也不拿补贴。不过，我要是愿意去访问，做讲座，学校可以随时安排，提供所有的费用。可惜，至今有10年了，我一次也没有去，人家也没有失望，今年又寄来了续聘书。

艺伎是京都的瑰宝。京都的艺伎都是经过严格训练的，唱歌、舞蹈、乐器样样精通。艺伎是高级文化服务员，虽是"伎"，但献艺不卖身，请艺伎出来服务可不是那么容易。据说，艺伎要从小孩子就开始训练，考上京都艺伎学校是很难的。艺伎的地位不同于一般演员，其中红牌艺伎在日本政治及商业中都扮演着重要角色。京都的艺伎馆并不是一般人所能享受得起的，消费甚高。记得有一次我们几个人在京都的祗园逛街，有人试图与擦肩而过的艺伎打招呼，让她停下来合影，人家理也不理，低着头，照样走自己的路。

看来，艺伎有点儿时空神秘感，不是一般"凡人"可以随便接触的。

京都之韵美在自然。春天，当樱花绽放的时候，京都成了花的世界。日本人爱樱花，最爱樱花飘落的风景，据说，日本人有一种天生的内心伤感，看到如雪的樱花落下，会感到一种伤感的释放。秋天，当枫叶红了的时候，京都披上了鲜艳的盛装，京都的枫叶特别特别红，红的鲜艳，红的热烈。京都的郊区，当属岚山风景别致，它以樱花、枫叶出名。秋天，苍松翠柏之中映衬着丛丛红叶，层林尽染；春天，樱花盛开，落片如雪，满山遍野。在岚山的公园里，建有著名的周恩来诗碑，石碑上刻着周公留学日本游岚山时所写"雨中岚山"诗句。几年前，我曾经捭阖过这座诗碑，当时正是早春，梅花初开，蒙蒙细雨，咏读周恩来年轻时留学日本的壮志抱负，不禁诗兴顿起，当场咏诗一首，至今还清晰记得：

> 雨伴春月游岚山，
> 雾朦缭绕天地间，
> 梅花开处周公祭，
> 龙腾有时慰九泉。

是啊，看到当时年轻的周恩来如此有抱负，想到如今中国实现经济腾飞，我想，这可以告慰九泉下的周公了。

见识雅加达大示威

　　我到印尼首都雅加达开会，正赶上民众大示威，亲临现场颇有感触。2012 年 3 月 30 日，是星期五，到中午时示威的各路队伍就开始向议会进发。据报道，计划参加示威的人数要有数万人，组织示威者有工会，也有反对党，起因是政府决定提高油价。按照议程，3 月 31 日议会就政府的提价方案进行投票，因此，在投票前进行示威，显然是对议会施压。

　　长期以来，印尼政府对油气提供补贴，以保持市场低价格。实施高补贴的结果是，政府的财政赤字剧增，使政府不堪负重。还有，由于邻国油价高，低价补贴导致油贩子走私，他们通过在国内低价买进，高价倒卖到邻国，从中赚大钱。这样，印尼政府提供的大量补贴，很多装进了投机商的腰包，而且，官商勾结，走私愈演愈烈。

　　目前，在印尼得到补贴的汽油价格只有 4500 印尼盾一升（相当于 3 元多一点儿人民币），政府的方案是一次性提价 33%，即每升涨 1500 盾，达到 6000 盾（相当于 4 元多一升）。政府计划把省出的预算大部分用于低收入者的补贴（将有 70% 的人口可以得到补贴），还有一部分用于支持技术创新和教育。不想，政府的这样一个完美计划一提出，就立即引起公众的不满，也拉开了政治大争斗的序幕。

　　很显然，油价上涨只是第一轮，接着就会引起其他大量的商品价格上升。由于担心价格普遍上涨，市场上立即引起抢购风潮，很多人涌进商场抢购大米、食用油、食品。反对党也立即抓住时机，站在民众一边，高调起来反对，支持民众反对涨价的诉求，并号召民众上街示威。

　　印尼现政府是民主党与其他几个党联合执政。本来，政府是算计好的，民主党的执政联盟在议会可以得到 300 多票，足可以超过半数通过方案。不想，在 29 日晚，参与联合执政的从业党突然变卦，表示不支持涨价。由于该党在议会拥有 100 多个席位，这样一来，在议会里，反对提价的票数就大大超过半数，将使政府的方案泡汤。总统苏西洛非常生气，大批反对党不道德，还指责有些党不负责任，把局势搅乱。但是，在议会民主制体制下，总统发火没用。

放眼望去，示威的队伍浩浩荡荡。长长地摩托车队，飘着五颜六色的彩旗，车手把发动机声弄得震耳欲聋，成群结队的步行示威者高喊着口号，唱着歌曲，有序前进。可以看到，示威者绝大多数都是年轻人。

眼观只能看个局部，电视现场报道更全面，各家电视频道跟踪报道，画面不时切换到不同的地方。到下午2点多，各路示威者都到了议会门前的马路。我乘晚上9点的飞机，6点就从旅馆出发，生怕交通堵塞，不过还好，通往机场的路，一路畅通。在机场，仍然可以看到，到晚8点多钟，议会和总统府前仍然人山人海。

示威人群行在大街上还是基本有序的，但是到了集结地，秩序就乱了，示威者与警察发生了暴力冲突，一些示威青年往院子里，办公楼扔石块，把围栏放倒，用棍棒、石块砸汽车，砸警察哨所，甚至有的砸马路上的红绿灯指示器出气，警察用高压水龙、发射催泪弹驱散闹事者，示威者和警察都有受伤的。

在我参加的会议上，来自印尼方面的高官、专家、企业家对发生这样的示威好像习以为常，大都说这是民主必须付出的代价。街上行人似乎对此不感到吃惊，对示威队伍堵塞交通都耐心等待，街上的行人也显得很从容，并没有人聚在那里看热闹，照走他们的路，许多人对示威队伍连看也不看一眼。我倒是有点儿好奇，在旅馆门口对一位当地人说：啊，看！示威队伍来了，不想他却说：这很正常，经常如此，这是我们民主生活的一部分。他告诉我，参加示威不错，可以领补贴。

印尼在20世纪90年代末推翻苏哈托政权，开始实行西方式民主。经历了10多年的动荡，如今国内局势走向稳定，经济已开始步入较快增长。在我参加的会议上，一些专家认为，印尼是一个大有潜力的新兴经济体，到2030年，人均GDP可以超过1万美元。如今，印尼社会开放，媒体活跃，中产阶级人数迅速增长。数据表明，推特网用户、脸谱网用户和黑莓手机用户，印尼都排在世界第一位，使用者多为年轻人。据调查，印尼的消费者信心指数也排在世界的前列。

印尼拥有丰富的自然资源，是资源出口大国（出口的80%是自然资源产品），其人口也很年轻，在2亿3000万人口中，25岁以下的占一半。这样年轻的人口结构，对于经济起飞很有好处，可以分享人口红利，但是，创造就业的压力也很大。比如，研究表明，年经济增长只有达到9%，才可以为这样大的青年队伍创造足够的就业机会，而目前的年经济增长率只有6.5%，也就是说，失业，尤其是青年人失业是个大问题。

苏哈托当政几十年，实行专制，尽管创造了经济增长的奇迹，但是也积存了严重的腐败和收入两极分化。如今，印尼民主并没有根治腐败，没有创造出一个廉洁高效的政府，人们抱怨，现在的政府办事效率很低，贪腐普遍。民意调查显示，印尼公众对政府、政党、政治人物的信任度很低，认为政府、警察、司法难以保护人们的安全和权益。这样，在印尼我们似乎看到一种悖论：一方面人们欢心地分享开放政治带来的自由，但另一方面又对政治的无效、无能感到很失望。

我与当地一些人士交谈，他们没有一个人希望回到苏哈托集权时代，但又都对当前的弱政府，乱政治感到无奈。一位颇有影响的人士告诉我，印尼走向民主没有错，当前的问题不是政治制度，而是领导人素质，现任领导人不决断，大事不敢拿主意，该决策的事一拖再拖。另一位我的老朋友告诉我，印尼当前的主要问题是政治，许多政治家利用民主为自己捞政治资本，口号喊得很响，不为公众办事，结果，大众的利益受损。

一个有意思的现象是，在这次反对提高油价的队伍中，有些是地方的长官，他们公开跳出来与中央政府叫板。根据报纸报道，省市一级的领导，公开出来反对的有10多个。像巴厘的领导，就公开起来反对，声言如果议会通过了政府的提价方案，他就带领群众占领巴厘的码头，机场，封锁交通。为何地方长官会向中央叫板呢？原来，自2004年开始印尼的地方长官实行直接选举，于是选出的官员立场与以前不一样了，他们要对地方负责，替地方说话，要为地方尽力争取利益，以便获得本地选民的支持。在此情况下，他们叫板中央政府，总统也拿他们没有办法。

印尼的朋友告诉我，印尼还在民主的道路上摸索，还在学习如何用民主法治的方法解决问题。比如，为了建设基础设施，征地成为大问题，为此，去年，议会专门通过了国家征地法。他说，当前，印尼面临的最大问题是社会不公，穷人太多，经济增长创造的社会财富过度集中在少数人手里。看一看参加示威的人群中那些身穿T恤衫、牛仔裤，头上扎着红布，烧汽车，推围栏，抛石头砸警察所的青年们，他们很多都是无业青年。

据报道，3月31日印尼政府的方案在议会没有被通过。议会为将来提升油价定了标准：印尼原油市场 6 个月平均价格超过每桶 120.75 美元。议会的这个决定看来是理性的：既考虑了公众的意见，又设定了提价的条件，为政府未来必要时调整油价提供了便利。这也许是民主制下制衡机制的作用吧。可是，政府的财政赤字如何解决呢？那要看政府如何作为，当政者的能力如何了。

东亚还是需要合作

　　最近，我访问了日本东京，是作为"东亚展望小组"的中方代表参加报告起草会议的。新东亚展望小组的成员来自东盟 10 国和中日韩三国（10 + 3），其任务是向 2012 年年底前召开的"10 + 3"领导人会议提出一份如何推动东亚合作的报告。成立新东亚展望小组是"10 + 3"领导人会议决定的，之所以称为新东亚展望小组，是与 1999 年成立的东亚展望小组相区别。当年的东亚展望小组向"10 + 3"领导人会议提出了关于推动东亚合作的展望报告，建议把东亚合作的长期目标确定为建立"东亚共同体"。该报告得到了东亚领导人的认可，产生了巨大的影响，使"东亚共同体"这个"新概念"（历史上第一次）深入人心。该报告对于推动东亚合作的发展曾起到非常积极的作用。我是该东亚展望小组的中方代表，作为亲历者，是我一直感到光荣的一件事。

　　然而，东亚合作的进程艰难曲折，在共同体建设上步履艰难，原因也很清楚，因为东亚地区各国间的差别很大，利益和对外关系复杂，历史遗留的和新冒出来的矛盾很多。我们想学习欧洲联合的经验，但是毕竟东亚与欧洲不同。比如，按照东亚展望小组提出的建议，建立东亚共同体要构建两个支柱：东亚峰会（政治）和东亚自贸区（经济）。现实中，遇到了很大的困难。2004 年，本来是要准备把"10 + 3"领导人的对话机制升级成统一的"东亚峰会"机制的，作为主席国的马来西亚推动很积极，中国也表示了明确的支持，但是，日本不干，经过反复讨论，达成妥协，保留原来的"10 + 3"领导人对话机制，新成立一个新的东亚峰会，吸纳印度、新西兰、澳大利亚参加，这样，就生出一个"10 + 6"东亚峰会，如今，东亚峰会已经吸收了美国、俄罗斯参加，成了一个"跨东亚"框架，这个机制如何发展，起何作用，有待观察；在建立东亚自贸区上，道路也不顺畅。自 2000 年开启中国—东盟自贸区以后，先后成立了多个"10 + 1"自贸区（与日本、韩国、澳新、印度），2004 年"10＋3"领导人指示成立"东亚自贸区可行性研究小组"，我作为组长领着 13 个国家的专家写出了报告，但是，这次又是日本提出不同方案，提出要搞以"东亚峰会"（10＋6）为基础的"紧密经济伙伴关系"（CEPEA），为此也成立了专家组进行研究。结果，可想而知，由于意见不一样，统合的进程就推不下去了。由于支柱建不起来，共同体的架子也就搭不起来了。这样，尽管各种合作机制还在运行，合作项目也有不少，但很少人提及要建立"东亚共同体"了。

近来，东亚变得更热闹了，争端升温，对抗气氛凝重，好像陷入了纷争的乱局。如，中日在钓鱼岛的争端升级，起因是日本右翼人物石原慎太郎发动日本民众捐款，从者众，扬言要买断钓鱼岛，使它具备"公有"的性质，中国当然不甘示弱，必然要做出对应反应，加强了主权宣示，派先进的海监船进行经常性巡逻，突破日本对钓鱼岛的主权封锁；再如，菲律宾派军舰抓扣在黄岩岛捕鱼的中国渔船，引起了中国的强烈不满，被迫采取反制措施，实质性地加强对黄岩岛的控制，而菲律宾也不示弱，在国内外掀起一轮声讨中国侵犯主权的运动，一时间，南海问题成为世界关注的焦点；还有，韩国抓扣中国的渔船，渔民进行反击，造成韩国海警死伤，韩对中国渔民判以重刑；另外，美国借"重返亚洲"，以更加积极的姿态加大在东亚地区的活动力度，又是送军舰，又是派最先进的舰艇到菲律宾停靠，国防部长高调访问与中国有冲突的国家，到处煽风点火，凸显其存在，等等。在这样的情况下，地区合作还能够推动下去吗？

我参加新东亚展望小组会议讨论的总体感觉是，大家还是认为东亚要合作，不要冲突，要有远见，不要短视，要克服困难，减少分歧，不要让冲突升级，使合作倒退。成立新东亚展望小组的动议是韩国提出的，这个动议得到了"10＋3"各国的大力支持，各国都派出了高水平的专家与会。

不过，对如何推进东亚合作，近期目标是什么，专家们还是有分歧的。比如，韩国的代表就比较激进，提出要把建设"全球东亚"作为目标，也就是说，东亚要在世界上发挥凸显的作用，要用一个声音说话，要建立高层次的区域政治和经济合作制度；印度尼西亚的代表则强调先办好自己的事情，东盟自己要先团结起来，要确保东盟的核心地位（看来是针对东北亚合作而言）；而老挝、缅甸、柬埔寨的代表则认为，首先要帮助他们发展起来，缩小发展差距，等等。对韩国专家起草的报告草案，尤其是建立"全球东亚"这个概念，受到质疑。

由于我是上一个东亚展望小组的老代表，又是代表中国参加，都希望我能提出关键性的建议。事前为了参加会议，我还是做了认真准备的。我提出，"全球东亚"的目标显然太超前，太脱离东亚的现实，要实现东亚"用一个声音说话"也难，东亚地区合作必须务实推进，还是要把提升经济合作水平作为基础，因此，可以考虑以构建东亚自贸区为基点，把建立"东亚经济共同体"作为中期目标（比如，2020年）。经过反复讨论，中方建议的基本思路得到了大家的赞同，成为新东亚展望小组报告的主体思路。

大家认为，如果东亚能够建立经济共同体（学习东盟），那么，就可以继续顺着这个方向走下去，逐步加强其他方面的合作，这样就有可能使东亚地区通过合作利益的构建和制度化的建设，让各国共处在一个合作为主轴的大环境里。这是我们这个地区梦寐以求的，因为我们摒弃了战争，走向了合作与和平。东亚也许不会像欧洲那样非要建设一个统一的联盟，但是，应该和能够通过合作的方式和平共处，做到这样也就行了。

在东亚，经济的链条把大家捆绑在一起，难以分离。比如，中日韩之间矛盾很多，争争吵吵不断，可是近年来，三国先是建立了年度峰会机制，成立了合作秘书处，刚刚又签订了投资协定，中韩刚启动了自贸区谈判，中日韩承诺2012年年底启动自贸区谈判，中日马上开始实行人民币和日元的直接交易，等等。中国与菲律宾可以在黄岩岛上剑拔弩张，但是，菲律宾的香蕉进不了中国，蕉农就发愁了，因为没有可以替代中国的这样的大市场，菲律宾政治家也承受不了经济崩溃的压力。如今这个时代，的确与过去不同了，相互间的黏合利益很大，这是大家都必须考虑的。面对分歧或冲突，你情绪可以很激动，可是也必须考虑现实利益，说打（打仗）容易，真打不是那么轻而易举的事，为一小利而失大局，那是要掂量掂量的。

从我国来说，我们承诺要走和平发展的道路，但是，在存在分歧和争端的时候，要能坚持这个方向不容易，尤其是在自己实力提升的情况下，面对分歧，往往难以忍耐。看看网络上那些成天喊打的声音，你要是说不打，就好像不爱国了，成了"汉奸"了。我倒不认为这样的声音代表大多数，但是，有时候它们似乎占据着"网络舆论"的"道德制高点"，这是令人担忧的。

当然，另一方面，中国的崛起战略空间也的确受到挤压。比如，美国怕中国挑战和取代它的地位和利益，尽力对中国进行战略压制、遏制的部署，一些与中国存在争端的国家也趁机谋取利益。中国如果对此反应强烈，则会受到非议，被说成是"武断"、"霸道"，被置于被动地位，如果不做出反应，就会明明看着被挤压，国内人民也不答应，这使得中国的对外关系环境变得异常复杂。要知道，要一个实力上升的大国忍气吞声，这是很难的，于是，这就增加了发生冲突的风险。问题还在于，有些闹事的国家并没有充分认识到这样的风险所在。

我参加的国际活动很多，多年的参与使我体会到，大家都在看着中国，看中国如何发展，看中国如何处理与他国的关系，看中国如何解决与他国的争端，看中国如何发挥作用。对中国，人们既要"听其言，也要观其行"。事实上，面对一个快速崛起的中国，外人有赞许、支持，也有敬畏、怀疑和不信任。毕竟中国还处在发展、崛起、转型的进程中，看透中国不容易，因此，让人家理解和认同一个大中国，强中国并不容易。对于这样的复杂性，我们也要能明白和理解。

言实论正篇

言实之士不进,则国之情伪不竭于上

——管子·七法

天气的警示

　　进入 2010 年，北京寒气袭人，市内的最低温度达到零下 16 摄氏度，远郊的延庆达到零下 25 摄氏度，一场大雪纷纷扬扬下了一天一夜，大的地方足有 30 多厘米厚，据报道，这是北京近 60 年来没有过的大雪。最近又报道，石家庄的最低温度达到零下 26 摄氏度，我曾在石家庄工作过多年，没有听说过有这么低的温度。

　　最近一个时期以来，不仅是中国，全球其他地方的天气也异常，欧洲、美洲、亚洲的许多国家都陆续出现暴雪、暴雨等极端天气。据科学家解释，极端天气是气候发生变化的一个结果。极端就是不正常，而不正常在不同的地区、不同的季节表现不同，大都以极端变化的形式出现。科学家们警告，人类必须准备有更为复杂的气候变化发生。

　　对于是什么原因造成的气候极端变化，科学界还有争论，有的科学家认为是自然本身变化的结果，地球处在一个新的变化期，而多数科学家则认为，这是人类活动人为造成的。影响气候变化的主要因素是二氧化碳排放量过度，导致气候变暖。各种各样的数据表明，工业化，不适当的生活方式所导致的二氧化碳排放积累正在使地球的温度升高：北极、南极的冰川在融化，喜马拉雅山的冰川在融化，如此下去，海平面会上升，为数众多的大洋小岛、沿海陆地将会被海水淹没，整个世界将面临新的灾难……

　　我们看到，人们对这种巨大变化所表示出来的担心：马尔代夫的议会在海底模拟召开，来自海岛的代表泪洒哥本哈根全球气候大会会场，泣不成声，美国好莱坞大片《2012》所描绘的令人胆战心惊的温室效应结果……

　　自 20 世纪 90 年代初，国际社会就开始为应对气候变化进行讨论，采取措施："京都议定书"，"巴厘路线图"，哥本哈根国际气候大会，等等，主要的努力目标很明确：各国必须采取决断措施，减少温室气体排放，阻止地球进一步变暖，挽救人类的生存环境。

但是，这次哥本哈根会议的结果表明，要真的做起来并不那么容易：发达国家不肯承担主要责任，发展中国家强调发展权，结果，仅达成了一项没有约束力的协议，这项协议也没有具体的内容，所有问题将留待以后慢慢谈。

减排是要付代价的，要作出牺牲，因此，我们看到，各国都在尽力讨价还价，要达成具有约束力的减排指标，还会争斗下去。政治家们一方面担负着捍卫本国利益的重任，另一方面又要为人类的生存（包括本国人民）负责任，我们看到了他们的双重角色，而正是这种双重角色使他们进退维谷，难有作为。

生存危机不像别的，会危及到每一个人，谁也躲不开，干别的还可以有侥幸，但气候变化难有侥幸，因此，没有一个国家可以置之身外。如果这样的极端气候进一步加剧，人们的危机感还会更大，因此，采取行动的压力也会更大。问题是，我们人类还能这样拖下去，等下去吗？

按理说，发达国家有双重责任，一是它们是最早的、最大的废气排放、污染源制造者，二是把过时的技术，污染源转移到发展中国家，扩大了污染规模，推卸了责任。因此，美国、欧洲、日本不仅自己应该承担更大的责任，而且应该帮助发展中国家减排。然而，在哥本哈根大会上，发达国家表现不怎么样。无论是在承诺减排上，还是在援助发展中国家上，都很小气。事实很清楚，发达国家不带头，不痛下决心，不帮忙，要想整个世界取得大的进展很难。如果整个世界在行动上表现得迟缓，气候极端化的趋势会进一步加剧，那样，发达国家的好日子也就过不成了，这个道理发达国家是应该明白的。可道理是道理，它们做起来像割自己的肉，不愿意下手。

从媒体报道中，中国成为哥本哈根会议的亮点，因为中国宣布了到2020年比2005年减排40%—45%的目标。但是，也应该看到，这做起来难度不小，今后要动真格儿的才行。

其实，完成了目标，到时问题还是很严重，因为最大的问题出在中国的发展模式上。我们基本上沿袭西方工业化的老路，又有过之而无不及。我们的高增长从大规模引进（接替型产业，高污染）、大规模生产、低效率的产出开始，结果温室气体排放、其他污染、资源、能源消耗以不成比例的速度增加，GDP总量世界排位第二，温室气体排放却排位第一，许多地方已经变得不适合生存了。

尽管有些问题可能会随着经济技术水平的提高而减轻，但是，从目前的趋势看，这个过程可能拖得很长。关键的问题是，我们拖不起，越拖治理的成本也就会越大，国际压力也会越来越大，"自我纠正"的空间也越来越窄。考虑到我们这个大国的人口规模，经济发展的潜力，发展的速度，温室气体排放的总量增长等因素，中国的问题不是小事情，也绝不仅仅是我们自己的事情。

气候极端变化频繁给我们敲起的警钟不是一下子就会过去的，还会不断地敲，甚至会敲得我们睡不着觉，吃不下饭。因此，我们必须行动起来，下决心改变。改变不仅仅是政府的事情，也是每个人的事情，国家从大处做起，个人从小处做起，不要小看个人从小处做起，十几亿人，加起来就成了大动作，也会有大结果。

据气象学家预测，年初极端寒冷，夏天可能会出现极端炎热，还不知道会发生什么更多的极端现象。尽管如此，我不相信世界末日，我们人类还是有办法从困境中闯出新的生路。

我刚刚收到一条手机短信，是电信公司发的，号召大家厉行节约，少开车，少用水，保护环境。公司利用自己的资源优势，助推公共行动，这是一个好举动，如果大家都响应号召，那产生的影响就很不得了。让我们行动起来吧，不要环顾观望，不必等待他人，哪怕做一点点……

何必那么耗费？

　　2010 年 1 月 7 日，广西南宁，那是个令人难忘的夜晚，五彩缤纷的焰火照亮夜空，震耳欲聋的礼花炮声足足响了有一个小时，真的很壮观，很气派，有些堪比国庆 60 周年天安门广场的气势。这是在干什么呢？是庆祝中国—东盟自贸区建成的晚会，来自中国和东盟 10 国的官员、专家、商界人士等几百人观看了这场壮观的焰火晚会。

　　说起中国—东盟自贸区，这可是一件大事情。中国与东盟国家山水相连，有 19 亿人口，6 万多亿（美元）GDP，4 万多亿（美元）对外贸易，在这样大的地区，这样大的经济规模建立自贸区，实施市场开放，开展经济合作，实现共同发展，其意义是不言自明的。

　　本来，我是要去美国开会的，我决然辞掉了美国方面的邀请，到南宁来参加庆祝中国—东盟自贸区建成的研讨会。我对这个活动这样痴情，也是有原因的，因为我为它出了力，"8 年参与"有功劳，也有苦劳。

　　自 2000 年中国提议与东盟建立长期的经济合作关系，我就参加了专家组的研究，负责起草报告。我们与东盟的专家一起，苦干了几个月，经过反复协商，达成了共识，完成了可行性报告。报告提交给中国—东盟的领导人会议，得到双方领导人的首肯。这项报告提出，双方签署经济合作框架协议，用 10 年的时间建立自贸区。自贸区谈判从 2003 年开始，直到 2009 年才全部完成。

　　尽管具体的谈判是由官员们进行的，但是继续的论证和研究工作一直没断，同时，我还作为高级顾问参与了中国—东盟南宁博览会的论证、筹备、举办，参加了中国—东盟新合作倡议——泛北部湾合作专家组的工作，多年来，我不知道在这方面花了多少时间，开了多少会，写了多少文章，作了多少报告，如今，终于看到了结果，自然心里特别高兴，有点儿"思绪万千"的感觉。

构建这样的大自贸区，世界上没有现成的模式，我们想了不少办法，搞了不少创新。比如，我们提出实行"早期收获计划"（先开放农产品市场），实行分步走的渐进方式（先货物、后服务和投资开放）；对欠发达的东盟成员给予照顾，分两步走（东盟老成员走得快些）。尤其是，双方以构建自贸区为核心，还积极推动其他多方面的合作，比如，共同举办永久性南宁博览会，别人没有搞过，我们从零开始，逐步摸索。

我记得刚到南宁时，看到的是一个不发达的城市，没有像样的旅馆，没有基本的接待外商能力，基础设施也很落后。而现在不同了，南宁成了一个现代化的城市，高楼拔地而起，经济快速发展。博览会所在地区被称为南宁的"浦东"，夜晚，那五光十色的霓虹灯把整个地区照得通亮，初次到那里的人都为它的气势所感叹，南宁成了联合国命名的宜居城市。这些年，广西抓住中国—东盟自贸区这杆大旗不放，吸引了大家的眼球，使它从边陲地区变成了中国—东盟链接的中心，沉寂的北部湾成了投资的热土。

不过，相比之下，在我们的一片欢呼声中，东盟国家却出现很不同的声音。据报道，印度尼西亚、马来西亚、泰国、菲律宾国内有人提出暂缓实施自贸区计划，原因是现在国内经济困难，担心中国借自贸区扩大向东盟国家的出口，占领当地市场，对当地经济造成伤害。尽管南宁的庆祝活动是中国与东盟秘书处联合召开的，但在东盟，没有一个国家举行庆祝仪式。

这种情况还是值得我们注意。说起东盟，10个成员国的差别很大，心也不那么齐，对中国的态度也有差别，不要以为协议一签，市场就可以长驱直入了。再说，东盟与好几个国家签了自贸区协议，有的还正在谈，要是各国都向它扩大出口，它们是受不了的。中国发展很快，东盟国家对中国的警惕提升，因此，中国要扩大向东盟国家的投资还是要仔细研究，考虑到各种情况，不然，可能会遇到意想不到的障碍。

其实，对东盟自贸区，我们国内很多人也还并不真正了解，对利用自贸区研究不多。据我的一项调查，尽管货物贸易协定早在3年前就开始实施，但是，企业利用自贸区协议出口（享受零关税）的比例很低，第一位的原因是对自贸区不了解。因此，我在南宁的庆祝会上呼吁，要在落实上下工夫，在利用上花气力。作为学者，我能做的也只能是呼吁，但愿人家能听。

现在，我们许多人爱搞形式，有些官员要的是阵势，各式各样的会议，一场完了，又去准备另一场，会开完了，事情也就算办了，这样的风气到处可见。

说实话，尽管我积极来参加会议，但对花这么多钱，办这样大规模的庆祝，还是有些看不惯。在焰火晚会现场，我真的有点儿坐不住，看着那没完没了的冲天礼花，每一声炸响，都使我感到不安，干吗这么破费？用这钱干点实事不好吗？同时，在东盟方面对中国表示担心的时候，我们为何要火上浇油呢？参加庆祝会议的东盟代表为会议的气势、焰火晚会的气派所震撼。有的当场感慨：还是中国！我们国家可干不成，我们没有这个钱。

据知情人说，这次会议的开支不菲，不是个小数目。我想，会还是有必要开的，但不必搞这么大声势。如果拿这个不小的数目经费干点儿别的，效果会更好，比如改善学校，支持企业研发，或者支持企业到东盟国家投资，为企业利用自贸区协议办培训班，等等。有多少需要切切实实办的事情啊！

要端正发展战略

　　国务院发布推进海南旅游岛建设的若干意见，海南一下子火了，有人形容，海南"成了一片燃烧的土地"。据报道，在海南，"从导游到出租车司机，到普通市民，无不在议论海南国际旅游岛"。海南的主要领导向人们保证："十年左右，海南的发展一定要让国人和世人刮目相看！"

　　据报道，一些内地人带着大麻袋的钱到海南炒房。在三亚的一个房地产项目，来自浙江的老板为了和山西的老板抢房，一下子打开装满现金的两个行李箱。有人一下子就要了60套房子。"三亚的一些楼盘一日涨两千乃至五千，一月涨两万，数字不断刷新。"另据报道，今年（2010年）春节期间三亚的五星级酒店很火，一晚的报价竟然达到1.5万—2万元，这还一房难求，预定不上！据说，原因是春节期间大量炒房团会来三亚，于是乎有人就买断了大量客房房源，再加价转售。

　　看来，没等十年，仅仅几天的时间，海南就有些令人刮目相看了，海南真是有点儿疯了！我看到一篇报道，很多人在做梦：

　　——一位官员告诉人们，建设海南国际旅游岛，要社会总动员与全民想象，未来的海南是东方不夜城，是夏威夷和香港的结合，是购物的天堂，人们可以在这里尽情地享受。

　　——一位三亚的导游小伙子放开想象的翅膀告诉人们，将来"这里到处都是高档酒店，游客们穿着喷火的比基尼"。

　　——一位商人描述："到了海南，将可以买到世界上任何地方的奢侈品，阿玛尼，BOSS，百达翡丽，要什么有什么，内地几十万的一块百达翡丽手表，在海南免税店可以打7折，你说这是什么概念？"

　　——一位炒房者根据"高人"指点充满希望，三亚的房子将来会涨到20万元一平方米，这样说来，现在花1万元买一平方米的房子，将来要赚20倍的钱，现在不投资更待何时！

——一位玩家预计，"海南将大力度引进和发展博彩业"，不仅有赌马、赌狗……还有更多更多。

未来的海南会是这样吗？这样的海南真的有点儿吓人，有点不可想象。这倒是有些像富人的专属区，是冒险家的乐园，是逃税的天堂。我看，这样的海南要不得！还是不要让这些人的梦想成真为好。这样的梦想与海南政府提出的"强岛富民"的战略格格不入。

看一看与那些梦想不同的强烈反差：

——岛民老李很无奈，因为他海边的大房子被推了，因为那片海滩已经被"征用"。

——一个有数千人居住的港坡村消失了，因为当地政府决定开发，村民们说，"海滩、水田被征走了 3000 亩，给每个村民只发了 500 元的补助"，"没有了海滩，渔民不能打鱼养虾，生计都成了问题"。

——一个叫做"雅居乐"的房地产开发项目，开发商一平方米只花了 200 元买的地，盖成房子卖到 3 万元一平方米，开发商赚了上千亿元，当地老百姓说，"房价、物价全带起来了，不吃不喝，干两年也买不了一平方米的房子"。

这样的开发"火了岛"，但肯定富不了民。按说，地是老百姓的，他们应该有谈判权。土地升值，老百姓应该得到利润分成。像目前这样老百姓只拿低得可怜的补偿，是很不合理的。最大的问题是，土地的拥有者——当地的老百姓，并没有参与决策，决策者往往是当地政府。这样的开发结果，造成的不是"富民"，而是"穷民"。

海南的书记说，如果经过 30 年的建设，房地产上去了，海南人民的生活依然贫穷，那就意味着国际旅游岛建设是项失败的事业。可是，我们不能等到 30 年后再纠偏啊！要从开始就要端正方向！

有人警告，现在海南的房地产已经有泡沫，不要忘记 20 世纪 90 年代初的教训：泡沫破裂，2 万多公顷土地闲置，250 多亿元的不良资产。有的官员争辩说，这次与 20 世纪 90 年代初不一样，这次有建设旅游岛的基础。也有的官员说，海南没有泡沫，还没热起来，统计显示，流入海南的热钱不多。

在我看来，根本的问题还不在有没有泡沫，而是要端正发展战略，发展方向，开发的目的要明确，从一开始就要清楚，就要有切实的措施，尤其是，不能只把富民作为口号。再则，一个地区的发展是一个渐进的过程，发展不能搞"大跃进"，不能靠炒概念，这方面，我们的教训太多了。

对房屋进行普查登记

近年来，城市，尤其是大城市的房价上涨很快，引起了人们的不满，无论对于经济发展和社会稳定都很不利。其中一个重要的原因是住房投机推动房价上涨。为了抑制投机，降低房价，制止房价进一步飙升，许多人提议，尽快征收房屋物产税。

据认为，征收物产税会增加房屋拥有成本，可以抑制对房屋的投机行为，从而可以起到遏制房价上涨的作用。然而，征收物产税是一项政策性很强、很复杂的工作，需要缜密的设计和大量的准备工作才行。

我认为，首先要做的是要明晰房屋产权。明晰产权，要加快解决房屋所有权明晰、合法的问题，只有这样才可以对住房确立产权，对房屋所有人发放房产证。现实是，在城镇房屋中，大量的是无产权房。小产权房的问题已经议论多年，在大城市，小产权房占很大的比例，有些是历史遗留问题，有些是新出现的问题。尽管政府部门发文制止小产权房建设，但实际情况是，非但老的问题没有解决，有些地方还在建，甚至成为投机的新领域，如果这个问题不解决，不仅没有办法征物产税，而且还会进一步造成住房所有权的混乱。因此，应该立即着手从根本上解决这个问题。最近，国土资源部部长表态，要在一年内提出调查结果，此后提出政策。这个表态给人们希望，但是，对提出政策解决这个问题并没有承诺时间表，还要拭目以待。

一般来说，房屋所有情况应该是明晰的，但是，现实的情况并非如此，底数并不清楚。因此，首先要对房屋所有情况进行全国普查，进行房屋所有登记。考虑到现在许多房产都是"外地人"拥有，因此，首先要建立全国联网的房屋所有信息系统，只有这样，才可以真正了解房屋所有的全面情况。要把房屋所有登记和普查结合起来，下工夫对房屋所有情况进行一一核查、核实，对清查、核实不清的房屋，发布公告，限期登记，如果一年内没有认领，可以做没收处理，或者进行拍卖。

对房屋所有权进行普查和登记，建立全国房屋所有电子联网，还可以有助于做好廉政建设工作，把掩藏在地下的"黑房主"拉出来，有了这个系统，也可以有利于反腐。

征物产税要按房屋价值征收才有效果，因为投机者投的是升值，为此，需要对房屋进行严格的价值评估，按价征税（从国外实施物产税的经验看，考虑到城市中心与市郊的房价差别很大，从城市化的发展看需要鼓励居民向郊区扩散，因此，不按人均面积征税，而是按房屋价值征税）。鉴于房屋价值是变动的，要对房价的价值进行调整评估，一般每3年评估一次，这项工作比较复杂，需要有资信的评估机构。现在的房屋登记的价值很混乱，有现市价，有交易的指导价，还有灰色价格等，不做好价值评估和登记，征税就会造成混乱，也会出现腐败与投机。

目前，社会上对征物业税谈论很多，有些政府官员也随意表态，如果不做好基础工作，要么匆匆忙忙推出，无法执行，要么只议不做，使公众失望，要从现在起就做扎实的准备工作，对这项工作，政府要给予足够的重视。

重要的是，少说空话，多做实事，要是今年就把这件事做起来，那就好了，这会给房地产市场一个很强烈的信号。

民生为何成了共同的话题

作为政协委员，2010年参加"两会"还是有新的感受。第一个感受是，无论从会议的气氛上，还是从委员们讨论的问题上，今年的"两会"较比去年还是有很大的不同。去年是金融/经济危机年，气氛有些紧张，尽管政府推出了4万亿元的刺激经济计划，但大家还是有些不放心，因此，如何应对危机，保持经济增长，成为去年"两会"期间政协委员们讨论的最热门、最集中的议题。

今年不同了，由于2009年我国经济实现了恢复性增长，国民生产总值年增长率达到8.7%，今年的前两个月增长形势也很好，大家对经济增长本身似乎没有多少关注了，而关注最多、讨论最集中则是民生问题。尽管民生问题一向是政协会议的重点，但是从来没有像这次会议这么集中，委员们发言的"火力"也很猛烈。

无论是大会发言还是小组讨论，无论是专家还是外行，似乎每个委员把民生作为发言的一个重要内容，都在为如何实现社会收入分配公平，加快社会保障制度建设，解决进城农民工的户口和子女教育，采取有力措施，制止房价上涨等问题建言献策。我想，政协委员们之所以这么集中地讨论民生问题说明，我国的社会经济发展确实出了偏差，有些问题已经到了相当严重的地步。

改革开放以来，我国的经济实现了快速增长，总体经济实力大幅度提升，接近了世界第二大经济体的总量规模。但是我们也看到，社会的发展滞后了。这主要表现在我国社会收入差别不断加大，社会保障体系建立缓慢，适应城市化进程的新户籍制度改革很不到位。过去，政府的主要精力放在了GDP提升上，而把社会与民生发展放在了次要位置，导致"GDP主义"占上风。现实的例子很说明问题。比如，我国的人均GDP已经超过3000美元，有些地方已经达到近万美元，可是，普通职工的可支配收入还很低，农民工的收入更低，社会保障覆盖面很小，保障的水平还很低。据统计，在过去的 10 年中，国民消费在国民经济中的地位持续下降，比例下降了 10 个百分点，由 45% 降到只有 35%，低于世界平均水平，更低于处于同等发展水平的国家。据总工会调查，1997 年到 2007 年，在 GDP 中，企业盈余的比重上升了 10 个百分点，而劳动者报酬的比重降低了近 14 个百分点。2002 年到 2009 年，职工工资的实际增长速度比 GDP 的增长速度低了近 2 个百分点。这说明，社会经济的发展在结构上，在社会收入的分配原则上出了大的问题。据总工会调查，60% 以上的职工认为，普通劳动者的收入过低是当前最大的不公平。

因此，解决社会与民生问题，是当务之急，不能再拖下去了，再拖下去就要出大乱子。政协委员们从不同的角度提出了许多政策建议。对于如何改善收入分配结构，委员们提出的建议有：政府的政策取向要从重增长调整到增长与分配平衡，更加重视分配上来，要下决心降低资本分配的比例，提高劳动分配的比例，这需要在大政策上加以明确。许多委员强调，要管住企业高管，尤其是国企高管的收入，整体提高职工的工资收入水平；要加大社会保障基金的积累，把国有企业红利，政府出售土地的收入转入社会保障基金，要完善非公有制职工和农民工的社保体系建设等。

住房涉及公民的最基本社会保障，房价太高自然是最热门的话题。许多委员批评政府是拉升房价的推手，原因是政府财政过度依赖卖地收入。高地价 = 高财政收入，这必然助长政府推高地价，而高地价是高房价的罪魁祸首。一些委员们建议，要改变政府对房地产收入的财政依赖，政府要为保障性住房提供限价土地，多建设廉租房，为低收入者提供住房保障。一些委员还建议，要理性引导住房市场的发展，不要盲目鼓励人人都拥有自己的房屋，为此，要多建廉租房，停建经济适用房，从而为住房市场降温；要抑制房屋投机，征收物业税，整治土地囤积、哄抬房价等。3 月 7 日下午，来自中国科学院的梁季阳委员关于"规范房地产，维护社会公正"的激情大会发言，引来了最长时间的鼓掌。

我也想，"两会"也是"中国模式"的一大特色。几千名人大代表、政协委员集聚一堂，"狂轰滥炸"式的对中国发展中的大事进行大会发言，小会讨论，直面领导，数千份提案，议案，有批评，有建言，尤其是，在信息发达的今天，记者们的集群式采访和报道，加上会内会外的热切互动，其作用还是很大的，它成为推动中国社会进步的一个强力助推器，也许是中国模式的一个积极探索和实践。

生命最宝贵

这几天，人们每天都揪着心，每刻都在关注山西王家岭煤矿井下救人的形势发展。从电视里看到，115 名矿工从矿井里抬出来，在经过 9 天的生存拼搏以后获救，真是忍不住流下眼泪，但是，毕竟还有那么多矿工失去了生命。那些获救的矿工生命是保住了，可是那些失去生命的矿工却永远被剥夺了生存的权利。

据报道，中国是发生矿难最多的国家，占据了世界矿难死亡人数的绝大多数。这几年，媒体报道的矿难事故很多，一个接着一个，被剥夺生命的人，少则几个，多则几十个，甚至上百个。

究其原因，主要是经营者忽视人的安全，把经济利益放在首位。制造矿难事故的，有不法私人采矿者，也有大的国有矿业公司。就王家岭矿难来说，开矿者就是国家大煤矿公司。按说，大公司有条件改善施工条件，维护采矿安全。但是，据报道，该公司把完成工期速度放在第一位，不惜采取极端手段，层层下达超额掘进指标。就在事故发生前，矿上还召开大会，要求加快工程进度，提前 5 个月完成工期，为了达到目标，实行"进尺考核制"，"要争当第一"。在此情况下，哪里还有矿工的安全？在矿业公司领导的心里，第一位的只是工程进度，因为那是领导的政绩和与政绩相联系的巨大经济和政治利益。据报道，就在发生透水之前，已经有迹象表明要出问题，问题也上报了，但是，领导并没有采取措施。据矿工们说，大家都担心下井，但是，严厉的惩罚规定，加上超额奖励的诱惑，矿工们还是冒着生命威胁下井作业。

人世间，生命最为宝贵。生命是个人、家庭、国家的本源。说起来，人所进行的一切活动的根本目的，不就是为了生存吗？人要生存，首先就要为衣、食、住、行而进行各种各样的活动，在保证基本生存条件的前提下，为了生存得更好，则进行更多的活动。但不管怎么说，开展活动的目的，离不开生存，如果活动危及了生命，那就得不偿失，如果活动的设计和执行是"本末倒置"，即把活动作为了"本"，而把人放在了"末"，其结果，就会为了活动，而牺牲了生命。虽然道理看起来很简单，可是，现实中，愚蠢的事情到处在发生。

当然，人为了生存而奋斗是充满了风险的。在一些情况下，也会危及到生命，有时是无奈之举，有时则是可以做出努力加以避免。从本能来说，人不会拿自己的生命去冒险，会非常珍惜自己的生命。但是，在特殊情况下，也会发生"异常"，比如，有人为了挽救他人的生命而牺牲自己，还有的人为了贪欲去铤而走险，等等，前者，因为保护了别人的生命，成为人类道德的典范而被褒扬；后者，因为损害了别人生存的利益，导致人类道德的失伦而被鞭笞。

现在，我们几乎每天都看到关于发生危及、损及人的生命安全的报道事例，像王家岭矿难这样的恶性事件并非特例。应该说，改革开放以来，我们的国家发展是很快的，经济连续几十年保持高增长，国力增强，人民的生活得到了很大的改善。但是，也要看到，我们也在做很多蠢事，傻事，坏事。比如，为了实现高增长，破坏了环境，污染了水质，砍伐了树木，毁坏了草原，灭绝了与我们人类相伴生存的生物、动物，结果带来的是环境恶化，生态失衡，气候极端，这样，我们生存的环境就受到威胁，导致越来越多的天灾人祸。再比如，为了要搞大工程，显示气派，建"世界城市"，世界"标志工程"，不惜大片大片地占用土地，拆掉民居，甚至把刚刚建好的大楼也拆了推倒重建，结果，只有了"气派"，却没有了人气。

问题是，这样的事情几乎每天都在全国各地发生，广播、电视、报纸都在报道，人们都在批评议论，可仍然在"我行我素"。经济活动的本源应该是维护和改善我们人类的生存环境和条件，这样做的结果，却是适得其反，我们是在"自毁长城"。要改变这样的状况，就要从根本上重新思考和设计经济发展的思路和方式，从制度设计做起，从政策导向做起，从法规规范做起，从公民教育做起。

这里，需要特别强调的是政府的作用。政府是人民授权行使管理职能的，因此，政府必须首先对人的生命负责。我们的政府现在把过多的力量投放在推动经济活动本身，而把与人生存紧密相关的自然、社会、法律环境放在了次要地位，我们的许多官员乐见企业家，热衷于招商引资，为了达到经济增长目标，而不惜牺牲其他。

"以人为本"的执政理念首先要考虑的是人，人的生存权的保障，人的生存环境和条件的保障与改善。马克思当年批判资本主义把人作为资本的附属物，导致了人的异化。如今这样的事情似乎在我们这里到处都在发生。

　　据报道，王家岭矿难搜救费用高达上亿元，可对于开发煤矿的企业来说，这不是个大数字，因为那里的富矿一年可以为企业带来10亿元的收入。因此，如果不从严格的制度、法律上治理，企业还会那么干。国外的许多经验证明，科学的制度设计，严格的法律规定和认真的执法，是可以把灾难降到最低的程度的。

　　王家岭矿难，还有各色各样的人为灾难再次警告我们：人的生命是最可贵的，做任何事情都必须真正把保障人的生命放在第一位。在王家岭矿115名矿工被成功救上来之后，官方媒体报道这是"一个奇迹"，还专门发表评论，大为赞扬各级领导如何重视，云云。其实，政府的真正"有为"不是体现在在事故发生以后，而应是体现在事故发生之前，即能够最大可能地防止灾难发生。

让国人活得有尊严

在 2012 年春节团拜会上，温家宝总理说，要让中国人民生活得更幸福，更有尊严。过去，常听说生活更幸福，而要活得更有尊严，这个话还是很新鲜。许多人都说这句话有新意、有深意。

什么是尊严？按汉语字典上的解释，是"可尊敬的身份或地位"。我看，这个解释容易产生误解，因为从字面上看，似乎只有有身份和地位的人才有尊严。事实上，对每个人来说，尊严都是一样存在的，尊严是人的一种基本"人格"的体现。

照我的理解，要让中国人活得更有尊严，至少包含三层意思：一是经济进一步发展，使国人更富裕，这样，日子就可以过得更好；二是提升社会发展的水平，完善社会保障体系，让国人的生活更有保证；三是深化政治体制改革，完善立法和执法，让国人享有更高的政治权利保障。

改革开放以来，我们的国家无论在经济、社会，还是政治方面都取得了巨大的进步。但是，同时我们也看到，有待解决的问题还很多。在经济方面，我们的总量是大大增加了，国民生产总值排在了世界第二位，但是，我们还是发展中国家，尤其是国人的收入差距还很大，穷人还很多，很多人还难以保证最基本生存尊严。在社会方面，我们的社会保障水平还太低，尤其是覆盖面太小，对农民，对流动打工者的基本社会保障制度还没有建立起来。在政治方面，国人的许多基本权利还得不到维护和保证，尤其是那些城市的"外来流动人口"的基本地位甚至得不到认可与尊重。显然，要使全体中国人活得更有尊严，还要做巨大的努力。

人的尊严，首先表现在要有基本的生存环境和条件。经济是基础，没有这个基础也就没有了尊严。在这方面，获得尊严，既要靠自己的努力，也要靠社会的提供。自己的努力是基础，社会的提供是保证。所谓社会（主要是政府）的提供，应该包含两层意思：一是政府要为人们的努力创造公平合理的环境；二是要对那些靠自己努力难有保证的人给予必要的帮助。作为人，其实都愿意靠自己的努力来维护和改善自己的生存尊严，不愿意靠吃救助过日子，真正不具备能力维护和改善自己生存环境和条件的人毕竟是少数。核心的问题是，社会能有一个公平合理的环境，使人们可以尽其所能，能有应得。其实，对于大多数人来说，并不会对那些通过个人努力致富的人妒忌，有歧见，而有意见的是政府所提供的环境不公平。在不公平的环境下，有些人不努力也可暴富，有些人尽力了也许不能得到应有的回报，从而造成严重的社会不公平。

另一方面，在经济得到改善的今天，人们越来越关注和重视社会的权益保障。社会权益是人人平等的，不能把人分成三六九等区别对待。一个公平的社会，要对所有人负责，要为所有的人提供基本的社会保障。这里，重要的是社会制度的普遍性原则，比如，儿童普遍接受教育，成年人普遍获得就业，老年人普遍享受养老保险等。这不由得使我想起北欧国家社会福利制度设计的一些理念。比如，其对人的定位是，每个有生命的人都是属于社会的，拥有公平的从摇篮到坟墓的基本保障，不论是富翁，还是贫民，都享有同等的社会保障权。北欧的高福利社会体制我们是学不来的，但是，建立带有普遍性原则的社会保障体系是必不可少的。

尊严有很强的政治含义。尊严的政治含义主要应该是指人的政治地位和政治权利。人的政治地位和政治权利是通过一个国家的法律来赋予和保证的，法律应该赋予每个公民平等的政治地位。人的政治尊严要得到尊重，这一方面体现在法律的保证上，另一方面也体现在法律的执行上。在我们的国家，法律的保证已经有了，问题往往出在法律执行上。我国宪法赋予了公民广泛的政治权利，把保障人权写进了宪法，但是，在现实生活中，人的政治权利被侵犯的事例比比皆是：比如，公民的政治参与权被限制，公民的房屋被强制拆迁，农民的土地被贱卖，执法人员无端限制人身自由……在许多情况下，人们感到，政治权利被强力剥夺，失去了做人的尊严，而这又往往得不到合法的申诉与纠正。

尊严也有国际含义，主要体现在两个方面：一是个人所属的国家的国际地位，二是个人生活水平的国际比较。国家的独立自主是维护公民尊严的基本保障，一个被别国占领、统治的国家的公民，就失去了最基本的国民尊严。国家的发展是提升国民尊严的一个重要标尺，经济发展了，人们的日子过好了，也就受到其他国家的尊重。如果说新中国成立以后我们实现了第一层含义的民族尊严，而改革开放以后，随着国家的发展，我们提升了在第二层含义的国人尊严。

很显然，尊严是一个复合体，是一种综合体现，既有经济的，也有社会的和政治的，既有自己内部的，也有外部的，既有作为个人的，也有作为集体的（国家、家庭、团体）。

其实，尊严也是一种自我的人格体现，表现为一种自尊。中国文化强调人要有自尊，提倡人要活得有志气，有气节，不见利忘义，对那些见利忘义、卖身求荣者一向给予无情的鞭笞。自尊，既是一种自守，也是一种自卫。从自守的意义上说，那是要自己"守节"，坚守住做人的底线；从自卫的意义上说，那是要"辩争"，为争取自己的权益而努力。不自守，那就是自我抛弃，自己失去人格，被别人鄙视；不自争，那就是自我放弃，放弃自己的权益，受制于人。

让人们活得更有尊严，这个提法好。我认为，要把它作为一种执政理念，一种国家制度建设，同时，也可以作为一种个人的至上追求。

为何他得到了最多的掌声

在政协大会发言中，有一位叫朱振中的委员的发言得到了最多的掌声。他发言的题目是：狠刹搞形式主义、唱高调、耍花架子的不正之风。他以形象的语言，列举了不正之风的三种表现形式：一是搞形式，一些机关、领导干部做事是给上级看的，形式越搞越烦琐，就是落实不了，被群众批评为"常说的老话多，正确的废话多，漂亮的空话多，严谨的套话多，违心的假话多"；二是唱高调，什么都要高级、高端、高规格，什么都要最大、最快、最优、最佳……不怕做不到，就怕别人看不到，听不到，报喜不报忧，弄虚作假；三是耍花架子，喜欢赶时髦，变花样、造气氛，装门面，追求轰动效应，搞什么中心区、示范区、宜居区……一个比一个好听，搞重点工程不计成本，不惜代价，原本好好的建筑物统统推倒重来……他批评道，造成这种状况的原因，说到底是一些干部，一心想着自己的仕途，只投领导所好。

我看到，在他发言的时候，不仅是会场上的委员们，就是坐在台上的领导们也是使劲儿地鼓掌，说明这些不正之风不得人心，已到了下狠心纠正的时候了。朱振中委员在发言中所用的形象表述，其实大家都知道，有些在网络上、手机短信上被编成诙谐的段子，可是在这样的高层会议上，当着这么多领导的面进行大批判还是难能可贵的，尤其是，他是广东政协的主席，过去肯定也是市里的领导。有人说，这些事情他自己也许干过，现在他从第一线退下来了，体会深了，也敢说了。也有人说，其实他应该结合自己的经历，先批批自己。不管怎么说，他能够站出来，理直气壮的批评这些不正之风，那还是应该给予肯定的。大家的热烈鼓掌，一是表明赞成他的观点，二是对他的赞许。如果各级领导干部都像他那样，站出来口诛笔伐这些不正之风，那情况就会有大的改观。

我们都感到，这些年来，形式主义，花架子，官腔，假话盛行，愈演愈烈，从上到下，几乎成了一种"正气"。比如，听领导作报告，前几段、结尾不要听，都差不多，套话、官话几乎成了定式，少了不行。报纸也是这样，几大报的头版内容，几乎差不多，内容、字体、用语、调子几乎一样。

大话、套话、假话给谁听，给谁看的呢？不是给群众听的、看的，因为群众不爱听、不爱看，那么就是只给领导听、给领导看的了。领导爱听，爱看吗？我看也不见得，看一看全国政协会上，当朱振中痛批不正之风的时候，坐在领导位置上的大领导们也是鼓掌的。

但是，也不能说领导们完全不爱听，因为毕竟有人给自己戴高帽，听起来顺耳，总比逆耳强。有些人编造假话，说大话（成绩，蓝图……），就是明摆着是糊弄上级领导的，目的无非就是为了自己的仕途，给上级领导留个好印象。这当然骗不了群众，因为群众知道真相，可是，在很多情况下，群众的话上达不了，倒是那些假话可以起作用。比如，最近揭露出来的石家庄市团委副书记王亚莉造假一例，就很能说明问题。这个人从出生年龄到履历都是假的，而且劣迹斑斑，结果却被屡次评为优秀干部，越级提拔，她的问题被揭露出来了，一调查，才发现，提拔她的每一个环节都没有按程序办，都是上面的领导说了算，规定成了摆设。

还有那些危害极大的面子工程，大马路，大剧院，大会堂，不伦不类的标志性建筑等，大多是劳民伤财的，留下了难以治愈的后遗症。往往是那些始作俑者因政绩而被提拔走了，留下一个个烂摊子，结果，后来的领导为了显示自己的成绩，要么另搞一套，要么推倒了重来。在这样的情况下，那些真正惠民、利民、富民的项目，往往得不到重视。比如，一些小城市，大马路很宽很宽，可是许多学校却很破，大广场很气魄，民居小巷又脏又旧，垃圾到处都是。

为什么这些怪事会大行其道呢？说到底是党风、政风的问题。朱振中在发言中建议中央要采取强有力的措施，狠刹搞形式主义、唱高调、耍花架子的不正之风，在选人用人上要更多地相信群众，依靠群众，顺应民意。

朱振中放了一炮，这声炮还是很响的。但愿能够引起很大的震动。

言实论正篇

还景于民

　　近见不少报道，一些风景名胜区要么被侵占成了别墅区，被出租成了私人会所，要么被宾馆机构圈起来，成了内部景区。比如，杭州西湖，本来政府花了巨资清理了违章建筑，腾出了名人故居，美化了周边环境，但是，人们发现，许多名人故居被出租，成了私人会所，富人的俱乐部，不让普通游人进入，你就是想伸头往里看一看，也会有保安过来轰你走；比较严重的是海南，大量海景之地被围圈。海南三亚、海口等地的沿海海滩被众多高级宾馆饭店圈起来，成为封闭之地，据报道，亚龙湾8公里海滩被17家高档饭店围起来，当地老百姓、游人只好望景兴叹。

　　其实，这样的现象不只在杭州、海南，全国很多地方都存在这种把公共景观之地圈起来，变成内部场所的现象，不少风景名胜之地，要么被政府机构的培训中心，接待处围起来，要么被出租给私家，成为只对富人开放的俱乐部，有的还建了别墅区。

　　这种现象有禁不止，甚至有愈演愈烈之势。还有，现在国内的许多公共景观都被垄断起来，变成了收费的"摇钱树"。许多大自然赋予的自然景点，像带有标志性的石头、大树、悬崖等，要是游人在那里留个影也都要收费。本来令人惬意的好端端的自然景观，因为收费而变得令人心烦。

　　其实，我们的国家也不是没有法规。法律明确规定，山川河流、湖海为国有，是全民的财产，任何个人、机构，不准把公共景观之地变为私有和私用。我们最大的问题是，有法不依，甚至是执法者违法。比如对于景观之地的管理，要么是没有人管，要么是管理不到位，要么是滥用权力。在大多数情况下，实际的情况是，景观之地被当地政府部门出售，出租，建起了高级楼堂馆所，培训中心，或者变成了私人会所、别墅。

　　海滩，风景山水之地，作为公共财产，要为大众所用，应向公众开放。但在巨大的利益链条牵引和权力腐败的作用下，它们被乱占滥用，对此，老百姓当然会有意见，但却往往无法介入，被封于可视角度之外。

公共景观之地被占用，往往是有权力的保护伞。如果认真查一查，几乎每一个这样的项目背后都有权力腐败的黑手撑腰。像大理的洱海别墅区，从市长到相关部门官员，都收了开发商的巨额贿赂，像海南的海滩，打着建设国际旅游岛搞开发的大旗，掀起权势圈地运动，这些要是没有当地政府官员的支持，是不可能做起来的。

要制止这种现象，首先还是要靠法律。有关人士大声呼吁，政府应该发文立即禁止这种现象，同时，国家要抓紧制定细化的法规，防止这种趋势进一步蔓延。有人建议，有必要像打黑那样，搞大动作，中央直接支持，当地领导挂帅，成立工作组，对所有侵占公共景地的情况做彻底清查，对违规者进行处理，对腐败者绳之以法。

其实，从国外的情况看，要做到风景之地开发与公共利益协调并不难。如果做好了，还会产生积极的效果。比如，很多人都到韩国的济州岛旅游过。看看那里建在海边的大饭店，并没有把海边封闭起来的，海岸被绿化得很好，全部对公众开放，即便你不住在饭店里，也可以到处走一走，看一看，沿着海岸线，可以一直走下去。据介绍，政府有明确规定，饭店或其他建筑，都有责任把周边的环境绿化好，而周边的绿地必须向公众开放。在那里，人们也见不到围起来的私人豪宅或者别墅区。再如，在美国的加州海岸，一个个漂亮的小城，沿海边而建，海岸都是开放的，公共道路沿海边而建，饭馆、饭店在路的里边，没有建筑是在海岸边上，把海岸封住，把人们的视线挡住的，海岸都是开放式的，没有收费的地方，更见不到"游人止步，禁止通行"的牌子。

媒体把国内这种侵占公共景观之地的现象称为"新圈地运动"。有的专家认为，"新圈地运动"反映出的问题，从直接的层面看，是非法的利益链条，而从深层看，则是表现为我们这个转型时期的社会的无序，社会的财富分配不公和社会的关系撕裂。很多人担心，如果不下大决心，这样的趋势还会发展。

解决公共景观之地侵占问题，首先要从政府部门查起，把解决典型案例的结果公之于众。值得引起重视的是，侵占公共景观地，损害了大众利益，由于是在公众眼皮底下，为众人瞩目，很容易惹众人怒，这会对政府的公信力产生副作用，也会危及社会的稳定。

还景于民，这是一个喊得很响的口号，也是一个利民举措，值得政府下大气力去做，并且做得好。

管房是个大问题

房价无疑是当今人们最关注的问题，走到哪里，人们议论的都是房价，尤其是 2009 年到今年年初，房价几乎直线上升。面对这种形势，国务院和地方政府出手，通过综合措施，试图把高企的房价砍下来。这一改经济形势不好时政府实行的大力鼓励大家买房的政策，因而被称为"新政"。新政后，尽管房价飙升的热浪冷下来了，但是，高房价还在扛着，降了那么一点，还远远高于人们的预期和承受能力。高房价似乎在与政府的政策和买房者进行角力，好像在比拼，看谁撑得久。

现在人们谈论的主要是买房。其实，还有一个重要的问题被忽视，这就是管房。管房是一件大事，房子买了，这个事就算办完了，可管房才刚刚开始。房子是百年大计，真正的大工作是管好房子。从这个意义上说，管房要比买房子的开支大，房子管理是一个大产业，比建房这个产业还大，而这个产业还没有被重视。

我们看到，现在，在各个城市，已经居住的房子的管理成了个人问题。由于缺乏管理、维修，我们看到，才几年的房子，就已经有些破烂不堪，10 年的房子就成了老房子。在北京，在其他城市，除了少数高级公寓外，大多数居民楼的外墙都是脏兮兮的，进入楼里面，许多更是惨不忍睹，墙很脏，楼梯失修，灯光暗淡，小区供水、供电、环境等都成问题。尤其进入一些 20 世纪 80 年代建的普通居住宅区，就像进了"贫民窟"，脏、乱、差。

造成这种状况的原因，主要是就是因为重建设，重购买，轻管理。具体来说，一是物业管理法规不健全，政府对于住房的修缮没有科学、严格、细化的规定；二是物业管理不规范，大多数小区没有业主委员会（业主委员会法规也不健全），物业管理混乱，物业公司收了管理费不用于管理，不少住房维修基金被挪用；三是业主责任意识不强，尽管自己成了房主，但是缺乏承担业主责任的意识，比如，不交物业管理费（比如，我住的小区，缴纳管理费的比例就很低，不交者还振振有词），不愿意承担房屋修缮费用等（用于大修的住房基金很多被挪用，缺乏监督管理）。

房子是不动产，不像其他消费品，可以经常更换，要靠不断修缮保用、保值。我总认为，我们的住房实现了个人拥有，但是，管理缺位，责任缺失，自己有了房产，却不愿意花钱修缮维护，有些人还认为要政府来修，而政府部门对此也是缺乏管理。如果不下大力气在这方面加强管理，那将来是一场大危机（在许多地方，已经危机四伏）。

要管理好，怎么办？一方面是政府要完善法规，严格落实法规；另一方面是提高房屋管理费，对存量房屋进行更好的管理维修。

我们到国外，尤其是到发达国家，看到那里的住房建筑都保持得很新，内部装饰和外墙都很干净，那是因为政府对住房的管理维修有很严格的要求，必须经常对住房进行维修、粉刷，保持房子的清洁、整齐，进入楼内，可以看到，楼道，公用部分打扫得干干净净，有的还铺着地毯。最近笔者到德国的首都柏林，专门去看了住房社区，陪同的人告诉我，这里的房子外墙几乎每年都要粉刷或者休整一次，这样，看上去房子很新，实际上都是老房子。这些粉刷、维修的费用当然由房主缴纳。据一份报道，在南非的约翰内斯堡，要是你住的房子外墙脏了，不修缮，就像对乱停车一样，执法机构马上给你贴一张上千美元的罚款单。

管房需要钱，钱从哪里出？当然要从房主那里。很多人还等着政府来修，房子已经是你的了，修缮当然要自己掏腰包。这就要求提高房管费（管理费），或者单项集资。这样当然会增大拥有住房的成本。修房子要自己拿钱，有时候人们想不开，其实，这与修你的车子有什么区别呢？当了房主就要承担管房责任，这个观念需要有才行。

当然，钱交了，要能用到该用的地方，房主对花钱要有监督，现在很多人有意见，不愿意缴费，原因是交了钱，担心不用在该用的地方。现在，大多数住宅小区没有业委会，都是物业公司说了算，业主担心，有多少钱都进了物业公司的腰包。在此情况下，别说增加管理费了，就是基本的管理费也不愿意交，结果造成现在的恶性循环状况。

其实，提高房管费，不仅可以使房屋得到更好的维护，也可以降低人们的买房冲动，由于拥有成本大，买房时更要好好掂量一下。同时，也会让那些拥有多套房屋者承担更大的成本。如果加上严格的物产税，累进房屋交易增值税，也可以抑制那些靠买空房，助推房价上升投机赚钱者。需求减缓了，房屋上涨的压力也就降低了，这样，房价的上升也会维持在一个合理的范围。

据介绍，在纽约，要是买一套 80 平方米的公寓房，除了要还贷，交不菲的物产税之外，每个月还要交大约 400 美元的房屋管理费，与此相连的是，因为拥有的了房子，就算是有产者了，为此，政府为无房者所提供的收入税、医疗优待等好处都会统统取消。因此，很多人一般收入的人宁可租房，也不买房。据报道，在南非，买房并不太贵，但是拥有住房的管理成本很高，包括很高的物产税、物业管理费、房屋维护费等。

把买房和管房统一起来，建立一个统一的系统，这是一个必须要做的系统工程。现在，政府、市场的主要注意力在建房，卖房，买房，但对管房重视不够，这种局面必须改变。

从经济的角度来说，住房管理是一个大产业，是一个可以延续很长的大产业链，建房、买房是一次性的，而管房是长期的，发展好这个大产业链，既可以使大家住得好，也可以使城市更美，还可以拉动经济，降低购买房价压力，何乐而不为呢！

城市要有更多的空间

2010年的夏天，北京人都感到城里太热了，热得不敢出门，热得没有地方躲。太热，这是气候变化造成的，但是也有人为的因素，即"热岛效应"。所谓热岛效应，就是热气扩散不去，聚集在城内。产生热岛效应实际上是因城市设计布局不合理造成的。

出过国的人都发现，在欧美发达国家，现代城市的布局大都是扩散型的，感觉很有空间感。比如，金融、商业、办公中心在城市核心区，中心区比较集中，只是那里建有很多大高楼群，而在中心区高楼群之外，建筑布局就很分散，尤其是居住区，大都是一个一个的小城区，那里大高楼很少。据介绍，这样的布局有利于城市空气的扩散，不会产生"热岛效应"。

有些大城市也不是这样，比如日本的东京，在布局结构上就与此不同。但到过东京的人会发现，该城市大结构很密集，但小空间感很强。东京是一个特大城市，城市的建筑很密集，高楼群也很多，的确感到很密集。但是，如果你仔细看一看，东京地面并不显得很挤，原因是东京的设计布局注意了地面空间。所谓地面空间，就是在建筑物之间，留有合理的空间。东京的绿地多、公园很多，到处都可以找到休息的地方。特别是高楼群内，留出的空间很多，有林荫小道，有微型小公园。像高楼林立的六本木地区，在高楼外穿行，就像在林荫道里走，树很多，小绿化带很多。在东京的大办公楼之间，都有小的休息"公园"，有树，有花草，有石凳或木凳，有的还流水潺潺，在楼的空隙间，就可以找到坐一坐的地方。站在高处看东京，除了皇宫的大片绿化带外，很难看到大片的绿地，但是，如果走在地面，在高楼之间，又会感到到处都是绿荫，这也许就是它的妙处，体现了大城市设计布局上的小空间特征。

前不久，我在韩国的首尔拜访一位老朋友，他邀我到他家里做客。他住的区域楼群很密集，楼也很高，他住在一个楼高60多层的公寓里。车进了住宅区，我发现，绿树成荫，尽管高楼林立，但地上空间却显得不小，原因是楼之间都建了很多小型公园或者绿地，树木很多，绿地和小型公园里都有供居民休息的凳子，场地也打扫得很干净，很多人在绿地里或者公园里闲坐，显得很幽静。

联想到北京，要说北京的公园也不少，绿地也搞了很多，树木也不少，但是布局不太合理。比如公园，有数的几个，很大，那是供人旅游观赏的，不是供人平时休息的，人们去公园要走很远的路，很不方便，对大多数人来说，基本上不会去。城里的树木也不少，可大都种在大马路的两旁。过去，汽车少人，人们可以坐在马路边的树荫下乘凉，如今不行了，车水马龙，空气不好，噪声也大，没法再做休闲的场所。城里的绿地也有一些，但是，那是供观赏的，"禁止入内"。除了少数高档住宅区外，北京绝大部分的高楼群之间很少有小型的绿地公园，住宅区也是楼挨着楼，许多规模很大的住宅区，都没有公共休闲的公园场地。经常看到报纸上报道，很多小区原来规划的绿地，要么有的盖上了建筑物，或者建了停车场，引起居民不满，甚至发生居民与建筑商之间的冲突。

现在，很多城市都很注重绿化，但是，着眼点还是如何让城市更亮丽，公园很大，有的还挖了很大的人工湖，占地很多。大马路，大公园，大广场，决策者的指导思想还是为了让城市好看。这样的景观建设成本很高，维护成本也很大，实际上并不太利民。

要是建小型休闲地，或者小型休息公园，并不占多少土地，只要是设计的时候考虑到，在边边角角的地方就行，种上树木花草，放上供休息的坐凳，花费也不会多。数量多，又方便，自然就利民。因此，要改变以往注重搞观赏性大公园的思维，在办公楼间，商业中心，尤其是居住小区，多建一些微型公园，绿色活动场所。

这涉及城市建设的理念问题。城市建设应该给人们提供一个工作、居住的舒适环境，而不是为了显气魄，摆阔气。以人为本，那不是说说就可以了，而是要体现在涉及人们生活工作的点点滴滴。从大处着眼，从小处入手，像城市空间这样的事情，说是小事，其实也是大事，因为它涉及人们的生活质量。

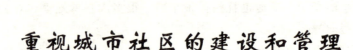

重视城市社区的建设和管理

我们正处在迅速城市化的时期，城市的规模在迅速扩大，今后还会加快。但是，我们看到，由于城市设计规划和管理方面的缺失，快速的城市化正在累积越来越多的问题。

在诸多的问题中，居民区的建设和管理是一个大问题。在现实中，城里人生活的很多烦恼，社会基层的很多矛盾都是与居住区的问题相关。

居民区建设和管理涉及两大问题：一是基础设施配套；二是住宅管理。由于积累的问题太多，新的问题还在继续增加，在我看来，这是城市化面临的巨大危机（有些已经爆发）。对这类问题政府要给予高度重视，因为它们涉及民生，也涉及社会的安定。

在基础设施配套方面，大量的居民住宅缺乏必要的公共设施配套，比如，没有接通城市公共供水、供气、供电系统，没有公共交通线路等。问题是，在居民入住后，这些问题长期得不到解决，由于开发商已经撤离，这些公共设施的管理又分属多个部门，没有人（机构）在负责，居民求告无门。

按说，我们有政府管理部门，不符合条件的建筑根本不应该批准建设，可是，大量的缺少公共设施的居住区都可以堂而皇之过关。更严重的问题是，已建成居住区的基础设施配套问题谁来管，如何解决？现在好像没有人（部门）管，也没有引起重视。这样的大问题，如果政府不重视，不介入，单靠居民，几乎看不到解决的希望。

在我看来，已建居住区的基础设施配套问题应该列入城市建设的重点。比如北京，就没有看到这样的承诺（办多少件实事），新领导上任都是提了一大堆新规划、新愿景。过去一些年，北京政府在旧城改造上下了不少工夫，但是在改善已建居住区的基础设施方面做得很少。

在居住区管理方面，最大的问题是住宅居民自治管理难以进行。按照规定，居住区的管理主体是业主大会和业主委员会，但实际上，搞起来很难。

据了解，像北京这样的首都大城市，大部分居民居住区没有成立业主大会和业主委员会，有的成立了也是困难重重，不知其他地方如何。

在我看来，导致目前的困难的原因主要有三个：一是法规不到位。比如，现在有关住宅区管理的规定只是指导意见，不是立法，因此没有权威性。城市住宅区的管理是一件大事，不仅涉及私人物权的管理，而且也涉及社会秩序的管理，要有严格的立法才行。二是政府不作为，不仅不重视居住区的管理，而且在很多情况下，责任部门还帮倒忙。比如，成立业主委员会，需要政府有关部门参与和批准，在很多情况下，这些部门不是为民服务，为建立提供方便和帮助，而是设置障碍，或者态度冷漠。

再比如，最近，我居住的小区希望我牵头把小区业委会成立起来。按照规定，必须有20%的业主倡议才行（原规定50%），我好不容易联络几位热心人士帮忙，汇集了30%的业主签名（有房号、电话），把有签名的材料交到居委会，结果被告知，需要每一个倡议签名者的房产证复印件和身份证复印件，天哪，我哪有权利让近200人复印房产证和身份证，这显然就是为难，不让成立（将来的筹备组组长还要是政府方面的），因为我是全国政协委员，人家接待的人还客气，据说，要是一般老百姓，就会给轰出来。三是业主责任意识缺失，不愿意承担作为住房所有人应该承担的责任。比如，很多小区都有大量的业主不交或者拒交物业管理费，借口是对物业管理不满（也许对物业真的不满，因为物业管理也不规范，不到位，拿了钱不服务或者服务不好）。没有物业管理费，哪来的管理？如果交了物业管理费，物业公司管理不好，那是物业公司的责任，如果不交物业管理费，那就没有管理。对于那些长期不交或者拒交物业管理费的住户，现在没有什么好的惩治办法（据了解，国外对拒交物业管理费有很重的处罚）。结果，"劣币驱除良币"，使那些自觉缴纳物业管理费的业主也感到吃了亏。这个问题不解决，居住区的管理很难搞好，就是业主委员会成立，也很难办，为此，必须有严格的物业管理和业主承担责任的法规。

北京的领导们高调宣传把首都建成"世界城市"，建成"宜居城市"，如果口号喊得震天响，这些基础问题不解决，那也是空话。领导们，不要眼睛光盯着招商引资，搞开发区，上项目，搞城市大广场，搞CBD，也放下你们的身段，到社区去了解一下，帮助解决这些基本的问题。这才是以民为本哪！

不要强行改变农民的生活方式

最近老家来人，忧心忡忡地谈起政府要建新农村，将要把几个村子合并，这样，祖辈居住的家要拆掉，村子里的人都要搬到新建的镇楼房里住。领导告诉村民，将来都没有承包地了，腾出来的土地要搞开发，土地要包给种粮大户种，其他农民都给种粮大户打工，挣工资。老家来人问我，这怎么办？给人家当长工，要是拿不到钱吃什么？给的报酬低了不够吃怎么办？一连串问题，我没有办法给予回答。

也许老家来人的说法并不具体和准确，因为还没有人告诉他们具体的方案。只是，村民们对未来没有底，如果真的这样办了，不知道将来的日子如何过，比如，上了楼农具放什么地方，粮食放什么地方，还能不能养鸡、鸭、猪、羊？冬天楼上有没有供暖，要是有供暖，交不交钱，交多少钱？如果分到六层、五层楼，老了上不去怎么办？会不会好的楼层都分给干部家亲戚？他们想了很多很多，普通的农民是社会的最底层，他们没有地方问这些问题，就是到区政府问，也可能没有人回答。

前不久看到的一篇报道证实了老家来人的说法和担心。报道说的是山东诸城市委市政府出台文件，决定撤销所属1249个行政村，把它们合并为208个农村社区。村变社区，农民上楼，腾出来的土地搞开发，搞"生态园"。尽管诸城的领导们出来解释，信誓旦旦地保证不搞强迫，坚持农民自愿，可有头脑的人都可以想一想，行政村子都撤销了，老房子被夷为平地了，如果有的农民不愿意，他们到哪里住呢？他们的承包地还能给留下吗？有的专家提出，诸城这样的做法是违反我国宪法的，因为宪法规定，行政村作为农村的基本单位，地方政府无权撤销，土地承包制是我国农村的一项基本制度，承包土地30年不变，农民的权利不能侵犯。可是，至今没有见到制止他们这样做的报道。

我真为这样的"大跃进"式的"新村运动"担心。胡锦涛总书记说过，我们取得改革开放的一条重要经验是"不折腾"。在我看来，他们这样搞，明显是在搞大折腾。不错，城镇化是我们现代化的发展趋势，将来多数的人口会移入城市，但是，这是一个渐进过程，绝不能拔苗助长，不能强制推进城镇化。

在我们这种体制下，领导干部不乏新动议，新规划，他们敢干，也能干成。可是，以往的教训表明，如果头脑发热，蛮干，强干，那会带来巨大的损失，是要死人的。我们搞过"大跃进"，那个惨痛的教训，我们不能忘记。

就是我国实现城市化了，还会有大量的农民在农村。农民有农民的生活方式，中国很大，各地农民的居住和生活方式也很不相同。但是，农民与城市居民不同，他们需要更大的居住和生活空间，不能把他们赶到楼上集中居住，像城市居民一样的生活。我们看看已经实现城市化的发达国家，村子消失了，但农民不是更集中了，而是生活得更分散了。

考虑到我国的实际情况，随着城镇化率的提高，原来的村子结构会发生变化，很多地方会空起来，有的村子也可能会消失，为此，进行必要的调整是应该的，但是，绝不能用农民进楼的方法来调整，应该尊重农民自己的选择，让农民与土地结合得更紧密。如果像有的地方现在做的（或计划做的），把农民变成为能人、大户、公司的打工者，那后果是很严重的。农民一旦失去了土地，他们的基本生活保障就没有了。

正确的做法应该是，让不是农民的离开农村，成为正式的城市居民，让是农民的留在农村，得到做农民的基本保障，只有这样，才可以使我们的社会变得有序。

我认为，对类似山东诸城这样的做法，中央应该尽快进行研究，及时采取必要的措施加以干预，可以先派调查组进行调查（不仅仅是诸城），提出调查结果，采取必要的措施，如果涉及宪法的问题，要拿到全国人大去讨论。千万不要让那些搞折腾的人搞成了，然后再去纠正，如果是那样，付出最大代价的只能是老百姓。

也谈征收房产税

最近一段时间，有关征收房产税的问题被炒得很热，有人赞成尽快征收，认为这是打击房屋投机，拟制房价的良方；有人则不赞成，认为房产税不能拟制房价，反而可能提升房价。近几天，有传言，深圳可能很快要开始征收房产税，有的说明年上半年就开始，接着有人否认。迄今，高层官方人士还没有就此表态。

最近，我看到一篇报道，对财税问题颇有研究的天津财经大学教授李炜光说："不动产税不要轻易去碰它。"我认为，这个说法很有道理，表示赞同。我不是说物产税不要征，而是说要慎之又慎。征房产税不那么简单，有人说，政府有关部门已经空转试验好几年了，条件基本成熟。我不了解如何空转的，至少，空转与实际运作很不同。开征房产税，不仅需要仔细设计税法本身，还要做好征收本身的各项基础准备工作。不然，可能事与愿违，造成许多新的矛盾。

我认为，征收房产税，至少要做好以下几个方面的基础工作：

首先，完善房产登记制度，真正搞清楚房屋拥有者的情况。我在全国政协提案，建议政府像普查人口那样，对全国住房情况进行普查登记，实现全国信息联网。过去，房屋的所有权登记很混乱，不进行普查，就不知道房屋到底由谁拥有，不进行全国联网，就不知道一个人（一家）到底在全国拥有几套房产。有关部门给我的回答是，正在研究。现在，由于没有文件，大家的说法也不一样。有人说，第一套不征税，有人说，按居住面积征税，还有人说，按套征税，不知道信谁的。有一条是真的，如果基本情况不明，就没有办法征税。比如，有人在不同的地方买了多套房产，你如何知道？有的官员调动多次工作，往往到一个地方分一次住房，原来的不交，结果，可能在异地拥有多套房产，你如何认定？特别是，官员住房拥有情况恰恰是公众最关注的问题，弄不好，该征的不征，就会破坏政府的公信力。

第二，明确产权。现在的住房所有权很混乱，有小产权，有大产权，有的什么权都没有，还有，农民的住房产权如何界定等。没有合法的产权证明，从法律上说，就不被认为合法拥有，不受法律保护，也就不能征税。我在政协提案里也要求有关部门加快房屋产权认定的工作。比如，要是统一界定有困难，可考虑到现实情况，对不同的房产进行不同的界定，发不同的产权证。不然，没有产权证，房屋拥有人为何要缴纳税金？有关部门回答我说，房屋产权问题很复杂，正在研究。

第三，对房屋价值认定。不然，仅按面积，或者按套征房产税太不合理。从国外的做法来看，都是按房屋价值征税。比如，一套王府井地区的房屋与一套远郊区的房子的价值相差很大。从资源占有的角度来说，在黄金地段拥有房屋与在郊区的很不一样，从投机的角度，黄金地段的房屋更具有投机利益，更被热炒。比如，在韩国，黄金地段的房屋物产税率要比郊区高得多。为房屋定值，是一件很复杂的事情，至少需要有合格的授权评估机构，需要对房屋价值进行科学评估，需要定期对房屋价值进行重新评估，等等。特别是我国的住房，分成了不同的性质，如何评估？比如，干部的住房，国企分配住房，买得很便宜，大都在好地段，如何定值？如果定低了，太不公平，如果定高了，他们会说拿不起，可能会要求给予补贴，变相不交税。因此，要有个明确的政策规定才行。

第四，需要对房产税的使用作明确规定。从国外的情况看，房产税收的主要用项是社区建设，如社区学校，幼儿园，社区基础设施，社区文化、福利建设等。现在有的认为，有了房产税收，就可以避免地方政府靠卖地增加收入的行为，这种认识是很不对的。据介绍，在加拿大，有30多个房产税的具体使用项目规定。现在，这方面的问题还没有提上议事日程，就吵吵嚷嚷征房产税，这个问题不明确，会有很大的后遗症。因此，在征收房产税之前，立法的事情要先行，要交给老百姓讨论，广泛征求意见，还要有监督使用的机制。

显然，这四个基础工作不做好，就匆匆忙忙谈征税，尤其是就开始动作，或者在几个地区开始试点，都是不可行的。我认为，没有准备好，就先别碰，谨言慎行，不然会破坏政府的公信力，引起社会的新矛盾。不要期盼征收房产税可以降低房价，弄不好适得其反。其实，抑制房屋投机，最好的办法是管住交易一头，不让投机者从投机中得到大的好处。你把投机利润大头拿走了，那谁还去花那么多的工夫搞投机住房呢？现在的交易税很不规范，需要改进，明明赚了大钱，可以避税，政府（低指导价）、中介（弄虚作假）都帮着避税。而且，我认为，工夫下在限制买多少套房上，人家有钱就能买，要控制的是交易增值，不能从简单的投机交易中赚大钱。比如，如果政府仅仅限制一家买一套房，那将来出租市场就发展不起来了，私人出租市场发展不起来，租房价格就高，这样，提供租房的担子就要放在政府身上，这是不行的。

在我看来，现在的好多政策都是反着使劲儿的。目前的政策可能暂时能把房价压下一点儿，但造成后遗症会很多，将来反弹也容易。

再谈房产税与房价

现在大家都在痛恨房价上涨太快，尤其是像北京、上海这样的大城市，许多房子的价格在过去的两年里几乎翻了一番，大家都觉得，太有些离谱了。

政府为了抑制房价采取了许多措施，比如，紧缩信贷，限制购买第二套住房（主要是限制提供信贷），可是，高房价还是降不下，似乎效果有限。

人们有一个共识，现在的高房价是被炒上去的，大量的房屋被买来用于投机赚钱。因此，一方面是越来越多的人买不起房子，另一方面是大量的房子空在那里。于是，增收房产税就被认为是抑制房价上涨的一个有效措施。我曾经写过短文，认为在我国征收房产税并不容易，需要做许多基本功课，如果匆忙征收，会产生很多问题。实际上，从国外的经验看，征收房产税对降低房价没有什么效果。

征收房产税是一种社会再分配的措施，因为，富有的人拥有住房多，占用资源多，要多纳税，征来的税收用于普遍享受的社会福利。比如在美国，房产税的收入主要用于社区建设，尤其是社区学校建设。房产税的税率是根据地方需要确定的，往往确定一个开支比例，如果地方政府收入减少，经过大家讨论，房产税率可以适当提高，如果收入增加，则可以降低房产税率。由于缴纳房产税就与享受更好的社会福利紧密联系起来，房主缴纳房产税的积极性也就高了。因此，我在前文中也呼吁，在征收房产税前，要对税收的用途规定清楚，并且有严格的监督机制，不然人们担心，缴上去的税被滥用了。

同时，征收房产税之前，还要规整现有的税种，不能造成重复缴税，过度增加人们的纳税负担。比如在美国，交纳的房产税是可以在个人所得税中扣除的。据研究，我们现在购买住房，缴纳的各种税款已经很多，税率很高，不应再简单地增加税种。

其实，抑制房屋投机，最好的办法是管住房屋交易过程，使投机者无利可图，或者只可赚取微利。这样，如果无利可图，就不会有人进行投机了。现在，我们对交易增值的管理几乎是个空白，就是有管理，避税也是很容易。实际的情况是，不仅房屋中介帮助弄虚作假，政府的指导价也莫名其妙的大大低于实际市场价格，原应由卖房者交的税款实际由买房者缴纳，这样就使得投机者可以轻易赚取大量的利润，结果，很多人把房屋投机作为最容易赚钱的一个大金矿，其结果，只能助长进一步投机，把房价越拉越高。

我们可以设计这样一个有效的制度：（1）取消政府房屋价格指导价，透明房屋的实际交易价格，按实际交易价格征收交易增值税；（2）审查核实房屋交易价格，房屋交易款一律通过银行转账进行，房屋交易增值税款从卖房者的实际收入中扣除；（3）实行交易年限累退税率，即房屋拥有时间越长，交易税率越低，比如，一年内交易，征 80% 增值税，两年内征 70% 的增值税，5 年征 40% 的增值税，10 年免征税等；（4）实行房屋拥有套数累进交易税制，即对拥有多套房屋的房主征收高的交易增值税率。比如，对出售第二套住房征收 60% 的增值税，对第三套住房征收 70% 的增值税等，甚至还可以更高。

设计这样一套制度，不需要一年。如果第四条查证拥有多少套住房一时困难，可以先实行前三条，我敢保证，这样效果会很明显。

比如，在韩国，原来通过征收房产税抑制房价，效果很不明显，后来制定了严格的房屋交易增值税（对第二套房屋的交易征收 50% 的增值税，第三套征 60%），很快就见效，使房屋投机者大大收敛。

这里还有一个问题值得注意。现在的舆论对一家拥有多套房屋提出批评，政府也限制购买第二套住房。实际上，如果管住投机交易，政府的政策应该鼓励有条件的人购买多套住房，只有这样，才可以活跃租房市场，降低出租房价格。这也符合增加财产性收入的国家政策。

不然，一家只有一套住房，哪来的房屋出租？用于出租的房屋减少，房租就要上涨，那样就要逼迫人们去购买住房。人人拥有自己的住房是不可能的，也是不合理的，总有许多人要租房，尤其是年轻人。如果个人不提供出租房，压力就放在了政府身上，从长期看，政府难以承担这样的功能。因此，政策应该鼓励有条件的人多买住房，用于出租，对出租房屋的房主提供优惠政策。从国外的经验看，政府为鼓励房主出租房屋，对房主提供许多政策优惠，比如，降低租房收入税率，从个人所得税中抵扣偿付的贷款利息等。

　　住房管理和对房价的监管需要配套的措施，切不可出台互不衔接，甚至相互矛盾的临时措施，更不能把征税看作是万能的良药。那样只会使住房市场变得更乱。

保障住房不能单靠政府建房

城市高房价破碎了大多数没有自己住房的人的购房梦。为了解决住房之困，各级政府，从中央到地方都制订了大建保障房的宏伟计划，这个计划看似很好，但是细想起来问题不少。

第一是目标设计，也就是社会住房保障的对象是谁？按说，政府只应该负担那些最低收入，无力买房，甚至无力在市场上租房的人。而现在，看起来政府的计划铺的面太广了，要保障的是所有低收者，也有中等收入者，还有高收入者（人才房）。前些年建经济适用房的教训已经很深刻了，大量的经济适用房在卖出后成了商品房，自然，先买到者发了些横财，老房老办法，既往不咎。在一些地方，"经济适用房"还在建，很多成了"特权房"，要么是政府机构，要么是国企单位的职工。它们以大大低于市场的价格卖给个人，个人取得产权，过几年就成了可以出手的商品房。在房价高企的情况下，这必然造成极大的社会不公。按说，用公共资金建的房子是不能作为商品房出售的，或者要出售就得收回增值部分，可现在好像没有人管这类事情。人们现在痛恨收入分配不公，岂知，住房拥有不公造成的社会差距更大，一套房子就是以百万元计，买（分）到一套房经济适用房，就是百万富翁了。有些单位借政府保障房计划，又在大建（或者合作购买）经济适用房，以低于市场数倍的价格向职工分配，那些不在大单位工作的人，只能心理更不平衡。

第二是可持续性，也就是靠政府完全解决普通居民的住房问题是否可以坚持长久？现在我国的经济处于高增长时期，并且政府可以靠卖地集资，似乎有能力建大量保障房，但是，今后呢，肯定不可持续。如果今后，比如5年，10年后政府没有财力了，停建了，怎么办？世界上没有一个政府能有这种可持续的能力，何况中国有这么多的人口，城市化水平还这么低。人们老拿新加坡社会住房计划作为例子，要知道新加坡那点人口，那样的特殊发达经济，我们是学不来的。现在，多数政府面对社会的保障房是只租不售了，就是如此，只由政府承担的所有保障也难可持续，况且，今后的管理也会出问题。

保障居者有其屋是一项政府最基本的，也是最重要的社会功能。但是，居者有其屋，这个屋是指住所，可以是自己拥有，也可以是从别处租赁。政府要做到这一点，不能大包大揽，要学会用社会政策，分散社会功能，让市场与政府分担，以市场为主，让个人与集体（社会集体）共担，以个人为主。

所谓"用社会政策，分散社会功能，让市场与政府分担，以市场为主"，就是说，政府要制定和执行有利于分担社会功能的政策，比如，一方面，制定鼓励公司建设社会公益住房的政策，对建设和管理廉租房的公司提供信贷优惠，纳税优惠等，这样就可以大大增加出租房房源；另一方面，也要发挥个人功能，鼓励有能力者（自有资金）购买多套房屋用于出租，政府对提供租房者提供政策优惠待遇，比如，对个人拥有多套住房（或者一套住房，出租其中一个房间）用于出租者提供纳税减免优惠，政府可以管理房价，制定最高限价，对执行低价出租者提供纳税减免等。这样的政策，各个地方政府都可以根据本地情况制定不同的管理政策。

现在，为了打击房屋投机，抑制高房价，把政策的重点放在限制人们购买多套住房上，对拥有多套房屋征收房产税上，这样会把提供住房的责任全都放在政府。其实，制止房屋投机只要两条政策就可以达到，比如，最有效的是，对二手房屋短期交易征收高额累进税，就可以使投机减到最低；也可以对购买多套住房的按揭贷款进行限制，比如，现行的只对购买第一套住房提供银行按揭的政策，可以继续下去。试想，如果大家都只有一套自己居住的房屋，那将来出租房从哪里来？只有政府的房子，政府的房子无论从数量，还是从地点分布，都没有办法满足不同人群的租房需求。

让有钱的人多买房，鼓励用于出租，服务了社会，又为资金找到稳定的出路（不然，有钱人到国外买房去了，造成国民财富外流），还增加了人们的财产性收入，开拓资金流向渠道，增大中产阶层规模，何乐不为？这样也就实现了市场与政府分担的目标，政府可以用有限的资金建设少量的真正的保障房，只提供给那些低收入者租用，这也就使政府的社会保障功能能够持续。

还有，有的专家提议，无论从降低房价，还是从增加供给的角度，让城市近郊农民在集体拥有的土地上建房用于出租。同时，这样，他们以土地入股，参与分红，也可以降低郊区农民变为城市居民的负担，使他们"带金入城"，不必为失去土地而失去未来收入依靠而发愁。当然，这要求政府机构要对项目进行严格审批和管理，按照城市布局，统一规划和严把质量关。我赞成这样的提议，政府应该认真研究。

现在，一个新的危险是，政府官员把建保障房作为政绩工程，只管过程，不管结果，只注重当前，不考虑未来，一届政府一个计划，一茬官员一个做法，会留下许多后遗症。社会工程是一个长期、渐进、可持续的工程，不可搞"大跃进"，也不可搞面子工程。就像前几年建经济适用房，买到手者得了便宜，现在改为建公租房，后续管理是个大问题。

一个合理的住房结构应该是，年轻人租房，中年人买房，老年人转让房（换小房），低收入者住社会保障房。当然，让中年人买得起房，还要提高收入水平，合理分配制度。

还有，现在，许多地方的政府用公共资源为高端人才提供优惠房，这不可取。为要吸引人才，可以提供一定住房补贴，但这应该是由用人单位承担，不应该由政府承担，特别不能提供现成产权房，用公共资金向明星、大款提供住房，会引起了社会的公愤，应该制止。

如何管理稀土出口

最近，我接触的许多外国人士都向我提出关于我国政府把稀土作为武器，在中日关于钓鱼岛的争端中停止向日本出口稀土的问题。今年以来，美国、欧洲也向世界贸易组织（WTO）提出诉讼，告中国控制 20 多种稀有矿产原料出口，违背国际贸易规则。

我力图用我有限的知识向他们解释，中国管理稀土资源的必要性，中国政府如何早就开始讨论和实施对稀土的开采和出口整顿和管理，等等。他们对我的解释好像很觉新鲜，因为他们的看法主要来自国外媒体的报道。看来，我们在"增信释疑"方面还有工作可做。

据专家介绍，稀土之所以特别宝贵，是因为几乎所有的高科技产品都离不开稀土。世界上有稀土资源的国家不多，稀土储量主要集中在 4 个国家，依次为：中国、美国、澳大利亚和印度。有说我国占世界储量的 30%，也有的说占 50%。关于稀土的价值，当年邓小平还是有眼光，曾说过，中东有石油，我们有稀土。可惜，我们没有及早制定战略，及早采取措施，像产油国那样靠油发财。

据多方面的报道，我国的稀土开采长期陷于混乱的状态，特别是由于出口无控制，导致出口越多，价格越低。比如，1990—2005 年，我国出口的稀土原料数量增加了 10 倍，而价格却降了一半。

大家都说，我国拥有世界 1/3 的储量，却出口了 90% 的世界贸易量。有的专家呼吁，这样下去，我国将在 20—30 年后成为稀土进口国。

针对这种情况，早在 21 世纪初，就有专家提出报告，建议政府立即采取措施，整顿生产，控制稀土的出口。政府也采取了一些措施，试图对国内混乱的状况进行治理，但是，整顿搞了 20 年，用业内人士的话说，很不成功，越整越乱。原因是地方利益，有法不依，企业对国家下达的指标不执行（指标外超采）。

我记得，在全国政协会上，一些专家们连续好几年都呼吁（包括大会发言）政府立即采取强有力的行动措施，整顿稀土生产混乱的状况，对无度的出口进行管理和控制。谢天谢地，商务部终于在 2009 年正式发布了文件，明确规定稀土出口的总量指标，对稀土开采企业实行资格认证。尽管我们采取的措施有些太晚了，真的是有点儿"亡羊补牢"，不过也比没有管理强。

为了控制战略资源，美国于 1999 年就开始完全停止了开采本国的稀土资源（有的人士解释说，是因为中国出口的稀土太便宜了，使美国企业的生产无利可图，不得不关掉，我倒更相信美国政府有战略考虑）。美国有什么理由告中国控制出口呢？真是恶人先告状。

缺乏稀土资源的日本早在 1983 年就开始进行战略储备。日本利用我国无控制出口的形势，以极低的价格进行稀土储备。据说，目前日本储备的稀土量够用几十年的。显然，日本大喊大叫，说中国停止向日本出口稀土，又是开记者招待会，又是提抗议，甚至串联各国驻北京的外交使团开会，声讨中国限制稀土出口的问题，不是因为"无米下锅"，而是搞政治把戏。最近看到一则消息，2010 年 1—9 月，中国出口稀土 3.22 万吨，其中 1.6 万吨出口到了日本，也就是说我国稀土出口的一半让日本买去了。日本能消费这么多稀土吗？显然是在进行大量的囤积。

管理本国的资源开采和利用，是一个国家的政府必须要做的，更何况是"稀土资源"。稀土，顾名思义就是地球上稀少的矿产资源。按理说，因为稀少，就要惜用才行。从经济上讲，要实现惜用，就要提高价格。稀土本来是"黄金"，却长期按土豆的价格卖掉，其原因在我们自己。我国稀土资源分布比较集中，本来应该不难管理。但是，由于国家战略和政策上的失误，加上地方上的短期利益，使得稀土的生产在很长时间里处于失控状态。各个地方无序开采，各家公司争相出口，必然使得国际市场的稀土价格被人为压低，低得可怜，甚至出现，在一些年份，出口越多亏损越大的局面。

今年以来，由于政府采取了措施，出口价格出现回升，现在每吨的均价达到 15 万—20 万元，这比低的时候翻了 2—3 倍。事实上，这个价格还是不高，这与它们一旦被用于高科技产品，就身价无数倍地提升的价值比，还是九牛一毛。尤其是，对稀土的开发利用还会深入，它们的真正价值还在开发之中。随着科技的发展，它们的利用价值还会更大，因此，价格也会随着利用价值的提升而提高。

从我们自身的发展看，我国正处在工业化的中期阶段，高科技的发展才刚刚开始，未来我国自身对稀土资源的需求会迅速增长，要有长期的战略规划和措施才行。

我认为，必须真正实施总量控制，严格指标落实。据报道，现在，我国被认定有稀土开采资格的公司32家，其中10家为外商企业，显然，如何管好这些企业（其中尤其包括外资企业），把它们的生产真正纳入国家指标体系，真正管住那些非法开采往往得到地方支持的小企业至关重要。同时，要加大支持力度，提升稀土资源开采的技术水平，提高对稀土矿的精选水平和综合开发利用。我们现在主要是出口稀土氧化物（REO），有必要提升深层加工的能力。为了提高管理效能，有必要成立"国家稀土管理委员会"，并且积极支持成立"稀土生产者协会"，进行行业自律。

其实，我国对于稀土生产和对出口进行管理，要理直气壮，不要给人造成是我们"理亏"的印象。比如，最近，我国商务部人士就一再声言，我国的稀土出口继续增长，我们对稀土没有"捂盘惜售"。其实，进行这样的辩解没有必要。人家不是说我们缺乏透明度吗？何必不把我们的政策说得更具体、更清楚呢？

北京应该大建"绿道网"

　　据报道，2010 年广东省建设了 1300 多公里的绿道，通过绿道把几个城市连接起来。这着实是一项创新工程，也是一项利民工程，值得称赞。

　　所谓"绿道"就是不走汽车，专供人们休闲的专门绿色道路。这些道路穿越城市市区、乡村，跨越河流和山川，顺势而建，蜿蜒延伸，为了行人方便、安全，沿途建有客栈、小饭馆、小卫生所等各种服务设施，这条绿道沿途各种服务创造了近万人的就业。

　　有了绿道，人们可以进行短途或者长途步行，也可以骑自行车锻炼身体。这样，绿道为人们的休闲、锻炼提供了新的场所。绿道有助于提升人们的生活质量，探索新的绿色生活方式，把人们追求物质生活第一的生活方式转变到追求自然和精神的生活方式方向上来，同时也有助于发展服务业，改变以产品制造为核心的经济增长方式。省委书记汪洋亲自走绿道体验，给予了高度的评价，声称要建设更多的绿道。

　　其实，在国外很多国家，尤其是较发达的国家，绿道早就有之，而且很普遍。我曾写过关于美国前太平洋舰队司令卸任后自己身背行囊，沿绿道走了两个星期的例子。在欧美、日本的城市里，主要景区都有专门划出的绿道，供行人跑步，散步，住在该地区的旅馆，你就可以发现专门表示出绿道的路线图，清晨，或者傍晚，人们沿着图上标出的路线就可以放心地散步，休闲。在河边、郊外的森林公园里，也都有专门建设的绿道，供游人行走，或者跑步锻炼。这些绿道都很规范，也很安全，人们可以放心地走，不会迷路。像在韩国的首尔，汉江两边都被建成供人们休闲的场地，也有专门的绿道可供散步，跑步锻炼，沿着绿道可以一直的放心地走下去。

　　北京到现在还没有进行绿道建设。最近北京开"两会"，也没见有人提及这件事，看来广东的做法没有在北京引起反响。北京很大，充满了现代建筑，在最近召开的"两会"上，各个区的新领导人都在展示未来发展的宏伟规划——大搞商务中心，金融中心，研发创新中心，制造中心，照这样的规划，北京必然会有更多的高楼，更多的人口。

市里领导承诺，在今后五年把北京建设成"宜居城市"。可是，住在北京的人们发现，这个城市变得越来越挤，越来越贵，越来越堵，越来越脏。到处是建筑物，到处是汽车，连行人的路都被挤得没有办法走了。到城外郊区，要是想休闲一下，只有花钱去宾馆、娱乐中心，没有可供自由自在行走（或者其骑自行车）的绿色道路。我记得，前些年我的一位在北京工作的德国朋友对北京没有可供休闲走步、骑自行车锻炼的专门道路很不适应，一到周末他们夫妇两个总是身背行囊到西山的荒山野林里走，一走就是一天。临离开北京的时候，他们告诉我，这里的政府领导都在抓经济，这样的城市会越来越不适于生活。

北京的河流不少，两边的河岸要么荒废，要么成了跑汽车的公路，河床被分割成一块一块的"领地"（如高尔夫场）。北京也有很多可供休闲的山林，许多也是被分割成很多"领地"（如中心、别墅区等）。北京有八达岭，但那毕竟是面向旅游者的，在北京生活的人不会老去八达岭，他们更愿意去野长城，或者不收费的"荒野"之处。

在市里，过去人们休闲主要靠去逛公园，可是现在城市太大了，人太多了，加上交通太堵，上公园休闲已经不行了，也远远不够了，有些公园已经人满为患。随着人们休闲锻炼方式的改变，越来越多的人更愿意放松，自然，因此，在城市里，也需要有人们可放心行走的专道，在郊区，有可供沿着河边、林地、山坡行走的"羊肠小道"。

为此，我认为，北京应该学习广东，学习国外的经验，在市区一些区域（比如围绕故宫一圈），在郊区区县之间，沿着公路，河道，或者沿着林地、山坡顺势规划，建设可供人们休闲、锻炼的绿道网路。

北京不是要建设国际大都市吗，不是要成为宜居之地吗？绿道网建设肯定会为其增色。

雾霾之痛

大凡爱读书的人都知道狄更斯的名著《雾都孤儿》，说起"雾都"，人们会立即想起了那时英国的首都伦敦。伦敦是工业革命的发祥地，工业化导致的乌烟瘴气，曾把伦敦变成了整天不见天日的雾都，把泰晤士河变成了臭水沟。雾都这顶帽子，伦敦戴了很长的时间，据说，直到20世纪70年代，泰晤士河才真正变清，有了鱼群。

而如今，北京却拣起了"雾都"这顶帽子戴在自己头上。凡住在这个城市的人越来越对令人窒息的连天雾霾感到难以忍受。一到冬天，只要一天没有风，整个城市就立即变得灰蒙蒙的，能见度很低，刺鼻的气味呛得人咳嗽不止，到了晚上，要是出去走走，眼睛都睁不开。在天气预报里，"雾霾"也成了常用词。

政府最近公布报告说，2011年北京的空气大为改善，一年的蓝天增多，污染指数也大为降低。可是，人们并不太信，因为实际感觉到的，看到的好像不是这样。

为何呢？问题出在检测标准上。原来，北京的空气污染指数只是包括PM10，而不包括PM2.5，而正是PM2.5那些细小的悬浮微粒才是新的罪魁祸首。国际上，20世纪90年代末美国就开始把PM2.5列入检测标准，欧盟、日本、泰国，还有印度等都执行这样的标准，但我们尚没有。

两年前美国驻华使馆建立了自己的空气检测站，每小时公布一次检测结果，结果总与北京政府的数据打架。今年10月，北京曾被雾霾笼罩半个月，北京的数据只是"轻度污染"，而美国使馆的数据却显示超了检测仪器的最高值，达到危险水平。进入冬季，只要没有大风，天气就立即变得灰蒙蒙的，在飞机上往下看，看不到城市，全被褐色的烟雾层覆盖。

今后PM2.5将被纳入我国空气质量检测标准，全国要到2016年，而北京则从明年开始。据报道，要是现在引入PM2.5，北京的空气污染指数可能要超过标准一倍以上，因此，如果不采取大的措施，数据一公布，可能会引起震动。

老实说，这些年，政府在上述几个领域都采取了许多积极的改善措施，力度不可谓不大，可是为什么雾霾如此严重呢？

这还要从根子上找原因。根子是什么呢？是北京这个城市本身！北京本是一个内陆城市，水源不足，空气干燥，北边是山，废气不易扩散，因此，它不适合发展成特大的城市，不适合居住这么多的人口，然而，在政绩冲动之下，一茬茬领导们都要把北京做大做强！

北京的人口以惊人的速度增长，政府制定的控制人口指标一再被提前突破。为何会是这样呢？就是因为北京膨胀得太快了，规模扩张太大了。现行的政绩观诱使领导们把摊子铺大，把经济做强，为此，为官一任，都是把大干快上作为目标，以显示他们任期的成效和非凡的领导能力。看一看各区的发展规划，一个比一个宏伟。党代会，政府工作会议，每开一次，就提出一大摊子新项目。现在的领导干部年轻，有干劲儿，政绩好了，升迁也就快，因此，换一茬新领导，就提出一大堆新点子，提出一大批新规划。看一看目前北京各区召开的党代会，各区又都提出了很宏伟的发展规划，北京要成为"世界大都市"，自然，各区都搞"世界中心"。政府一边说要控制人口数量，一边却在搞大项目、大工程，哪个大工程在建和后续发展不需要大量人口？其结果，只能会吸引更多的人口来北京，要这样搞下去，3000万人口也打不住。

北京的胃口太大，借首都之势，似乎什么都要领先：汽车制造要做大做强，产能一扩再扩；航天制造要搞大，要成为航空航天制造中心…… 看看那些令人眼花缭乱的名词，什么 ETA（经济技术区），TBD（技术商务中心），CBD（商业中心），总部基地，未来城……各个区都在竞争，攀比，看谁搞得大，搞得新鲜，好不容易钢铁厂搬走了，又大搞制造业中心，这样的大比拼只会把北京越搞越大，摊子大，必然会吸引更多的人口。

领导说，北京只要高端的人才，不要低端的人才，这样说说可以，但要落实起来不可能，因为不同的活计要有不同的人来干，其实，城市需要更多的恰恰是低端人才，一个高端人才的工作往往需要有几十个，上百个其他人员来配合与支持。本来，北京是政治文化中心，就不应该大搞制造业。过去，北京搞了那么多的产业，炼钢，化工，炼焦，造纸，机床，样样都有，后来大都搬走了，如果就此打住，北京只是发展文化产业，旅游产业，如今情况就不会是这样了。

令人担忧的是，北京还在制定大规划，还要大发展，还要大引进，为什么就不把产业让给其他地方发展呢？

笔者曾经在北京的亦庄居住过，那里是国家级经济技术开发区，早年开发区规模很小，环境还可以，后来不断扩大，引进了越来越多的产业，要成为世界制造业基地，要让 500 强都在亦庄落户，结果，产业上去了，空气变坏了。亦庄地处北京南端，本来是低洼地，空气不易扩散，那么多制造业集中到那里，还有不少是制药、半导体工厂（居民曾经游行示威，反对建厂），空气很难好。我在那里居住时，就怕看天气预报，因为那里的空气总是比别的区差一两个等级，如果要是加上 PM2.5，还不知道是什么情况呢！

北京不能再这样大力扩张下去了，不然，"雾都"的帽子就要长期戴下去了。

应该给民间公益基金开绿灯

据报道，2007 年成立的李连杰壹基金 2011 年 1 月 11 日在深圳注册，由私募基金转型为公募基金，据说，这是国内批准的第一例民间公募基金。这是得益于深圳作为试点城市，对民间基金会采取了更为宽松的政策。

我国人口多，社会构成复杂，又是处在大发展和社会转型期，需要很多的社会帮助来实现社会稳定，社会福祉，社会公平。要做到这一切，单靠政府是不行的，必须动员和积极发挥民间社会的力量。其中，一个重要的领域是积极支持和推动民间基金组织的发展，通过民间基金组织的机制，开展各种有益于社会发展和社会公益的事业。

据介绍，近年来，我国的民间基金组织发展很快，主要从事各种慈善事业。近一个时期以来，社会关于富人做善事，捐善款的报道和讨论多了起来，也有越来越多的富人加入到社会慈善事业，一些企业家开始把他们的部分，甚至大部分资产捐出来，成立私人基金会，从事社会公益事业。这些基金基本上都是以个人名义设立的非公募基金（非公募基金与公募基金的区别是，前者不能向公众征集募捐），有的已经产生了很好的社会效果和影响。

其实，民间基金组织的功能应该不仅仅限于慈善事业，它们可以涉及很广的领域，各种社会公益活动，如教育、文化、研究、交流，等等，有大的事业，也有小的事情，有国内领域的，也有国际领域的。不过，它们都有一个共同的性质：活动以非盈利为目的，有益于社会发展和公益事业。其实，在现代社会，民间基金组织的功能不应仅仅是政府功能的补充，而应是一种社会职能分工的需要，是社会整体发展和运行的一个必要组成部分。如果是这样定位，民间基金组织才可以合理、合法，才可以得到大力支持，也才可以有发展的巨大空间。

我国已经出台了几个有关的法律、规定，如"公益捐赠法"，"关于非营利组织企业所得税免税收入问题的通知"，"基金会管理条例"等，但是，应该说，法律、政策还很不完备，现有的一些规定也不适应发展的需要。从总的看，目前，政府部门对民间基金组织的成立从严，对捐助款的免税不宽容，对非营利基金投资增值不提供免税待遇，对基金组织的活动也颇多限制，很不放心。迄今，我国还没有制定慈善法，民间基金会法，很多情况下都是无法可依的，在管理上，随意性很大。以前成立的一些民间基金组织，遇到很多尴尬，受到管理上的不公平对待，一个重要的原因就是因为法规不到位，不健全。

我国的私人企业发展壮大起来，富人多了起来，很多企业家、名人、富人希望在有生之年把资产、资金、财富捐出去，成立基金会，还有些热心公益的人士希望自己带头，靠亲属，朋友，热心人人士的捐助，发起成立开展教育、文化等社会公益事业的基金会。这应该是我国社会发展成熟的一种体现，政府应该给予政策，法规上的支持，让民间基金组织可以顺畅地发展起来，让它们在开展有益于社会发展和社会公益的领域大行其道。

当然，民间基金组织的发展在我国是一个新生事物，考虑到社会的复杂性，政府对民间基金组织的运作给予严格的监督、管理也是必要的，民间基金组织的活动要做到透明、公开，要及时发布可信的年报信息，并且直接接受社会的监督。不让歹人钻空子。

在我看来，政府对于民间基金组织的发展应该实行更为开放的政策，这样可以动员、鼓励民间的力量发挥更大的社会功能，同时也可以增强人们从事社会公益事业的意识。为此，我呼吁，政府对民间基金组织的成立和发展应该开绿灯。

大学教育不改革不行了

据报道，目前在就业市场上，一个月给 3000 元招民工不好招，一个月只要 2000 元的大学生难找到工作。这看来像是一个笑话，却是现实。

为什么？答案很清楚：3000 元雇的是肯吃苦的"苦工"，或者是有专长技术的"技工"，而 2000 元没人雇的是吃不了苦，或者没有技术专长的"大"学生。

农民进城找工作，要么是找那些没人干的力气活，要么是自己学了一技之长，别人干不了的活。我国的城市化正在加速，力气活机会很多，技术活也很多。这为农民进城务工提供了大量的机会。其实，种类繁多的技术活都需要学习、培训，大多是进城农民自己学的。那些上过初中或者高中的小青年，先是进城干份力气活，挣点钱，然后有了学费，参加各种各样的技术培训班，学到一技之长，也有些是自己在干中学，掌握了一技之长。这些人很不简单，学习目的明确，学习为了就业，学有专长，容易找到工作。这完全是由市场需求机制驱动，自己选择努力，政府没有花钱，却很有效率。

我们的大学就不同了。现在，大学越办越大，专业越设越多，扩招的专业大多与就业不接轨，一些社会需要很少的专业，却招了很多的学生，加上现在的教学目标是"培养高精尖人才"，学生上了学也自认为成了"白领"，在学期间也没有打工锻炼的机会，结果可想而知，"毕业即失业"，其原因，也很清楚，要么是因为学无专长，要么是因为自己"清高不肯低头"。

教育要面向社会，为经济社会发展提供所需人才，这个道理大家都懂，但是实际的发展却往往背道而驰。

在我看来，目前的教育体制有许多弊端，可以随便举出几个：

比如，求大而全。这些年，小升大，大升综合，学院改大学，专科改大学的风越刮越烈。据报道，目前在我国还有 300 所大学计划办综合性大学。升位，办大，学校领导很积极，因为可以提升自己的级别，办大亦可以争取到更多的经费，还可以借机扩充地盘，建新校，等等。

比如，资源过分集中，都要创名牌，创一流，结果大量的资源都集中到北京，上海，省会城市。教育部门又通过这工程，那基地，进一步把资源集中到这些重点大学，使得一般的学校，规模小的学校资源不足，新的社会需要的小专业难以设置，立足；也使得大城市毕业的"名牌"学生不愿意到中小城市工作，不愿意从事"一般工作"，等等。

比如，在求大求全的潮流下，专科学校遭到重创，数量减少。同时，政府对民办专科、大学教育的发展给予的支持太少。在社会需求多样化，专业化的新形势下，大量的专业技术培养、培训应该由民办教育来承担。从国外的经验看，政府设立的专项资金，学生奖学金，也应该面向民办教育，可我们的政府部门却没有这样做，等等。

比如，专业设置不合理，有些社会需求少的专业也扩招，加上学生的大学学习与实践脱离，既没有像国外流行的学生打工制，学校也不安排很好的实习制，结果学生出来后几乎什么都干不了。还有高端人才培养，扩建了那么多博士点，授予了那么多的博士学位，很多博士高不成低不就，社会不满，自己失望。

教育部门在改革，这场改革不容易。我看，应该显突出以下几点：

——花大力气调整专业设置，大幅度增加社会需求强的专业。广开师职门路，让不能胜任者下岗，培养掌握新知识技能的新教师队伍，向社会公开招聘专业型老师。

——支持大学办专科专业，或者附设专业大专学院（专科）。大力支持专科学校的发展，把一些升格的专科学校恢复原貌，限制综合大学数量。

——改变教育资源过分集中在大城市的状况，对中小城市的大专学校，专科学校给予更多的支持，大力支持民办专科学校，给予它们与公立学校相同的地位和待遇。

——改革博士培养制度，放宽博士学位申请限期，让修完学分的博士候选学生有更多的时间参与实践（根据国外的经验，很多不再申请学位，继续工作了，这样可以提高博士的质量）。

这些年，人们对大学的议论太多了，对政府教育部门，尤其是教育部的议论太多。议论的焦点是，诸多的不满意，而在诸多的不满意中，我看，最不满意的莫过于教育部门乱指挥，大学培养的人不顶用。

有人会说，既然如此，孩子们为何还要非上大学呢？说清楚这个问题不容易，也许是人们认为，"就这一条阳关道吧"。

要动真格的

一年一度的"两会"已经成为我国政治社会生活的一个强音符，因为政府工作报告，"两会"代表的提案，一些名人的惊人之语，加上媒体的"狂轰滥炸"，吸引着国人的注意力。

政协委员中名人汇集，政协委员的提案和发言往往比较尖锐，每年都吸引着众多的媒体采访，报道。就我的感觉，在2011年的政协会议上，委员们的提案和讨论发言的重点特别突出，特别集中，其中，最热议的当属社会收入分配问题。大家呼吁，社会收入分配问题关乎我国的发展方式转变和社会和谐稳定，解决存在的问题要动真格的，要见大成效。

我国的社会收入分配存在两大问题：一是收入分配不合理，二是收入分配不公平。分配不合理主要表现为在经济发展过程中，用于收入分配的部分太少。尤其是近10年来，我国经济增长很快，经济总量这块蛋糕越做越大，尽管随着总量增大，用于社会收入分配的部分总量也在增大，但是，国民财富中用于收入分配的比例却在不断减少，到2010年降到35%，比20世纪90年代后期低十多个百分点，而与此同时，归入到政府和企业的部分所占的比例不断提高。加上归入政府收入的部分用于社会保障的比例很低（只占10%左右），这样的趋势意味着，老百姓没有从快速经济增长的进程中得到应得的改善。

一个国家如果国富民不富，那国家也就没有了稳定的根基，也就没有了可持续发展的内在动力。现在，政府强调要通过拉动内需来创建新的经济增长动力，如果国民的收入不能大幅度提高，内需提高就不可能。因此，大幅度提高居民分配所占的比例，提高政府开支中用于社会保障的比例，让老百姓更合理地分享经济发展的成果就成了当务之急。可以设想，如果第一步在"十二五"期间把用于社会分配的比例提高到40%，第二步在"十三五"期间提高到50%，甚至更高一些，那么，老百姓的收入就可以大幅度提高。

分配不公平主要表现为收入差距太大，而在收入差距中，最主要的是垄断部门与其他部门，合法收入与非法收入之间的差距太大。任何一个国家都不可能实现收入均等，但是，收入公平确实可以，也应该实现。事实上，老百姓并不要求收入人人均等，按劳分配承认差别，这个大道理大家都懂，也可以接受，人们最有意见的是不公平。在我国，国有企业是国家授权的垄断经营实体，由于拥有垄断专权，因此可以排斥其他经营者，获得独占利益和垄断高利润。按说，国有企业是全民的资产，获得的利润也是属于全体公民的。但是实际上，上交红利太少，部门内分配和福利太多，尤其是中高管的实际收入和福利，过去一些年近乎失控。

非法收入是导致社会不公的一个重要因素。非法收入多与权力有关，比如，以权谋私，收受贿赂，占用公共资源等，从揭露出来的案例看，大多数额大得惊人。还有灰色收入（福利），五花八门，也多与权势（部门）有关。最近，我看到一份有意思的报道，说是今年报考公务员，一多半集中在两个部门：税务部门和海关！原因不言自明，这两个部门的油水最多。

老百姓对这种社会不公平恨之入骨。有人说，中国的老百姓仇富，事实上并非如此。人们对那些靠辛辛苦苦创业致富，对那些靠诚诚实实劳动过上好日子的人是很敬佩的，所仇视的是那些靠权势，靠投机钻营，靠不法收入、不明收入暴富者。

分配不公的问题就像一个毒瘤，非常危险。我们要建设和谐社会，要实现包容性发展，要让全体人民富裕，公平是核心，是根基。政府必须下决心有针对性地采取强有力措施解决社会收入分配不合理和不公平的问题。

经过30多年的改革开放，我国已经进入一个新的发展时期。新的发展时期的一个重要标志是国家更强大，国民更富裕，社会更公平。国外的发展经验表明，一个国家如果长时间存在严重社会收入不合理、不公平，社会就会发生动乱，执政就会失去公众的支持。

在大会期间，政协委员们就如何纠正当前的社会收入分配不合理、不公平写了不少的提案，讨论发言也是非常热烈的。参政议政，反映社情民意是政协委员的职责，但是，大家也清楚，解决这些问题障碍重重，提案、议论并无法力，还需要政府部门认真研究实施。从根本上来说，这要靠改革，尤其是政治体制改革，因为实现社会的正义公平要靠制度保障才行。

温总理在政府工作报告中提出，要积极稳妥地推进政治体制改革，稳妥当然必要，大家期盼改革的速度要快些，力度要大些。

不妨对购买豪宅"网开一面"

最近，国内外都有不少关于中国人在国外购买豪宅的报道。我在国外的时候，无论是在美国，加拿大，还是在澳大利亚，新加坡，熟悉的当地朋友总是不断地向我提及中国人如何在当地大势购买房产的故事。好像中国人都是暴发户，具有疯狂的购买力。

另外一些报道也令人思考，据一项调查，目前 27% 的拥有 1 亿元人民币资产的中国人打算移民国外，另有 47% 的人在考虑。具体什么原因有待进一步分析，但有一点是值得重视的，要用政策设法把这些人留住，创造有利的条件，让他们放心地把钱花在国内，变成推动本国经济发展的资源。

笔者是从另一个层面考虑问题。我在想，中国人这么多的资金花在国外，这不是"肥水外流"吗？这些钱是国民财富，在国内创造，我们为何不设办法让他们把钱花在国内呢？我们不是要拉动内需吗？这也是很大的内需力量啊。

问题出在哪里呢？这里，原因可能比较复杂。有人说，这些钱可能不干净，是贪官污吏的钱，非法流出国内外，他们不敢在国内花。不可否认，是有这样的情况。但是，不能一概言之。很多人是考虑到投资赚钱，尤其是着眼于长期的投资潜力，当然，也有的是以拥有豪宅来显示自己的价值身份。

应该看到，大量的钱流出国外，也有国内政策和环境的原因。比如，国内为了治理高房价，采取了一系列限制购买房产的措施，使得有钱人没有办法把资金投向房产。于是，国外看准了中国有钱人的口袋，采取很多优惠的措施，吸引中国人到他们那里投资，吸引他们带钱移民。

一直以来，中国人传统的财富积累观是有了钱"买房子、置地"，因为土地和房产被认为是"不动产"，不仅可以保值，也可以升值，尤其是房产，"大宅子"还可以显示其财富和身份。就像如今人们旅游到各地看到的景点中，许多都是有钱人留下的"大院"，"故居"。这些人都作古了，唯有"不动产"还留在那里供后人欣赏。

如今，在我国，土地是公共资源，不能够买卖，于是，买房产就好像是有钱人"唯一的"出路了。现在，这个路子也在房地产调控的大政策下给堵死了。于是，那些有钱，且有能力的人，就只好到国外去大显身手了。

有人告诉我，其实，一些人并不特别愿意到国外买房子，因为那里毕竟人生地不熟，对当地的管理也不太了解，繁杂的手续，被抬高的房价，还有高昂的管理费用，使一些人吃了亏。如果国内能够创造有利的条件，让他们的钱花得方便，花得放心，花得"理直气壮"，很多人还是愿意把钱花在国内，毕竟这里是他们的"根基"。但是，现在国内舆论，还有政策都对他们花钱很不利，于是就不得不到国外"铤而走险"。

对于我们国家的发展来说，既然我们的经济创造了财富，让许多人富了起来，那么，政府的政策就要像支持他们把创业做大那样，也支持他们把钱理直气壮地花在国内，这需要有舆论的导向和政策的支持。当然，人有了钱，最好是进行再创造、再创业，这样，利己、利民、利国，但是，钱也要能用于消费，如果国内的消费渠道不通，很多钱就会流走。如果我们的国民财富大量流到国外，这不也是一种严重的财富流失吗？

有人说，这样可能会为贪官花赃钱开口子。其实，贪官污吏的赃钱花起来不那么方便，如果管理监控措施跟上，他们是不敢，也是不可能名正言顺地拿出来花掉的。你想，一个挣工资的公务员、官员，突然出手大方，那肯定是有问题的，一查就明白了。现代技术也很容易监控资金的流向，使他们难逃到国外，问题出在监管不力。

在当前房价高企，老百姓怨声载道的情况下，如何办呢？我看可以采取两个办法：一是可以对"豪宅"网开一面；二是改进对房地产管理的政策。所谓"网开一面"，就是不限制有钱人购房套数，不对豪宅的价格进行干预。所谓"豪宅"，那就是大大高出一般房屋的价格和面积的大房子。这些房屋往往会处在黄金地带，具有增值潜力，也具有身份象征。豪宅与普通老百姓的生活无关，价格再高也不会影响普通房价的走势，价格越高，具有购买力的人群也就越少。

"网开一面"不是不加以管理，政府是可以大有作为的：一是严格交易程序，必须进行透明交易，支付必须通过电子交易系统，一切交易都要有严格的登记制度；二是在放开购买和价格的同时，考虑开征豪宅房产税，豪宅房产税率可以高于普通住宅；三是严格新建豪宅的土地、规划设计、建筑标准的审批，限制数量，限制地域。也可以考虑"网开一面"的政策主要体现在鼓励有钱人购买和改造现有的一些有价值的"历史房产"，以及经过严格审批的高价用地房产。

其实，担心豪宅的高房价会拉高普通房价是一种误区。豪宅的天价不会与普通房价链接，因为这是一种特殊的市场，就像拍卖的艺术品天价不会影响普通消费品的价格一样。现在，一些媒体专注那些天价房屋，为社会造成一种舆论，似乎它们拉动高房价，这是一种误导。当然，对那些打着豪宅旗号，变相拉高价格的商家（比如，改变土地用途，用普通住宅用地提高建筑标准），要有惩罚措施。

对购买"豪宅"网开一面，不是不关注普通大众的住房需求。这是不同的政策层面，解决不同的问题。普通大众的住房问题也要靠政府这只强有力的手介入，把市场与政府结合得更为紧密，让政府在保障低收入公众住房上起主导性的作用。

调整当前的住房调控政策

关于当前和今后的房价走势，媒体有许多矛盾的报道，专家们也是看法很不一致。在大城市，尽管房价上涨的趋势缓解，但房价没有像人们期待的那样真的大幅度降下来。现在是，无房需要买房者希望房价大降，有房准备出售者希望房价能抗住。我居住的地区不是北京的核心区，二手房价不仅没有降，还略有上升，附近的一个刚刚开盘的高端住宅，在开盘时，还把房价大大提升了一把。最近，到城里看看那些核心区的二手房标价，都还是那么高。有人说，再过三个月，房价可能会崩盘，也就是说，会大大地下降。究竟如何，还要观察。

就经济的发展来说，房价崩盘不是个好事，那会影响整个经济，会导致金融危机。看看美国的例子，日本的例子，都是如此。其实，在我看来，从政府的角度来说，也不希望房地产市场崩盘，而是希望抑制房价继续蹿升。因为市场真的崩盘，那会对整个经济造成很大的影响。

现在政府是从需求和供给两个方面来抑制高房价：一方面限制购买力，另一方面增加保障房供给。从大框架上来说，这两种做法是对的，但是，具体看来，问题不少，可能达不到预期目的。

在我看来，目前政府对抑制高房价所采取的政策还是大有改进之处的：

其一，房屋投机是拉高房价的主要推手，对这个判断要明确。因此，政策重点应是针对抑制投机，而不是购买，为此，可以采取征收短期交易特别税的办法，也就是说，买房者在短时间内交易卖出，要把大部分的增值作为税征收（可以分不同的年限段，实行不同的税率，时间越短，税率越高）。一个关键是规范和严格交易登记和支付程序，一切交易通过电脑系统。这个办法会很灵，投机风潮下去了，房屋的价格就会回归正常（当然，很难回到原点，因为还有其他推高近几年房价的因素）。

其二，不限制购买房屋的数量，但对房贷进行严格的分类管理，比如，对于第一套用于居住的房贷，可以按面积实行首付递增的办法，对购买第二套房屋，则暂不提供房贷。这样，就可以使房贷既支持了合理的需求，又避免了向投机提供动力（以往由于没有管理，不少人是利用旧房抵押贷款买新房，靠拥有多套房屋，进行炒房投机牟取暴利）。

其三，鼓励有能力的人购买多套住房用于出租。因此，不对有现款支付能力的购买者实行购买房屋套数进行限制，即鼓励有钱的人购买多套房屋。这样，一些人有了多套房屋，短期投机交易无利，那么，必然用于出租，市场出租房的供给也就会增加。供给增加了，租房价格才会下降。鼓励有钱的人买房用于出租，这样既增加了市场出租房的供给，又可以减轻政府增加保障方供给的压力，让有能力的个人也承担社会责任，一举两得，何乐不为？从国外的经验看，政府可以对出租房的价格进行管制，比如，制定中心区普通住宅的出租价格上线，同时对出租者提供税收优惠补贴。为了进行有效管理，房屋出租必须通过正规的房屋中介公司，这样，政府部门既可以监控出租价格，又可以进行税收管理。像我们现在的出租房，由出租者个人直接管理，加上是现金支付，这不仅会造成价格混乱，也会增加出租市场的不规范、不稳定。

当然，政府增加为低收入者提供社会保障房的力度，这是对的。这些年进行了不少努力，但政策总是变来变去，花了不少钱，效果并不好，经济适用房大都被"有购买能力的人"买去，转手一卖，发了大财，成了供给有单位的公务员、国企职工的特权低价房（直到现在还是以经济适用房的名义进行分配式销售）。目前，政府加大了社会保障房的力度，看来，政策的取向是以租为主，不再卖，这是对的。其实，社会保障房也不必只租不卖，巴西就是制订了国家提供补贴，让低收入者拥有自己住房的计划，这个计划可能更适合中国人拥有自己的房子的传统价值观。

其实，以往的问题不是出在是租还是买上，而是出在政策管理上，一是让有钱的人买了政府补贴的廉价房；二是让买了政府补贴房的人按市场价格出售赚了大钱。如果把住这两关，那么，相当一部分社会保障房向有一定能力的中低收入家庭出售，也不会有问题。

回到限制市场购买力的问题上来，要认识到，如果把提供住房的所有责任都拉到政府这里来，那是会出问题的，因为政府没有那个财力和能力。要动员社会力量为解决中低收入、年轻人的住房出力。比如，鼓励有钱者购买多套房屋，用于出租，这样可以增加社会供给总量，以减轻政府承担全部社会保障房的压力。

　　我总为政府担心。现任领导者拍胸脯，要政府大建社会保障房，让需要房子的家庭都有住房。如果政府承诺太多，落实不了，那是会失信的。中国的国情是人多，城市化速度快，需要解决住房的人多。这与新加坡的情况很不相同，不可模仿。解决低收入者的住房，尤其是年轻人的住房，还是要多几个渠道才行。

　　聪明的办法是，政府充分利用制定政策的优势，用政策优惠大力鼓励民间资金为社会服务，用有效管理管住房屋投机，使房价回归理性。

从抢盐所想到的

　　这几天我都在家里写东西，没有出门。前天，小区的保安对我说，市场上的盐涨价了，买不到，他看见一个老太太，买了一小推车盐。我说，为什么？他说，都说日本的核电厂爆炸，有辐射，中国的盐加碘，吃碘盐可以防辐射。我听了觉得有点儿可笑，日本这么远，辐射要是到了北京，那还不是世界末日了？再说，从没听说吃盐可以防辐射。保安说，信不信由你，大家都这么说，反正是超市里没有盐了。昨天看了报纸才知道，北京、全国好多地方都疯抢盐。

　　政府出来说话：一说中国没有受到日本的核辐射；二说盐的供应没有问题，有足够的存量；三说吃盐可以防辐射，是谣传。这样的解释足够明白了，据说，有人还是不信。不过，据报道，抢盐的风潮终于平息下来了。

　　收到好几个手机短信，都是调侃抢盐的。看了这些短信，酸甜苦辣的感觉都有，一是这些编短信的人真是快手，脑子灵，二是这些看似笑料的诙谐言语，也使得我们做中国人的感到有些心里难受。这里不妨选择几条：

　　"专业人士教你如何防辐射：全身涂满碘酒，头顶铅板，挥舞海带，边跑边吃盐，一天至少 10 公斤，像螃蟹那样横着侧风疾跑……"

　　"蒜你狠"、"豆你玩"、"姜你军"，下一个是"盐王爷"。

　　"世上最痛苦的是什么？辐射来了，盐不好使；世上最最痛苦的是什么？钱都买盐了，没钱买米了；世上最最最痛苦的是什么？人都咸死了，盐还没用完！"

　　"震在日本，痛在中国。看到大家这么辛苦地传谣造谣抢碘片抢食盐，才知道真正的灾区是在中国啊。"

　　有的网民也很理性地写道："学学日本灾民的素质，别给中国人丢脸！"

　　从报道上看，面对如此大的灾难，日本人仍然表现得很镇定，在灾区商品、食品分发现场，大家仍然有序地排着队，在供应不足的商店里，人们静静地选择自己所需的东西，看不到有人抢购。日本的政府不应该说是很有效率的，但日本人民表现出极大的忍耐性和公益素质。

为什么国人变得这么不理性？精神这么脆弱？

有人说这是国人的素质问题，有人甚至上升到中国人的自我为上的"劣根性"。我倒不这么认为。在我看来，可以这样来认识：

也许是，经济社会转变时期的不稳定性，不确定性，不安全感等，使得许多人变得心理很脆弱，加上不良社会现象比比皆是，像毒奶粉，毒猪油，毒面粉，毒韭菜，毒酒……使得人们的精神绷得很紧，对任何可能引起不稳定、不确定和不安全的事端，甚至流言，都宁可信其有，而不信其无，宁可有备，而不可无防。在此情况下，人们很容易听信流言，很容易反应过度。可以回想一下，这些年，社会上出了多少不可思议的怪事啊！

也许是，转型期的政府公信力下降，腐败，滥用权力，收入分配不公等，使很多人对政府的政绩和许诺产生怀疑，还有，一些政府人士惯于打官腔，或者提供的信息太笼统，或者太延时，在此情况下，很多人更依赖自我判断和自我保护，因此，非正式渠道得来的信息成为自我判断的依据，而且在信息传递快捷的时代，很容易产生"羊群效应"，即导致越来越多的信息流传，越来越多的人群跟进。

从个人说，发生这样的事情，往往是要吃后悔药的，但是，以后再发生，也不见得就能接受教训。从社会来说，这是很危险的，有时会因为传言事态扩大失控，有时甚至发生意想不到的乱局。

如何才能避免呢？这不是多搞一些宣传，或者抓几个故意散布流言的人就可以解决的。一个社会的良好秩序是建立在多种稳定因子基础上的。最重要的，当然是人民能够"安居乐业"，法政能够体现正义与公平，从而使得社会安定，人们的心态平和。

老子云："信不足焉，有不信焉。"要形成一个诚信，互信的社会风气，人们的那种躁动不安情绪就会大为降低，也就会变得自觉守序。当然，要达到这种境界，那是既需要时间，也是需要代代传承磨炼的。

我们国家也经历过大地震，大洪水，大风雪。灾难面前，我们挺得住，出现了那么多可歌可泣的故事，因此，不要责怪我们的国民素质低。我国是一个灾害频发的国家，需要进一步加强平时的防灾培训和演练，以提高人们的预防和应急能力，在这方面，政府要做更多的工作。

当然，自然变化莫测，就是有预防，有时也很难都预料到的。比如，日本福岛核电站的设计只考虑到了防 8 级大震，可这一次是 9 级，只考虑到了防震，没有足够的考虑防大海啸，结果倒是海啸把备用电缆的设施冲断，弄得非常被动。

其实，人类就是在与大自然变化的搏击中寻求应对的方法，增强适应的能力。作为对日本核电站事故和其他重大事故的反思，最近有的科学家提出，现代科学技术提高了人类生存的质量，但同时也为自己制造了危及生存的恶果，现代技术所造成的危害比自然灾害更甚，几乎是不可治愈的。人类当然不能回到原始状态，我们需要现代科学技术。不过，日本核电危机本身足够我们思考许久了。从乐观的方面说，也许会推进新的能源，包括核电技术的革命。

"鄂尔多斯速度"的泡沫

最近，到内蒙古的鄂尔多斯调研，所见所闻，令我联想颇多。在去之前，就听说过关鄂尔多斯的许多故事。尽人皆知的老故事是那里出产著名的鄂尔多斯羊绒衫，令人惊异的新故事是那里的超高速经济增长，造就了那么多的亿万富翁。一位朋友曾经告诉我，只有到了鄂尔多斯，才可以知道什么叫暴富，什么叫奇迹。因此，我是带着一种猎奇的心态去鄂尔多斯调研的。

要知道鄂尔多斯有多富，这里有几个数字：这里的人均 GDP 超过香港，每 217 个人中就有一个亿万富翁，每 15 个人中就有一个千万富翁。这个边缘城市为何这么富？人们简单地把它归为：羊（羊绒）、煤（煤炭）、土（稀土）、气（天然气）。也就是说，鄂尔多斯的富主要来自资源开发。据介绍，这里拥有全国 1/6 的已探明煤储量（不包括深层煤），70% 的土地之下都有煤层，近年，又发现了储量很大的天然气。

得益于资源价格上涨，近几年，鄂尔多斯一下子就暴富起来，经济实现超常规高速增长。在内蒙古别的城市，说起鄂尔多斯，许多人都几乎异口同声地说，它是一个"暴发户"。

鄂尔多斯在大干快上。最能体现鄂尔多斯大干快上气魄的是康巴什新城建设。5 年前，那里还是一片草地，如今已经是高楼林立。按照规划，康巴什新城的面积很大，达到 350 多平方公里。在新城，到处都是新建项目，塔吊林立。据报道，2011 年鄂尔多斯的新建住房面积将达到 2000 万平方米，那就是说，每天要有 6 万平方米的住宅面积竣工，这是一个非常惊人的速度，不到其地，简直难以置信。

当地一些人告诉我，在鄂尔多斯，要想快富，有三条路：一是挖资源；二是建房、买房；三是放高利贷。因此，鄂尔多斯造就的大富翁要么是煤老板，要么是地产大亨，要么是地下钱庄大佬。

在这里，与全国其他地方形成鲜明对照的是，房地产仍然很火。建房、炒房成为致富最快的手段之一。在高利润期望的驱使下，大量的资金继续向鄂尔多斯集聚。富翁大款们大量购买囤积房产，炒房推高了房价，这里的房价要比包头市高出一倍。这样的大干快上，要有资金支持，正规的银行信贷是没有办法满足的，因此，活力主要靠地下钱庄输血。谁也说不清鄂尔多斯的地下钱庄规模究竟有多大，有的说数百亿，有的说千亿，反正是数目大得惊人。地下钱庄的钱都是高利贷，利率高得惊人，鉴于预期利润高，高利贷仍然很有市场。

站在鄂尔多斯展厅的电子模板前，讲解员告诉我们未来的发展前景，看着那些灯光闪亮的高楼标示，听着那动人心弦的金融中心，商业中心，科研中心愿景，谁能不为之感到惊奇呢！按计划，新城将吸引50万人居住，那里将成为最现代化的商业、金融、科研、服务现代化新城。

当地领导们都是带着一种自豪、自信的心态向来访者介绍鄂尔多斯发展的。为了增加吸引力，政府部门已经从老区搬入新区。据介绍，这里的房子不愁卖，目前，新城盖好的住房大多已经卖出。据说，买家大都是那些暴富的煤老板、钱庄大佬，一个富户不是买一层楼，而是买一整座楼，甚至几座楼盘。

据介绍，新区目前登记的居住人口只有5万人，而实际居住人口比这更少些。无怪乎美国《纽约时报》曾经把这里描述为只有房子，没有人的"鬼城"。

鄂尔多斯赢得了许多荣誉，被称为落实科学发展观的模范城市。不过，我们同行调研的几位都为鄂尔多斯这样的超高速增长担心，担忧将来这个大泡沫会破裂。比如，鄂尔多斯的城市名片介绍中就说，要建设"金融生态区"，可现实却是地下钱庄高利贷大行其道。我们担心，一旦形势发生变化，资金链断裂，就会发生连环债务危机。

我问当地的领导，这样过度依赖资源开发，是否有可持续性？得到的回答是，不用担心，已探明的矿产资源可以开采200年，将来还会有新的藏量被勘探出来。问当地人，什么叫"金融生态区"？没有人能回答得清楚。

我在想，按说，矿产资源是全民的财产，开采所得不应该主要归入个人开发者的腰包，大利要由全民分享才对，同时，也不能光让资源所在地的人受益。在如此短的时间，鄂尔多斯就出了那么多的亿万富翁，显然是不正常的，说明大利主要流向了个体腰包，主要为当地受益了（政府为当地居民增加了很多福利，比如提高工资，增大退休金补贴，提供覆盖面广的医疗保障，实行教育免费等）。

我认为，为了让全民分享资源开发的收益，国家应该委托国资委对资源开发进行开发发包，根据资源储藏量，开发者支付开发金，或者国家对资源开发征收特别资源税（比如，澳大利亚就开始征收资源税，蒙古向每个公民发资源股份，普遍分享资源开发收益）。再者，资源开发收益也不能一下子用光，应留出一部分用作未来储备，因为后代也有享受资源财富的权利。征收的开发金，或者特别资源税，应纳入国家社保基金，属于留作未来使用的，可成立专项未来基金，留给后代使用（比如，挪威通过立法，把石油收入的相当一部分留出来，建立国投基金，留给后代使用）。

在鄂尔多斯调研的时间很短，主要活动也就是听一听，看一看，因此，了解情况很有限。作为一个学者，我爱思考，也爱画问号。看到鄂尔多斯的超高增长速度和暴富后的宏大拓展蓝图，在感到惊异之余，我也不免感到有些隐忧，其实，我的同行者也颇有同感。

智者多虑。我看，为热火朝天的鄂尔多斯泼一点冷水，也没有坏处。

『鄂尔多斯速度』的泡沫

发展要因地制宜

　　最近，应邀到云南西双版纳州考察，所见所闻，感想颇多。磨憨口岸是我们本次考察的重点，它是与老挝接壤的一个国家级口岸，对面是老挝的磨丁开发区。云南通往老挝的大通道——昆曼（昆明—曼谷）公路从磨憨穿行而过，从西双版纳州府景洪到磨憨距离不到 200 公里，原来是崎岖山路，如今不同了，昆曼公路一开通，"天险变通途"，开车通常只要两个多小时。去磨憨，一路上，放眼远眺，群山层叠，郁郁葱葱，路两边，平地里是挂满果实的香蕉园，山坡上是披绿的橡胶林，好一派南国秀丽风光。

　　到了目的地，听当地开发区领导介绍，如今磨憨迎来新的大发展时期，一是云南省提出建设桥头堡大战略，磨憨当然是前哨阵地；二是昆曼公路修通，还要建昆曼高铁，磨憨成为交通连接点；三是老挝在磨丁搞了国家级开发区，要与磨憨开发区合作发展。根据这样的新形势，磨憨综合开发区管委会成立，开发区领导与时俱进，提出了宏伟的发展规划：计划开发周围 300 多平方公里的跨境开发区，建设 4 大基地，14 个大经济体系（生产型产业，物流服务企业，国际休闲产业等），听了介绍，着实令人感到振奋。

　　不过，现场考察发现，要实现领导们提出的宏伟规划难度很大。首先是地势，磨憨原来就是一个通往老挝的边境出口通道，两边全是山，没有成片的平原开阔地带。尽管经过 20 多年的特殊政策支持（1992 年就批建了边贸区），如今磨憨已有了很大的发展，但规模仍然很小，人口只有万把人。它还算不上是一个城市，由于没有大片平地，所有的房子都是建在马路两边，还是开山平地才建起来的，大路两边有不少商店，但规模都不大，客流也不多，最气派的要数通关大楼了。如果要是大发展，那就要把两边的山头削平，劈山毁林造地，不仅代价很大，破坏环境，而且也不太现实。因此，仅从地势上看，要在这里发展规划中的几大经济体系，几乎是不可能的。

　　去之前我曾经想，磨憨的新机遇可能是利用公路、铁路开通的便利，发展物流中心，利用中国—东盟自贸区和老挝无出口配额限制的优势，承接部分劳动密集型服装加工，发展出口加工基地，实地考察，看了地势，感觉也有些凭空想象。

当地政府一直助推搞跨国经济开发区，也就是要与老挝一方的开发区连成一片，实行两国一区，共同管理的方式。老挝一方已经划出 15 平方公里作为国家级开发区，海关后撤 8 公里，要搞自由贸易与经济特区。该特区的开发本来已经承包给一家香港公司，租期 50 年，那家香港公司建了一些建筑，主要是为了开赌场。赌场一开，果然红火，曾繁荣一时。不过，中国中央政府发禁赌令，限制了出境自由行，赌场也就只好关门了。如今，人去楼空，香港公司也撤离了，由一家云南的公司接手。我们也借机到老挝方面看了一下，早期开发的赌场以及相关设施还是静静地沉睡着。据介绍，新接手的公司计划大干一场，搞新的开发，还有一家内地的公司也承租了大片土地，计划搞跨国休闲区，胃口很大，说是要开发上百公里的休闲区，建跨越两国边境的大型高尔夫球场，实现"一杆打出国外"的跨国高尔夫休闲。在座谈中，当地官员反复强调，这样的大发展，要靠中央给政策，搞活经济，放开跨境游，言外之意，就是恢复赌场，舍此火不起来。

老挝那边平地面积倒是大一些，但除了老赌场的大楼，几乎没有什么新建筑设施，开阔地上只有一些停在那里的卡车，看来是等待出关。我记得，两年前曾经遇到老挝的商务部长，与他谈起磨丁开发区的发展。他告诉我，开始老挝没有经验，一下子给了香港公司 50 年开发权，海关后撤 15 公里，开发区成了自由地，老挝方面对投资没有具体要求，后来发现，港资主要投资赌场，对其他投资不感兴趣，这才发现有了问题，为此，政府下决心纠正。我想，这可能是香港公司撤出的一个原因吧。

其实，搞跨国经济开发区不是那么容易的事情，需要两国制定共同的法律，建立共同的管理机构，进行共同的融资与开发，因此，中央政府对批准这样的跨国开发区很谨慎，至今没有批准。过去两年，全国人大、政协，中央几大部委都曾派人来调研，回去后也没有给出肯定答复。这次我是应邀参加关于磨憨—磨丁跨境经济合作区研讨会的，与会的专家们大都对这搞跨境合作区态度谨慎。

其实，在对磨憨进行考察之后，我想的更多的还是如何对当地的发展准确定位。当地政府希望中央给磨憨更多的优惠政策，促进大发展。其实，作为国家一级口岸，磨憨已经享受许多优惠政策，开发区的门口就挂了三块大牌子，每一块都与特殊政策有关。自20世纪90年代初开始，20多年了，磨憨利用优惠政策，从无到有，本身取得了较快的发展，但是，其规模仍然不大，原因主要是受其本身条件的限制，它不具备发展大规模区域经济的环境和条件。比如，规划中要发展大型综合保税区，如今中国东盟自贸区实行产品零关税，大部分过境产品无税可保，除非当地有大的加工区需求，否则，就是建设了保税区也发展不起来。再说，搞国际休闲区也需要综合的社会经济条件支持，不然，不会有多少人到那么遥远的地方休闲，除非那里有黄赌之类。

因此，发展磨憨，要因地制宜，规划要适度，可行。磨憨的确有新的机遇，这就是交通改善了，作为中国通往老挝、东南亚（尤其是泰国）的公路和未来的铁路关口，可以利用这些条件，获得新的发展，经过相当一个时期的努力，有可能把它发展成为一个特色边境小城。其实，这样的边境小城，有自己的特色，又保持了天然风光，有何不好？

我到过边境地区的不少口岸，当地都希望搞大开发区，大发展，地方领导热情很高，要中央给予特殊又特殊的优惠政策，希望搞自由更自由的开发区，其实，大都脱离实际。我也见过不少当地领导，他们大都雄心勃勃，令人印象深刻，可是，有时候过一段不长的时间再去，领导又换了，新领导又是一大堆新想法。当然，当地领导为官一任，他们要出成绩的压力很大，因此，往往要搞大动作。但经济社会发展有它自己的规律，违反了不行，有时会事与愿违。

作为一个学者，尽管当地花钱把自己请去，但我也不能只是帮着他们唱赞歌，要凭良心说真话，帮他们出点好主意。如今，唱赞歌的人不少，我就遇到一位高级"咨询家"，在一个会上，夸夸其谈，许多话不着边际，只是为当地领导帮腔拔高，估计是为了让领导高兴，拿不菲的咨询费，其实，这样做贻害的是当地的发展和老百姓的利益。

在西双版纳，当地接待部门还安排我们参观了勐海茶场，所见所闻印象颇深。勐海县产茶，出名的是古树茶，去后才知道，勐海是普洱茶的真正原产地，仅大益茶公司就每年上缴税收一个多亿。据当地领导介绍，县里正在努力发展以茶为中心的综合经济，大力发展茶文化、茶旅游、茶休闲产业。勐海县一年气候适宜，夏天不热，离西双版纳景洪距离又近，如果把发展茶文化产业与版纳游结合起来，潜力的确很大，前景令人鼓舞。

我们爬山参观的一片老茶树林，有的树龄达800多年。我在那棵老茶树下买了两饼普洱茶，据茶树主人说，这是她家的老茶树茶（不是 800 年那棵，要是那棵树上的，就是天价了，专门有人包下了收购权），自己家里做的。不过，回来后我打开纸包一看，茶饼上还有一个标签，说明是当地一个茶厂出的，只是在外面又包了一层纸，上写"才大家庭制作老树茶"，"才大"是那位傣族茶农的名字，我就是冲着她才买的，不想也是冒牌家庭制作。细想一下也是，我们在那里开了一个会，她就卖出好多饼，她说当天她卖出了几十饼，这样，算一下，当日收入就近万元。南糯山老茶树已经成为一个景点，每天来看的人肯定不少，她家里哪有那么多"家庭制作"的茶饼啊！当时并没有想那么复杂，只是回来后才有点儿回过味来。好在，尽管茶饼可能不是"才大"家制作的，普洱茶本身还是真的吧。

据介绍，如今，农民的日子好过了，现在茶树都分给农民个人了，茶叶、香蕉、橡胶，靠这样的经济作物，收入可观，普通农户的年收入不下几万元，甚至几十万元。尽管官方统计上这里还是不发达地区，但是，老百姓的实际生活大为改观了，沿途也可以看到，农村房屋大都是新盖的傣式二层小楼，白墙黄瓦，很是气派。

西双版纳之行短短几天，亲眼所见，见思颇多，虽然旅途劳累，回来后就病倒了，但还是觉得不虚此行。

为高铁鼓鼓气

我国的高铁发展是一个奇迹！在短短的十几年里，我国从无到有，一举跨越到世界前列：成为掌握自主知识产权，试验成功最高行车速度，拥有最长高铁线路的国家，尤其是，我国只用了很短的时间就建成了京沪高铁，说实话，这样的成绩没有哪个国家可以能比。

京沪高铁刚运行，出了些事故，发现了一些问题，这本来是可以理解的，因为任何一项新的技术，其问题只有在使用中才可以真正发现。然而，近来，国内外舆论突然风向逆转，由美誉高铁，一下子转向贬低和打击高铁，尤其是，网络媒体简直是口诛笔伐，对高铁的责难铺天盖地而来，有些，简直把我国的高铁建设说得一无是处。

一些"突发事件"似乎把高铁推向风口浪尖：铁道部部长刘志军，负责高铁项目的工程师先后被收审，动车两车相撞造成严重人员伤亡……这些好像在证明，高铁是腐败的产物，高铁不安全（尽管相撞的是动车组）。

我刚看到一份报道，作者带着幸灾乐祸的口味描述，说是京沪高铁没人坐了，车厢里空荡无人；还有的报道说，由于中国高铁不安全，美国不再建高铁了，原来对中国高铁感兴趣的美国，已经彻底放弃…… 这样的媒体舆论真像一把刀子，要把高铁这个新生儿砍个头破血流。

也有人为此打抱不平，文章的题目是"中国不要自废武功"，该文详细列举了世界铁路发生的事故，表明中国的铁路安全系数高，尤其强调，高铁是中国的竞争制高点，不可因噎废食，而这篇文章是一位居住在海外的华人写的，令人深思！

从报道看，我国高铁运行出了一些故障，主要是管理系统上的问题，也有建设中的问题。其实，现代技术为人类带来了福利，提供了便途，但是也同时产生了威胁，比如，汽车，是人们现代生活方式的一个必要组成部分，但也成了"第一杀手"，我国每年由汽车事故造成的死伤人数不下几十万。

针对前不久发生的日本福岛核电事故，一位科学家写道，现代科学技术的最大威胁是不可控性，因为一旦发生事故，就会导致巨大的灾难。空难事故之所以最令人揪心，是因为飞机在天上，一旦有事，往往难以挽救。高铁的速度很快，载客又多，一旦出事故，影响也是巨大的。前不久，我参观北京的航空博物馆，看到飞行员英烈墙上的名单，讲解员告诉说，其中大部分是试飞员，他们都是为试验新飞机而献出了年轻的生命。

人类不会在创新技术和利用技术上停滞。尽管高铁技术本身不是新东西，新干线在日本已经运行了几十年，但是，高铁网络在我国却是一个新生儿，需要精心呵护才能成长。

我国国土辽阔，发展现代交通是实现现代化的一个必要之举，我国用了不长的时间建设了高速公路网，接着又大力发展高铁，这是很有远见的战略。发展高铁，我们几乎是从零开始的，从依赖引进，到自主创新，在不长的时间内，拥有了自己的专利，实现了超常的跨越。

我们打破国外的技术垄断，有些人很不高兴，也有些人很惧怕。比如，日本的公司声言要告中国侵权，一些人说，发生事故的原因在于乱改日本的专利。其实，日本公司最为担心的是中国的竞争优势，是中国的高铁技术、设备和管理走出国门，大量中标国外高铁建设工程。另据报道，一位美国退役将军说，中国的十艘航母也比不上一条高铁对美国的威胁大，他认为，中国的高铁威胁到美国的航空、航海等战略利益。人家是这样看待我们的高铁发展，我们切不可"自废武功"。

高铁制造和建设技术已经成熟，在我国，到目前为止并没有出大事故。京沪一线的问题主要出在因各种故障造成的运行不准时，当前，受动车相撞的影响，高铁乘坐率出现下降，这也是一种可以理解的正常反应。

当然，高铁建设发展很快，基础建设和管理都存在一些问题，铁路系统应该认真、及时总结教训，全面提升管理水平，用先进的管理和安全运行取信于民，尤其超高速高铁的商业运行，要谨慎为之，宁可试验期长些，也不要匆忙上马。

高铁发展是中国现代化交通体系的大亮点，是值得我们为之感到振奋和扬眉吐气的。看看天上飞的飞机，地上跑的汽车，都还主要是由外国产品所垄断，而高铁却不同，是我们拥有专利的创新产品。我很欣赏铁道部一位人士的说法，外国公司要告我们侵犯专利，那就让他们告吧，我们完全有信心打赢官司。相信这位人士的话是真的。

　　高铁高效、节能、环保，是朝阳产业，我国有发展高铁需要的独特规模效应，具有占据未来发展制高点的战略意义，高铁建设的步伐不能放慢！高铁大发展既需要国家继续给予全力支持（比如，可以考虑动用外汇储备，为高铁筹资），同时也需要全民的理解与支持。

　　我看，在这时候，一方面要认真检查原因，全面改进，另一方面也需要鼓劲儿，不让高铁建设者们感到伤气，总理需要站出来说几句话，为高铁的发展鼓鼓气。

可喜的一步

据报道，深圳政协委员的产生开始实行"公推直选"，先在会计师协会和律师协会进行，效果很好，做到"大家满意"，当选委员感到"责任重大"。现在不知道深圳何时能在全市推广"公推直选"，但是，可以肯定，这是迈出了可喜的一步。

政治协商会议是我国政治制度的一个重要的组成部分，是体现民主协商政治的一个重要机制。政协诞生的背景是共产党赢得革命胜利，召开全国政治协商会议，邀请各界爱国人士共商建国大事。政协在创建新中国政权过程中，起到了新国会的作用。尽管此后人民代表大会制度建立，替代了政协的"国会职能"，但政协继续存在，作为体现共产党领导下的多党合作的一个基本制度继续发挥作用。

政协作为民主协商的一项制度，其委员是代表各界别，其中包括共产党和各参政党，以及社会组织界别。政协委员不像人大代表是选举的，是各界别根据名额分配由单位推选的。说是推选，如何推选？在程序上并不透明。多年来，政协委员的人选主要是由单位按照分配名额，由单位机构和领导来定的。

应该说，政协委员们大都是各界的精英，他们大多是有声望，有影响的人士，积极履行职责，建言献策，为国事思虑，为民事直言。我作为全国政协委员，已近两届，深感许多政协委员的一片热心和执著。像我所了解的李国安将军（原北京军区给水团团长），与我同处一个界别，从领导岗位上退下来，当了政协委员，继续为了我国的水利发展，为解决缺水地区老百姓的吃水问题，不顾体弱多病，经常深入边远地区，包括西藏，进行调查，奔走呼号，直言上书，其执著非常令人感动。

说实话，我国正处在重要的发展转型时期，在新的形势下，要让政协发挥更大、更好的作用，特别是在推进我国民主政治建设方面，很有必要提升政协在民主监督——监督政党，监督政府，监督政策实施，监督领导干部和公务员等方面发挥特殊的作用。为此，应让委员们有更多的参与和监督权，能发挥更独立和更直接的作用，当政者不要怕政协委员们批评太狠，说话太冲，为民发声太多。有些顺口溜表现了委员们的无奈，比如，"政协的发言是说了也白说，白说也要说"云云，也可能这话说得有些刺耳，但至少表达了一种情绪，一种看法。我也深有体会，当了这么长时间的政协委员，提案不少，许多费了很大劲儿的提案，送达有关部门，得到的回复往往令我感到心酸，不过，出于责任，"还是要说"。

同时也应该看到，不少问题也出在委员。由于委员不是公推，是单位领导定，在一些情况下，不免就有照顾的考虑，比如，政协委员越来越成为一些单位老干部退下来后的"软着陆"安排，政协的一些领导安排尤为如此。这样，一些委员来到政协，要么继续当官，要么虚有其名，他们除了开开会，不发挥多大作用；也有的因为是"名人"，对参政议政不那么热心，开会时露一下脸，就忙他们自己的事情去了。再则，由于程序上不透明，有些"不干净的人"，也被推进了政协，当上了委员，这样的人往往狐狸尾巴会露出来，他们的问题一暴露，就不得不被清除出去，此类事件一多，必然影响到政协的声誉。

为了解决有些政协委员不尽责的问题，各地想了不少点子，比如，严格开会签到、请假制度，对连续几次不到会，或者多次缺席不尽职者，对连续不写提案、不参与活动者给予除名等；还有的为了维持会议秩序，对不认真参会者，会场上打瞌睡者给予"形象曝光"等。这些措施不能说没有效，但是，这毕竟是被动的惩治，影响不太好。

近年来，有关改进政协委员推选方式的呼声甚高，目的很明确，就是要"让该进的进，不该进的不进"，让政协委员称职、尽职。在此情况下，深圳的"公推直选"无疑是一个有益的改进。按照报道的情况看，程序公开，第一步，"公推"，两个协会会员自己报名参选，有了名单后，有关部门进行资格审查，确定合格人选（两个协会自报40名，经审查，合格者23名）；第二步，"筛选"，先由有关人士组成的"遴选委员会"对合格者进行投票，按照比例选出正式候选人（8名）；第三步，"直选"，再由有关人士组成的"选举委员会"进行投票，推选出正式委员名单（6名）。

尽管我们对有关如何组成"遴选委员会"和"选举委员会"的事宜了解甚少，但是，从报道看，整个推选过程比较透明。鉴于当选者是公开程序

言实论正篇

选出来的，他们的感觉就不一样了，都感到是真正的代表，认识到自己的责任。这样一来，当选政协委员就不再仅被认为是一种荣誉或者待遇了，如果他们任职后不能够履行职责，表现不好，再次当选就不可能了。

政协既然是体现我国政治协商的民主形式，委员的推选确实需要体现民主，使委员真正能够代表界别的声音，行使职能。

能否把深圳的经验逐步在全国推广呢？如何以民主的方式推选全国政协委员呢？在新的一届政协换届时，比如，能否先从省市级实行，再进一步提升到全国政协的界别"公推直选"呢？

提高政协参政议政的效果，提升政协的政治信誉，看来有必要把委员的"公推直选"提上议事日程了。

反贪腐要靠制度

　　最近一个时期，媒体上披露的贪腐案例颇多，有些贪污数额之大，腐败程度之深，着实令人震惊！应该说，近年来，政府惩治贪腐的力度不可谓不大，有那么多的高官、中官、小官都被绳之以法，有的还被判处死刑，可是为什么贪腐这还是那么多，还是那么容易得逞呢？我看要从根子上去找，从制度建设上去解决。

　　贪腐者是为官之人，他们大都本是好人、能人，可是为什么会由好变坏呢？被惩治者在反思时都常常说，是自己思想放松了，没有挡住金钱美色的诱惑，这也不无道理，因为如果自己管住自己，那当然就不会被拉下水。不过，情况是复杂的，在许多情况下，为官者一旦被别人管住，就不得不越陷越深，走上不归路。

　　贪腐之根源一是内，二是外，在大多数情况下，是两者共同起作用。人们常说，苍蝇不叮无缝的蛋，首先是自己有问题，出了问题不能怨天尤人。当然，也有的是为官者本身就不正，官是通过不正当手段获得的，因此，这样的人一旦官位到手，就开始以权谋私。不过，这样的人毕竟是少数，多数还是由好变坏。由好人变坏人，在很多情况下，外部因素可以起决定性的作用，为官者一旦被人拉下水，就只好任人牵着鼻子走，直到东窗事发。

　　内部起作用，说到底是私欲膨胀。人都有私心、私欲、私利。过去说让人"无私"，那是过头了。无私只有极少数人，或者在极特殊的情况下可以做到。其实，这里所说的"三私"是人之常情，只是，作为个人，"自私"不能超度，不能损人利己。经过教育，自我克制，人是可以把私心、私欲、私利控制在"合理范围"的。但是，对于为官者来说，由于权力在手，利益唾手可得，加上缺乏严格和有效的监督，则可能会让"三私"膨胀，而一旦发生膨胀，如果没有制约，则可以进一步发展，最后变得一发而不可收。在外人看来，有些贪官捞得太多了，多得令人费解。就拿几年前枪毙的河北的那位局长来说，贪了那么多，甚至还要费神把钱运到北京的房子里藏起来，常人难以理解；特别是重庆的那位公安局长，收了那么多的钱，竟费力把钱包得里三层外三层，放在鱼塘的水里……从如今揭露出来的案例看，一些人贪婪胃口之大，着实惊人，贪污上千万元，甚至上亿元。

行贿拉拢是把魔杖。为官者之所以被人盯上，受人恭维，被行之以贿，当然是因为他们手中有权。行贿者很精明，目标也很明确，定的就是"权变利"。他们要么以金钱开道，要么用美色引诱，为官者一旦上钩，就被抓住把柄，就只好进行权—利交换，为人家提供各种好处，人、财、物，任人索要，拱手相送。当然，弄权者也不吃亏，往往狼狈为奸，用自己掌握的权去换取金钱或者美色。

"贪腐"一词的含义很清楚，就是贪＋腐，贪者，贪图钱财，腐者，腐化堕落。现实中，我们看到，几乎每一个贪腐案件都是离不开捞钱和美色，那些被拉下水者，放肆地用掌握的权利为己谋利，为行贿者提供好处，拜倒在"石榴裙下"，成为人家的俘虏，慷国家之财，为了"朋友"，"情人"，几乎可以做任何事情。

为了防止官员以权谋私，被人行贿，各国都设计了很多制度，尽管各类制度不同，但是目的是一样的：就是对贪腐者进行严惩，从源头上防止产生贪腐，尤其是后者，是重点。从防腐的方面来说，制度建设可以分为三类：前防、中防和后防。

所谓"前防"，即设计一种制度，使贪腐不会发生，像新加坡的高薪养廉制度，初衷就是高收入让为官者认识到搞贪腐"不值得"，以权谋私划不来。因此，高薪被认为可以"买到为官者的心"，使他们的"三私"得到满足，产生心理平衡。新加坡贪腐案件极少，被认为是"高薪养廉"的最好例证。当然，新加坡是个小国，官员人数少，加上经济发达，养得起，但是，他国仿效就难了。我国也曾讨论过高薪养廉的问题，有的专家提议学习新加坡，实施高薪养廉制，有人把当前的贪腐问题归结为官员收入太低，使官员与社会比攀比，产生心理不平衡，为此，导致以权谋私，捞一把。这不能说没有道理，因为我们的工资制度有不合理的地方，比如，直接的支付太少，待遇性开支太大等，但我们要是实行高薪制，一是难以行得通，需要全面的收入制度改革，这样庞大的干部队伍，实行不起，改革我们这一套工资制度和相关的制度，不那么容易，"牵一发动全身"；二是，真要是实行了，也可能会产生其他的问题。工资制度要改，但是，可能主要的目的不是为了防贪腐。

所谓"后防"，即对官员进行监察，对他们的用权，资产进行察验，审计，比如，对离职官员进行离任审计，让官员进行财产申报，等等，还有，更多的做法是对已经发生问题的官员进行全面审查，如果发现问题，则进行严惩。官员财产申报制度被认为很有效。然而，各国做法差别很大，在大多数国家，都是只是对主要官员，包括最高领导人，部长，议员，地方政府一把手等，实施财产申报。因为，人数少好监督，如果涉及的人数太庞大，则难以实施严格的查验，而且如果人数太多，公民注目和监督也难集中；对于一般官员，往往通过公民普查制度来进行。我国刚刚开始实行官员一把手的离任审计，但只是行权审计，对私产并没有进行审计（比如任前任后财产比较），我国实行官员收入、财产内部申报制，没有严格的制度稽查，也没有公开化监督，效果很有限。最近，温总理承诺，尽快实行公开的官员财产申报制。但考虑到国情，在我看来，如果按级别到处级，甚至到科级（县），那么，其数量会很大，难以严格查验。其实，财产申报应从上边，高官开始,，至于非高官，应该由另一套严格的制度来进行。

所谓"中防"，即在过程中防治，通过一套制度，如严格纳税制，财产登记制，对高官和重点对象的资产、收入开支监控等来进行，这样可以随时发现问题，及时进行稽查。许多国家，尤其是发达国家，都制定了行之有效的"中防监控"制度。这样，一是能及时发现问题，二是让官员及行贿者"无缝可钻"。比如，过去媒体报道的美国纽约市长嫖娼案，就只是市长大人连续几次向一个地方汇钱（数额并不大），马上就引起联邦调查局的怀疑，稽查结果，发现了市长嫖娼案。在我国，最薄弱的是有效的"中防监控"制度建设，可以说，到现在还没有一套制度。因此，出现了一些怪现象：大量的资金被贪官转到国外，毫无觉察，巨额行贿受贿畅通无阻，贪官在银行有几十个存折不被了解，买数套房产不被知晓，等等。在大多数情况下，贪官是"出事后"才被查出的，或者被人举报后才查出的。结果，大凡一个贪腐官员被揭露出来，都是贪污数额惊人，腐败透顶，这样，就令老百姓产生两个意识：一是好像"无官不贪"，二是好像平时都是"官官相护"，进而产生对政府的极大不信任。

贪腐在许多国家都已经成为一种毒瘤，尤其是在发展中国家，由于制度漏洞多，腐败尤为严重。最近，印度的反贪腐从民间发起，对政府施加了很大压力，公众要求政府制定严格的、全面的法律，民间还开设网站，揭露行贿行为，足可见贪腐成为一大民怨。新上任的巴西总统，也加大了反腐力度，撤换包括自己身边的贪官，制定严格的防贪腐措施，深得民心。

近年来，我国政府在反贪腐方面加大了力度，应该说，成效显著，比如，2010 年就有十几万大小官员受到惩处。但是，贪腐之风还在刮，民众还是很不满意，我认为，重要的是加强"中防"的制度建设，并且行之有效。这样，就不至于一年揪出十几万名贪腐官员了。

"社会公平"思议

  过年了，各路朋友聚在一起，抱怨最多的一个问题，就是当今的社会不公。说起不公，可以列举很多的例子，涉及很多领域，有收入分配不公，有教育不公，有执法不公……

  人们痛恨不公，当然希望社会能是公平的。那么，什么才是公平的呢？如何才能实现公平呢？就从收入分配说起，公平就是能让社会上所有的人分享经济发展的成果，而说到"分享"，问题就来了，那就是什么叫分享，如何分享？

  如果是均等分享，即对社会财富平均分配，则会产生平均主义。实践证明，缺乏激励的平均主义则会损害效率，而经济若无效率，就无增长，那样，平均了一次，就不会有第二次了，因为无增长，也就没有了新的财富创造。显然，平均得到了公平，却会舍弃了效率。改革开放前，我们吃过平均主义的亏，尽管许多人有些怀念那时的公平，但却不愿意再回到那时的穷困。

  如果是差别分享，让一部分人富起来，固然这会产生激励力，使更多的人去努力进行更多的创造，然而，如果在一个社会，财富过度向少数人集中，则会产生财富和收入分配的两极分化，形成富者愈富，穷者愈穷，这样的社会当然是很不公平的。

  其实，效率与公平的问题是一个永久话题。学者们一直在效率与公平之间试图寻找平衡点，可以说，至今也一直争论不休。有人说，要效率优先，因为没有效率就没有发展，为要实现效率，就要牺牲些公平；有人说要公平优先，因为没有公平，即便经济增长了，也无意义，因此，宁可牺牲些效率，也要保证公平。目前，在国内围绕"做蛋糕"和"分蛋糕"的争论，也就是围绕效率与公平的关系之辩。

  改革开放后，为了调动人们的积极性，邓公提出"让一部分人先富起来"的口号，这显然是注重了效率优先的原则。后来，随着经济发展，我们又提出效率优先，兼顾公平的原则，希望纠正过度向效率倾斜带来的问题。然而，现实中"兼顾"的效果并不令人满意，比如，人们发现，社会财富拥有和收入分配的差距拉得越来越大，政府占有的部分过大，公民占有的部分过小，财产性收入增加过大，劳动性收入提高太慢等，结果，尽管我们摆脱了贫困，日子比较过去好了，但是人们对社会不公平的抱怨反而增多了。

经济发展了，生活总体改善了，为何"不公"却成了大问题呢？经济学教科书为"兼顾公平"开出了不少药方，比如，治理不合法收入；创造机会平等；消除垄断；给社会最底层提供帮助；等等。事实上，这几个方面的问题，也正是现实中人们抱怨最甚的。

比如，不合法收入是导致社会财富占有不公的一个重要原因。为数不少的巨富，并不是靠辛苦创业，而是靠贿赂、欺诈，靠以权谋私，把公共财富占为己有。在这方面，政府虽然也下了不少工夫治理，但是，由于法律和政策缺位，致使许多这样的暴富者可以招摇过市，逍遥法外。

比如，机会公平是推进社会公平的一个重要基础，但现实中，恰恰是机会不公平把许多人排除在共享发展成果的平台之外。教育是推进机会公平之本，改革开放以来，政府在教育上的投入太少，尤其是对农村的教育投入太少，在如今的名牌大学里，来自农村的学生越来越少，问题不是农村孩子笨，而是不公平的教育体制和政策过早剥夺了他们进入竞争平台的权利。

比如，国有垄断行业凭借国有和垄断两个优势进行不公平竞争，它们本来是推进社会公平的"全民产业"，经理人是国家公务人员，但是，却实行与"国际接轨"的高管高收入分配制度，使其收入与其他行业的收入差距拉得很大。

还有，尽管政府一再发文支持非公有制中小企业发展，但是，由于垄断不减，其他行业仍然被压得喘不上气来。

不能说我们的政府在上述几个方面毫无建树，但是，如果要是在政策上早些做，做得更好些，这些领域的不公问题至少不会累积到这样的程度。

在改革开放以后的一个相当时期里，政府的政策重点是保经济增长，许多必要的社会分配和社会治理政策被置于次要地位，其实，许多都是可以早些兼顾的。

比如，基本社会保障体系的建立是进行社会收入再分配、缩小实际收入差距、体现社会公平的一个最重要举措，政府在这方面做得太晚了、太慢了。特别是，在政府税收大幅度增长的情况下，财政开支用于社会保障体系建设、用于教育的比例太少，大量的资金继续用于投资，结果，政府虽在推动经济增长方面功能突出，而推进社会公平的职能却弱化了。

最近几年，政府加快了社会保障体系的建设，尤其是在农村的基本医疗保障方面，成效显著，但是，在养老保障的资金积累方面，迈的步子不大，目前的总量积累太少了，入不敷出，想想未来，我国将是世界上老人最多的国家，体现社会公平的"老有所养"，可能是我们未来面临的最大挑战。

在市场经济条件下，人们是接受财富和收入存在差别的，关键的问题不是差别，而是差别的合法性与合理性。合法性，就是制止财富拥有和收入分配的非法性；合理性，就是让财富和收入的差别保持在适度范畴，不能过大，不能持续恶化。其实，人们要的"公平"不是要均财富，要的是财富和收入分配的正义性。

社会不公显然与体制有关。比如，前不久，看到一篇报道，说的是黑龙江五常产的大米，市场价每公斤199元，可从农民那里的收购价只有2元钱。结果可想而知，大米丰收了，农民没有增收，也就是说，富了大米商，却苦了米农。是谁把收购价压得那样低？是当地政府！政府规定，农民只能把大米卖给有政府背景的公司，这些公司则利用公权之威把大米收购价压低。由于政府既是管理者，又是经营者，制定的规则当然向自己倾斜。农民赚不了钱，这显然是出于体制上的问题，设想一下，如果农民组成自己的合作社，不要官商垄断，自然就不会是这样了。

这样的例子很多，比如，土地开发，政府建立土地储备制度，以极低的价格从农民那里购入土地，又以很高的价格出让，结果，农民所得甚少，大量的收入进入政府财政。如今，在许多地方，土地转让利益分配不公、房屋拆迁补偿不合理等，成为导致社会不满，上访告状，甚至发生示威或暴力冲突的主要原因。

发生体制上问题的一个重要原因是公民政治参与缺失，政府公权缺乏监督。因此，这需要加快政治体制改革才行。我国政治体制改革的核心应该是如何为公民政治参与提供法律和制度保证，实现真正的民主参与和监督。民主是个好东西不假，但要有用才行。现实中，在许多方面，公权滥用是导致社会不公的一个主要病源。

环顾世界，社会不公已经成为一大顽疾，是导致社会动荡和社会运动兴起的一个导火索。美国是世界首富之国，"占领华尔街运动"遍及各地，响应者甚众，人们打出的口号就是 99% 社会大众与 1% 巨富的问题。"阿拉伯之春"运动，西班牙的"愤怒运动"等之火，都是因为社会不公点燃的。再看看"世界社会论坛"的兴起，它明确提出与被称为"财富精英会议"的达沃斯论坛对着干。从 1999 年开始，它就与达沃斯论坛唱对台戏，同日召开，其参加的人数远远超过达沃斯论坛会议，最多时达 15 万人，提出的口号就是"另一个世界是可能的"，也就是要建立一个更加公平的世界。今年该论坛会议的主题是"资本主义危机、社会与环境正义"，在巴西召开，总统罗塞夫将与会并发表讲演，与 7 万与会者对话。

针对社会不公的社会运动之火还在蔓延，其影响之大超乎人们的预料。就连美国总统奥巴马也不得不"与时俱进"，把实现"经济公平"作为他竞选连任的口号。

新年期间，我看到国内的一个报道，说是某地领导下去向老百姓拜年，提出了响亮的口号：不能眼睛只盯着经济增长，一定要搞能让大家共享成果的发展。

共享成果，这是社会公平的核心，但愿这样的认知能够得到真正落实，并推而广之。

靠改革破解难题

　　2012 年 3 月 5 日，温家宝总理作政府工作报告，按照惯例，作为政协委员列席旁听报告。走出大会堂，一位记者问我，感触最深的是什么？我说是强调改革，以改革来破解发展难题。据有人统计，通篇报告，有 60 多处提到"改革"，"改革"是报告里使用率最高的词汇。报告提出要"以更大的决心和勇气继续全面推进经济体制、政治体制改革等各项改革，破解发展难题"。

　　改革需要"更大的决心和勇气"，此言不差。因为我们面临的诸多问题，大都与体制障碍有关，而要改革体制，如今不仅会遇到体制本身固有刚性的制约，也会受到既得利益集团的阻碍。在很大程度上来说，如今深化改革，可能比当初还难，因为那时我们到了"破产的边缘"，不改革、不开放就走不下去了。如今，我们"取得了巨大成就"，尤其是在整个世界经济发展遇到巨大困难的时候，我们还能实现经济的较快增长和保持社会的稳定，当然也有理由问，成就已经斐然，干得不错，为何还要改呢？其实，过去的成绩，并不能保证未来的成功，因为，我们面临着新的形势，遇到了新的问题，要应对新的挑战，只能用推进全面改革来破解难题。"两会"之前，有关改革的话题就已经成为热门了，借纪念邓小平南方谈话 30 周年，有人提出，中国需要再次启动改革进程。《人民日报》发文说，有缺陷的改革要比不改革好，这表明了深化改革的重要性。

　　要改革，改什么？对此，各界也有很大的争论。就经济体制改革来说，过去我们改革主要解决的是摒弃计划经济体制，建立社会主义市场经济体制。资本主义国家搞的是市场经济，我们在市场经济之前加上社会主义，是表明我们与它们不同。社会主义市场经济体制的核心是什么？在我看来，就是要实现公平与效率的均衡。市场的主要功能主要是实现效率，体现在经济的增长上，市场经济前面加上社会主义，就是要强调实现社会的公平，实现公平与效率之间的合理均衡。如何来实现社会的公平？简单地说，就是能让全体公民共享增长的成果，这里"共享"是一个关键。共享就不是只让一部分人分享，而是让大众分享。尽管共享并不等同于平均化，但是如果经济增长的成果仅为少数人所占有，那么就不能体现社会的公平。当前，公众之所以对目前的状况不满，主要是收入分配不公，穷富差别过大，也就是说，经济增长的成果共享性低。

如何才能实现公平？这要靠制度，靠政府，靠政府真正把主要的职能转向社会调节。在计划经济体制下，政府的主要职能是组织生产，由于在分配上实行平均化（相对的），政府的市场职能和社会功能合一。在市场经济体制下，是市场组织生产，而政府的功能应该主要转到实现公平上（当然还有其他，如纠正市场缺陷）。要实现公平，政府应该集中做好两件大事：一是搞好收入分配和再分配。搞好分配主要是建立公平的工薪制度，而搞好再分配，主要是建立普惠的社会保障体系；二是搞好教育（广义的，包括培训），建立能够使全体公民接受教育的制度，教育是实现公平的基础，教育可以提高人的参与能力，从而提高公民的基本收入水平，靠能力提升收入，这是实现公平的一个最基本办法。

显然，在经济体制改革方面，要抓住主要的矛盾，确定主要的方向。主要的方向就是明晰和规范政府的职能，让政府做该做的事情，从不该做的事情中退出来。什么是政府不该做的事情？就是不应当再直接组织生产，应当主要抓实现社会公平，这包括收入分配、再分配，教育。事实表明，政府对经济的直接参与，政府官员把主要精力用在抓生产、上项目上，结果该做的没有做好，不该做的乱做，同时也产生腐败。温家宝总理在报告中提出要转变政府职能，理顺政府与市场的关系，更好地发挥市场配置资源的基础性作用，应该说，方向是基本清楚的，问题是要上下一起动，动真格儿地改变。

关于政治体制改革，核心的问题是如何用权。政治的核心是权力，用权是政治体制构建的出发点。我国政治体制改革的目标是如何实现正义与善政、廉政。实现正义主要靠法律，制定法律本身是为了捍卫正义的，但是，如果法律不能得到很好的执行，那正义就无法实现。有法不依，执法不公，损害了社会的正义，因此，改革的方向是让有法必依，执法公正，让执法不受外部的干预。实现善政、廉政的最根本办法是对权力进行限制和监督，而对用权进行有效监督，就要改革现行的政治体制，包括人大真正发挥职能（当然这涉及人大代表，尤其是常委会委员的组成和职能发挥问题），对政府的用权进行有效制约和监督，发挥公民真正的参与和监督作用。在公民的参与和监督上，可以有协商监督，舆论监督，但是各国的实践表明，选举制度是必不可少的，是最有影响力的，选举包括各层的选举（尽管可以设计符合国情的选举办法，但是要让公民真正有选择权）。改革开放以来，我国的政治体制改革取得了一定的进展，比如取消干部的终身制，实行任期制，实施公务员制度等，主要还是在技术层面，今后的改革要明确实现正义与善政、廉政为目标，着眼于体制的创新。政府工作报告对政治体制改革没有提出具体的内容，人们期盼，今年召开的十八大能够制定出一个明晰的大方向和可操作的改革方案。

如今，应该说，改革是没有风险的，但改革是有阻力的。在讨论中，委员们大都认为，大力推进改革既需要顶层设计，更需要顶层决心。同时，要突破利益集团的影响。我看到报道，广东省委书记汪洋说，现在最需要解决的是不同利益群体对执政党和政府机关的影响。改革要首先从执政党和政府头上开刀。这话说得有分量，抓住了要害。话是这样说了，是否能够做到，那还要拭目以待。

何为社会主义

最近，我参加一次讨论会，听到了一位企业家对社会主义的看法，倒是很觉新鲜，也很令人思索。

这是一次国际会议。这位私营企业家是本次会议的赞助商，出了钱，总是要让人家在会上亮亮相。据主持人介绍，这位企业家很成功，不仅生意做得好，而且很有思想，除了做生意，还办企业家思想库。该老兄在开场中侃侃而谈，不念稿子，顺口成章，秘书根据他的即席讲话，在电脑上打出要点，放在大屏幕上。大家看到，屏幕上显示出的一行大字特别醒目：社会主义＝钱＋权。

他说，中国只能搞社会主义，中国的社会主义就是"钱＋权"，只有钱，那是资本主义，只有权，那是封建主义，有了钱又有了权，才是社会主义。

他此言一出，引得不少听者在那里窃窃私语（毕竟很感新鲜），有些老外听了不禁翻白眼（可能是翻译的问题，让他们听不懂）。大家明白，这是一位私人企业家的心里话，也许是他多年创业的内心体会，那就是，要发展，必须把钱与权结合起来。

要是从正面理解他的话，这个说法也不是没有道理：搞社会主义首先必须要掌权，但只掌权不发展（也就是没有钱），那就是贫穷。邓公说过，贫穷不是社会主义，因此，掌了权要经济发展才行（也就是要有钱），如今，经济发展了，既有权，又有钱，那就是社会主义了。

但是，大家之所以听后窃窃私语？我想，企业家这样的概括毕竟有看法。在会议休息的时候，他对我说，我是生意人，有话直说，不像你们学者，说话拐弯抹角。但我说的是真话，是事实，信不信由你。

从另一个角度说，企业家讲的也是事实，因为在现行的体制下，钱与权的联姻是企业成功的关键。不是吗？现实中，要是做成一件事，往往要靠钱开道，用钱通关，而一旦用钱打通权力关，则权就成了钱的工具，为有钱人服务。我国每年惩治的官员多达十几万人，大多是因为把手中的权用来为他人以及自己生钱服务。钱权联姻的另一个形式是在有了钱之后，用钱买官，以钱养官，以权生钱。这样的例子很多很多，比如，前不久山西某县的一位副县长，先是下海经商（还继续拿着工资），发了财，再又通过关节当上了官，当了官，还办着自家的公司，只是在被网络媒体爆料后，有关部门才出面调查，被撤职（要不是网络爆料，还可能会继续升迁），与此类似的例子并不少。

其实，何为社会主义？当今，这本来这是一个不容易回答清楚的问题，因为我们今天的社会主义是与传统的社会主义不同，从经济运行体制，到分配体制，社会构成结构都是全新的。我们要建设的是具有中国特色的社会主义，没有模式可循，只有自己摸索，创造，只能是摸着石头过河，探一步走一步。有人说，如今改革摸着石头过河的，其实未必，就是顶层设计，也是需要继续探索。有人很急，要搞什么"中国模式"，这样只能堵住摸索前进的路。

我们应该心里清楚，尽管改革开放后我国的经济取得了快速发展，但是，我们仍然还是发展中国家，就人均 GDP 而言，还排在世界大多数国家之后，就制度建设来说，我们仍处在社会主义建设的初级阶段，与成熟的、发达的社会主义相差甚远。鉴于这样的原因，可以说，在很多方面，社会主义的优越性不能体现出来。有人会说，既然是社会主义，那就要比不是社会主义的好才行，这个说法很有道理，也是我们搞社会主义的一个初衷。但何为好？现实的评价标准很难定，因为不同的国家，不同的发展阶段，情况不同，定高了达不到，定低了不满意。

我们的体制改革还在进行，刚刚进入深水区，经济体制改革的进步较大，而政治体制的改革还需要花大力气进行……现实发展中出现的问题，如，社会分配不公，贪腐严重等，让许多人对社会主义的优越性产生了疑惑。他们在问：这是社会主义吗？于是，一些人怀念过去，也激起有关何为社会主义的争论，有关"做蛋糕"和"分蛋糕"的争论一时在媒体上成为热点，其实这样的争论就有点像是鸡与蛋之争，更令人摸不着头脑。那位企业家（其实不只是他）之所以把社会主义归纳为"钱＋权"，显然是他对现实实践的总结，也许这是他作为企业家获得成功的秘诀。

钱—权联姻，钱—权交易，首先是权的问题。这里的主要问题是，权管得太多，掌权者的权力太大，干什么都要过权这道关，这就会导致钱权交易。市场经济条件下，权对经济运行的直接干预应该是很有限的，尽管经济运行离不开政府权力的管理，但经济活动的运转主要靠市场机制润滑。然而，事实上这很难，官员总是希望权大大，抓住不放。既然官员不放权，干事要过权力关，那就只好用钱去开道了。我们的改革老说是要放权，就是放不下。吴敬琏老先生最近说，改革之难，难在官员不愿意放权。因此，他认为，顶层设计的关键是坚持市场化改革。

再则，是权力缺乏制约和有效监督。权力制约一是政治上的，二是技术上的。政治上西方民主制是靠选举，老百姓不满意就强迫交权，我们国家是一党当政，不搞政党轮换，但对用权者的监督不可少，对权力监督，这就要建立真正的民主监督体制才行，现在，这方面太弱了，在这方面还是有很多可做的，只是步子要大些。技术上监督主要是要有一套科学的、行之有效的技术管理规则和实施手段，比如，现在完全有条件把官员的收入真正监督起来，如果眼睛直盯着申报，而不去建立一套有效的技术手段，那还是会流于形式，靠爆料揭露，那是有限的。现实中，有那么多的贪官把钱转移出去，把家人转移出去，甚至把自己运作出去，还浑然不知，足显监督的缺位。因此，制度（体制）设计与改革的关键是真正割断钱与权的联姻，不能让社会主义变成了"钱＋权"。

那么，什么是有中国特色的社会主义呢？其最有代表性的特征是什么呢？在我看来，至少可以这么认为，要比那些不搞社会主义的国家做得好，政治上要更民主，人民的权益（不仅是物的、也包括思想、文化和精神的）能得到更好地保证，人能够得到更全面的发展，经济上要更好地体现共同富裕，人民的日子能普遍过得更好。不然，人们就不会接受和相信社会主义了。当然，这里"更"的比较，那是要与相近发展阶段的国家来比，不能跨越阶段来比。要能做到这些，当然不容易，但是，如果做不到，在一个开放的社会，开放的国际环境下，要让人们相信社会主义优越性就难。有人说，一党执政，当政者的压力要比政党轮换下当政者的压力更大，因为前者需要不断地出政绩，而后者要是搞不好，可以一走了之，这种说法也不是没有道理。

值得思考的是，在宣传上，我们现在把社会主义的优越性说得太完美，而现实中的社会主义却与之差距太大，结果，要么被说成是说一套做一套，要么是让人们对社会主义的优越性产生怀疑。其实，搞社会主义是一种探索，过去就搞得不好，所以才有了改革开放，现在还在继续探索；再则，搞社会主义也是一个漫长、渐进的过程，初级阶段当然达不到中级阶段、高级阶段的目标。还有，社会主义也不是与其他的政治社会制度截然两样的，没有共同的东西，把这点说清楚也很重要。因此，尽管我们需要理想，需要目标，但宣传也要与现实结合起来，不能让宣传离现实太远。我们是在开放竞争的环境下搞社会主义，在信息时代，封闭信息难以做到，也会引起公众的不满。其实，要相信绝大多数公众的判别能力，取信于民，那就首先要信民才行。

从"龙"看中华文化的本源

　　最近到河南调研，朋友建议有时间一定要去淮阳看看。之前，我对淮阳并不知晓，因此，对朋友刻意让我访问淮阳有些不解，然而到了那里才发现，真的是不虚此行，收获颇丰，尤其是思想的启迪，是很难得的。

　　淮阳，就是宋朝时的陈州。说起陈州，国人知道的人会很多，因为陈州放粮的故事，即铁面包公，不畏权贵，严惩私吞救济粮的皇亲国戚的故事，千古传颂。

　　如今，淮阳是一个县级市，城市本身规模不大，但历史悠久，风景秀丽，比西湖大几倍的龙湖环抱古城，有"城在湖中，湖在城中"之说。龙湖里满是莲藕，据介绍，若是在荷花绽放的时节，满湖莲花，风光无限，来看荷花的人每天都有好几万，政府借机举办荷花节，整个小城热闹非凡。我们去的时候已是晚秋，当然看不到盛开的荷花，但满湖的荷叶仍然是绿绿葱葱的。

　　令我惊异的倒不是龙湖的美景，而是淮阳悠久和独特的历史。相传，淮阳是中华始祖伏羲建业的地方，太昊伏羲陵的存在就是佐证。伏羲陵据说始建于春秋，扩建于盛唐，完善于明清，历经 3000 余年，香火不断，世代相敬。我真没想到伏羲陵有那么大，占地竟有 875 亩，里面有上千年的龙柏、银杏树，多位皇帝的御笔牌匾和碑文，还有数不清的名人墨宝……

　　过去，有关伏羲的故事也略知一二，但是，只有在太昊伏羲陵，才可以全面而深刻地了解这位中华始祖的丰功伟业。伏羲一说就是盘古，所谓盘古开天地，就是讲中华文明从他开始。伏羲的贡献很多很多，诸如取火种，正婚姻，教渔猎，编历法，创八卦，造文字（象形文字），等等，一个个故事般的传说，由陵庙的讲解员娓娓道来，不由得对我们的这位老祖宗肃然起敬。

　　特别引起我兴趣与思考的是伏羲"造龙"的故事。龙向来被称为中华民族的象征，追根求源，原来，龙是由伏羲造出来的图腾形象。过去，我对为何把龙作为中华民族的象征并不太理解，因为世上本来没有龙，看了伏羲造龙的故事，就从根本上理解了。伏羲造龙的故事意义非凡，体现了博大精深的中华文化本源。伏羲统领的炎黄部落占据主导地位之后，为了顺服其他部落，笼络人心，把各个部落原来的图腾象征尽可能保留下来，他用蛇身、虾眼、马头、牛嘴、鹿角、鱼鳞、兽腿等组成一个新的巨龙图腾。

世世代代，有关龙的传说很多很多，总的来看，龙代表正义、勇敢、威严，龙神通广大，能呼风唤雨，无往不胜，因此，历史上，皇帝老子总是把自己当作是真龙天子，具有非凡的能力，高高在上，不可侵犯，而华人，无论是中国本土的，还是海外的，总是以龙的传人为自豪。

不过，由于龙的那种张牙舞爪形象，着实也有些令人生畏。尤其对于老外来说，要能真正理解龙就很不容易了，许多外国人往往"以型取意"，认为中国人以龙为自豪，是崇尚武力，具有内在的攻击性。比如，他们把中国如今的迅速崛起与那个凶猛的龙联系起来，断言中国一旦强大，必然扩张，为他人带来威胁。有人就为此写过文章，认为这条中国龙具有统治世界的野心。

看到伏羲造龙的故事，我想了很多。伏羲用心良苦，用保留原部落图腾形象代表的方法造出新的巨龙图腾，这个办法不仅体现了他的智慧，更从中创造了一种新的思想文化。因此，我想，龙图腾造就了一种共处、共容、共尊的"和合"思想文化，"和"代表和睦，和谐共存，也代表多样性相容，"合"体现的是同舟共济，合力相助，也体现合作的精神。我想，我们应该把以"龙"为代表的这种中华思想文化本源做更多的释义、更好的推介，让世人更好地了解和理解"龙"的精髓。

如今，我们引用最多的是孔子"和"的思想，最具代表性的是他的"和为贵"、"和而不同"。我不知道当年孔子是否知道有关伏羲造龙的传说，他的"和为贵"与"和而不同"思想是否来自始祖伏羲，不管怎么样，中华"和合思想文化"的本源要比孔子时代早得多。

当今，中国复兴，如果"和合思想文化"能够随着实力的提升而发扬光大，必将会对世界作出巨大的贡献。我们宣示要走和平发展的道路，不重蹈历史上大国崛起必然扩张的覆辙，要构建和谐世界，不争霸。很多人不信中国的这一套宣示，那也没有什么，只要我们坚持做下去，就可以赢得人心。

中国具备了龙的威武，加上有龙所代表的"和合"聪慧思想，这样，中国不仅可以雄踞世界民族之林，更可以在构建一个更加合理的世界秩序方面发挥独特的作用。

这里，我要特别感谢我的那位朋友的推荐，让我初识了淮阳，了解了龙的本源思想，我推荐能有更多的人访问淮阳。

中国的自信

最近关于中国的议论很多，其中一个说法是中国变得更为自信。一些西方国家人士认为，由于自信，中国在对外交往中变得自以为是，变得蛮横无理，甚至有些挑衅。他们所举的例子，无外乎中国对奥巴马政府向我国台湾出售武器说不，在应对气候上不承担国际责任，在制裁伊朗上不那么合作，在韩国"天安舰事件"上不支持韩国的调查结果，坚持人民币不贬值，等等。为此，一些人断言，随着中国实力增强，中国的政策正在改变，中国已经开始向美国发起挑战，向西方主导的国际秩序挑战。鉴于此，这些人大呼中国危险，有必要联合起来，对抗中国，制止中国的挑衅，等等。

本来，有自信是一件好事，因为自信表现为成熟，体现为负责任，令人可以信赖，可用到中国头上，事情就不一样了，这是为何呢？

新加坡学者马凯硕评论说，西方人对中国的这种态度源于三个偏见理解：一是认为成功的中国必然会加入西方，变得与"我们一样"，结果，他们发现，中国并没有完全加入西方，而世界却因中国的崛起变得更为多样化，对西方主导模式形成挑战；二是认为如果中国不变成西方自由民主国家，就会崩溃，结果中国非但没有崩溃，反而取得了成功，这在他们心里感到不自在；三是认为中国不会成为例外，无法实现和平崛起，崛起的中国肯定会改变现行秩序，会挑起祸端。马凯硕认为，正是西方人以这种传统的和惯性的思维来观察和判断中国的行为，才出现了问题。一位法国学者对此评论道，一切取决于我们为衡量中国的政治进步所使用的标准。他反问道，从政治角度看，大部分人认为中国应当更多地向西方靠拢，难道我们不能也希望有一天西方更多地向中国靠拢吗？

中国以一种不同的方式、不同的面目、不同的影响迅速提升，这确实会令人不解，令人担心。尽管中国做出了很多美好的宣示，但人家还是带着怀疑的眼光，还要观察，况且，出于不同的价值观、信仰、理念、利益等，不同的人有不同的视角，因此，结论也就不尽相同。这也就是为什么一个中国，有多种形象，多个说法，众口不一，各有各的"理"。不过，从马凯硕和这位法国学者的分析看，理性看待中国者还是大有人在。

其实，自信是一种信念和意志。自信首先表现为对自己有信心，因为对自己有信心，就心里踏实，再多非议也不动摇，再难也可以坚持下来。中国的改革开放没有先例，自己闯出了一条道路，既实现了经济的快速发展，又实现了变革的基本有序、稳定，这不容易。经过这几十年的努力，应该说，如今，我们对"走自己的路"更有自信了。

自信也是一种素质，一种内力体现。因为，有内在力量的支持，做起事情来就可以表现得坚定，有主见。在国际上，一个自信的中国形象就大不一样。比如，我们不再是那个仅仅投弃权票，眼睛直盯着如何应付一些国家对我们的责难、限制和围堵的国家了；我们开始发声了，开始主动捍卫自己的"核心"利益了（一位美国学者担心，"主动"和"主导"的界限变得模糊不清），开始提出自己的主张了。这样，中国的声音、中国的行为，也更为他人关注和重视。事实上，现在，在许多场合下，中国不仅提出了自己的主张，同时也尽力付诸行动。既说又做，这是一个变化。

自信也是一种实力的反应。经过改革开放，中国的国力大大提升，国民生产总值，对外贸易，外汇储备，等等，都在世界数一数二，这与改革开放前的时期无法相比。那时我们自豪地说，既无内债，又无外债，可实际上内虚得很，国力很弱。尽管那时硬话还是经常说一些，但毕竟底气不足。如今不同了，我们的腰杆可以硬起来。如果有谁损害我们的利益，我们也有一定的手段对付。比如，奥巴马政府向我国台湾出售武器，中国这一次的表态就与前不一样。这被认为是中国改变政策。我们表示，要制裁参与的美国公司（尽管有人讥笑中国也就是说说而已，我看不那么简单，不就这么说说让它轻易过去，还有考验的时间）。

当然，我们也要有自知之明。自信，但不可自傲。我们面临的问题还很多，挑战也很严峻。尤其是，我们面临发展方式和发展政策的转型，这要比我们前30年靠改革开放实现经济高速增长更难。

有人把中国的成功归结为"中国模式"。我倒是对"模式"的说法持谨慎态度，因为，作为一个发展的转型国家，我们的发展改革还需要继续推进和深化。比如，改革开放以来，尽管我们实现了经济的快速增长，但是，也在环境、资源等方面付出了过度的代价；政治改革虽然取得了成效，但是，滥用职权，贪污腐败的毒瘤仍在滋长；尤其是，要让老百姓富起来，让所有国人过上真正有尊严的日子，还必须做出艰苦的努力。如果轻言"模式"，可能也会使我们自己被动，背上包袱。由于这个包袱太大，甚至会把我们压得喘不过气来。

冷静想来，我们有自信，但也不是底气十足。这是因为：其一，我们的国力还没有那么强大，虽然是马上成为国民生产总值世界第二，但是人均还是很低，生产了那么多，人均一分就很少了（况且，财富的分配还那么不均衡），同时，无论是技术水平，管理水平（效益），还是面临的需要解决的问题，都还是有些捉襟见肘；其二，我们还有那么多制约，比如两岸问题，边界争端，海上争端，很多把柄在人家手里，有时处于被动；其三，我们当今的发展利益涉及方方面面，很多事情都要着眼于大局，要进行妥协让步。在此情况下，我们做事还是要非常谨慎，仔细考量，不能过分张扬。

一段时间以来，国内外对中国是否还要继续保持"韬光养晦"展开讨论，分歧不小，赞成者有之，怀疑者有之，反对者亦有之。最近，我读到一篇国内学者写的一篇文章，很受启发。他说，"韬光养晦"不是中国的权宜之计，是一种基本的文化价值。他指出，有人把它与越王勾践故事联系起来是一种曲解，外国人把它翻译成英文，成了"隐藏自己，赢得时间"，这是错误的。他认为，"韬光养晦"的本意是让人本分，保持低调，不过分张扬，对个人这样，对国家亦然。这是中国传统的"中庸"价值观核心。因此，联系到这里所说的自信，"韬光养晦"就是一种内在的自信价值观。因此，一个强大的中国，一个自信的中国，更要保持"韬光养晦"。按照这种理解，中国的自信是体现在有信心，有理念，有抱负，这与"有所作为"不矛盾，"有所作为"说的是量力而行，尽力而为。

邓小平曾说过，中国强大了也不称霸。这样说，外人不会太相信，因为按照惯常的逻辑，一个国家强大了必然霸道。这也是为何许多外国人对中国崛起深表担心，对中国有关走和平发展道路，建立和谐世界的提议甚表怀疑的原因。实际上，中国崛起必然会影响到许多人的利益，逼迫他们应对，在有些方面，也会有利益的碰撞和冲突。就像美国，人家是霸权国家，居主导地位，中国起来了，能说不损害其利益吗？美国对中国崛起的战略和战术防备、制约是必然要做的。但是，美国也应认识到，单靠围堵中国是行不通了，还必须对话、协商与合作。这就为我们提供了利益和活动空间。中美战略对话之所以这么引人注目，备受重视，也是这个原因。

其实，强大了，不霸道，坚守宽容大度，这说起来不难，做起来并不容易。最近，几位东南亚的朋友都私下对我说，现在他们与中国的官员打交道感觉不一样了，中国的官员过去很耐心听东盟国家的意见，而现在，表现得很有主见，没有耐心，不愿意多听他们的意见和解释。在不少情况下，中国的官员们往往开始就提出一二三四几点意见，就让他们表态，听到有不同意见脸上就露出不高兴的样子。他们担心，这样会影响中国在东南亚国家的形象，会与东南亚国家产生感情隔阂。

这使我想起一个故事。我的一位泰国朋友曾告诉我，中国是一头大象，我们是一头小动物，与大象同居一处。大象本身很友好，不是敌人，不会伤害我们。但是，如果大象不经意一抬腿碰着我们，即便是"友好地一碰"，那我们也会受伤。看来，我们这头大象在活动活动身子骨的时候，也要十分经意才是。

像中国这样的迅速崛起的大国，要想让世人都满意也难。从这个角度来看，那就不要光愿意听好话，不好听的话也要听，有时听进去，也对自己有好处。中国自信了，相信自己有能力应对复杂的情况，对于有害我之心者不能不防，但是，也要相信自己有实力捍卫自己的核心利益，不必把外部环境看得那样的可怕，好像很多国家都在联合起来对付中国。从这个角度来说，自信可以有助于我们更准确地把握时局。一位英国的专家说，中国正重新拥有在历史上大多数时间内所掌握的影响力，中国需要的是致力于实施"友好多边主义"的政策。我看他说得有些道理，值得思考。

形象不靠宣传

我经常出国参加国际会议，近年来，深感中国的影响提升，中国的形象突出。在众多国际场合，中国议题是关注的核心，主流的看法，中国发展取得的巨大成就令人称道。

当然，中国的快速发展也引起了世界不同的反应，欢迎、反对、怀疑、警惕者皆有。凡人皆愿意听好话。我们取得了这么大的成就，当然愿意得到人家的赞许，若是有人揭我们的短，当然不高兴。我们宣称坚持走和平发展的道路，不信者大有人在，这令我们不解。在许多情况下，我国的形象被歪曲，有些不实报道很离谱，这让人很生气。

有人说，这是因为外国不了解中国，中国被不怀好意的媒体抹黑了。于是乎，我们的政府加强了对自己的宣传。比如，配合胡锦涛总书记访美，由政府制作的国家形象宣传片在纽约时代广场反复播放，据说，还有多部续集会陆续制作出来，加以广泛宣传。

由政府出资、出面，搞宣传，效果如何？可能会起一些作用，但是，在我看来，作用也可能有限。因为人们会认为那是政府"制作的"新闻，或者故事，为自己做粉饰。我在国外就听到不少议论，说是政府印制的许多宣传材料发下去难，堆在那里，最后处理掉，就是人家拿去了也不见得看。一些口号似的宣传说教，引起人家的反感。

各国政府都很注重本国的形象。但是，改善形象不是靠加大政府宣传就可以实现的，有时候，做得多了，还可能适得其反。

国家形象是一种综合影像，影像如何，取决于很多因素。同时，形象也是动态变化的，不是一成不变的。一个国家的形象不是靠宣传就可以让人说好的。

国家形象是一种多面体，一面是好的，另一面可能是不怎么好的；形象本质上是自身实在的反映，但形象也是别人观察的结果。国家形象也像一个多棱镜，从不同的角度看也不一样。比如，谈到经济，中国的国家形象很好，因为我们的确发展快，尤其是这次国际金融危机袭来，我国仍然保持经济的高增长，成为世界第二大经济体，这确实了不起。但是，要是谈到一些具体的方面，就不见得评价那么好。事实上，人们有时对一个国家知道多了，了解深了，不见得就得出好的印象，因为可能看到的问题会很多。尤其是像中国这样一个快速发展，实力快速提升的大国，让别人都"正确理解"，并得出"正面形象"很难。

中国对自己要有更大的自信，要能接受不同的议论和看法。说老实话，让世界真正认识、接受一个快速崛起的中国这样一个大国，并不容易，需要时间，也需要实践验证，而这种验证受到许多因素的影响。关键是我们自己的发展，自己的政策，自己的行为，但是，出于复杂的原因，世界对中国的评价会很不一样。对此，也不必过于介意。我们自己有很多问题，不要人家说，不喜欢人家批评，这很难。

近年来，政府在扩大我国影响，改善我国形象上做了很多的努力有些效果好，有些效果也不好。我认为，要改变政府直接出面操作的做法，不要什么都由政府直接出面去做，要放心地发挥民间的作用。

比如，办孔子学院，是一件好事，不仅在世界上推广了汉语学习，而且也有助于让国外更好地了解中国。但是，靠国家汉办这样的政府机构直接操作，长此以往会产生越来越多的问题。我一直认为，应该改变，政府部门应及早退出直接操作管理过程。应推动建立独立运行的孔子基金会，由基金会管理孔子学院的建设和发展。基金会作为非政府组织，在管理上是通过理事会（或者董事会）进行的，政府可以以适当的形式对基金会提供支持，但资金会也可以广开门路，吸收社会资金。这样的运作方式就不会让人家说"孔子学院是中国政府的宣传工具"，这会为孔子学院打开可持续发展的大门，其活动范围也可以拓宽，比如，从语言推广扩大到文化推广，这也有助于改善我国的国家形象。

还有，"宣传"也是相互的，我们对人家的新闻媒体管得严，人家也会如此，也就是说，要想我们的新闻媒体进入别国，也要让人家进来才行。软实力是一种互动力，强者只有在互动中才可以体现出来。

现在，我国花大气力发展能够普及世界的新闻媒体和文化网络，以便我们的声音能让更多的人听到，我们的影像能让更多的人看到。据说，我们正在打造可以与 CNN 抗衡的 CNC（新华社办）。但如果我们自己对外国的媒

形象不靠宣传

体、文化机构控制得很严，不让它们进入，尤其不让人民直接接触，那人家也会对我们关上大门。

我们处在一个开放的时代，新闻、文化可以通过很多渠道传播，硬关门也关不住，政府要相信大众的判断和接受能力。现在，我国每年有那么多的人出国学习、工作、旅游，信息了解很多，他们都有着很强的自我判断能力。我在国外看到，在越来越多的国家的宾馆都可以看到中国的电视，家庭可以通过付费频道收看中国的电视节目，如 CCTV－9、中央 CCTV－4 等。我认为，我们应该进一步放开国外电视、新闻频道进入家庭的限制，增加城市家庭付费频道的内容（包括多语种国外电影、新闻频道，让消费者自己选择）。像凤凰卫视这样的中文频道，应该放开进入家庭收看频道。这样也可以改善政府文化开放的形象。

随着我国的进一步发展，作为一个更具影响的大国，不仅是经济更为开放，文化也应该如此。

中国变得强硬了吗？

最近，一些外国人经常问我：为什么中国对外一下子变得强硬起来，这是不是预示着随着中国的强大，中国不再"韬光养晦"？国外的一些报刊、网络媒体也是连篇累牍地发表议论，历数中国如何自行其是，表现出"一个新兴超级大国的姿态"。他们列举出的例子不过是：哥本哈根世界气候会议，中国搅黄了发达国家的方案；人民币不贬值；对美国向台湾销售武器放硬话，扬言制裁美国公司；等等。

在我看来，一些外国人，尤其是西方人，之所以觉得中国变了，变得难以合作了，变得不那么令人喜欢了，主要还是出于对中国的感觉和认知上的反差与错位。

先说感觉。外国人现在对中国的一个总体感觉是：中国成为一个超级大国。这种感觉来自一些数据和事实：30 年的持续高增长，GDP 马上世界第二；世界第一出口大国；世界第一外汇储备大国；还有就是，迅速提升的军事实力；应对金融危机中的突出表现，等等。

尽管我们自己一直向外人解释，中国还是发展中国家，人均 GDP 很低，军力主要用于保卫国土安全，但人家不这么看。比如，对于像美国这样的霸权国家来说，感到战略上的和实际上的威胁；对于自豪的欧洲人来说，感到价值观的威胁。对于那些与中国有领土、海岛争端的国家，看中国就更不一样，他们会把中国的实力提升看作是直接的威胁。

在许多人看来，中国的崛起就是西方的失败。在这种背景下，有关中国统治世界的文章、书籍比比皆是，许多都是冠以令人惊异的题目。比如，去年马丁·雅克的一本书的书名就是：《当中国统治世界之时：中央王国的崛起与西方世界的终结》。光看这样的题目，就会令西方担忧。带着这样的感觉，他们很容易会把中国的发展，把中国的政策和言行都看作是对自己的挑战，对中国坚持自己的利益，表明自己的立场看作是强硬、不合作。像写过

《中国：脆弱的超级大国》一书的美国官员兼学者谢淑丽（苏珊·谢克）最近就抱怨：中国对美国的态度已经变得更加蛮横。这或许是指中国对美国向台湾销售武器提出严厉警告并提出制裁参与的美国公司（尽管到现在还没有提出措施）。

当然，外国人的这种感觉也不是完全是无中生有。中国的声音变强了，有影响了，这也是事实。很自然，当中国变得强大时，其声音也会变得更为令人关注，被人们所重视，产生更大的影响。当你弱的时候，你说什么没有人会，当你强的时候，就不一样了。当然，当你弱的时候，有话也不敢说，或者人家不给机会让你说；而你强大的时候，有话敢说，别人也主动会给你机会说。因此，许多人现在很关注中国的态度，对那些不同于自己的意见，就感到很不舒服。

再说认知。外国人，尤其是西方人，对中国的一个总体认知是：中国是一个集权国家。这种认知出于世界占统治地位 200 年的西方基本价值观：中国坚持一党专权，没有民主选举，不尊重人权。尽管我们把保障人权写进宪法，强调中国特色，强调执政为民，人家不接受。一来，用人家的价值来衡量，中国的政治都不合格；二来，若是中国的这一套被证明成功，推行"中国模式"，那就是要改写世界政治版图和基本价值观取向。因此，他们希望中国能加入世界体系，向西方的体制转变，希望自己的国家对中国施压，进行政治体制改革。许多人对中国强调自己的特色，坚持自己的制度表示失望和不满。国外围绕这个论题的文章，书籍更多。像美国学者孟捷慕（詹姆斯·曼）的书就取名：《中国幻想：我们的领导人如何淡化中国的镇压》。他说道：尽管我们不再以为我们可以把中国纳入美国领导的共同体，这并不意味着美国只能默不作声地接受中国的体制。

其实，尽管坚持中国特色，中国并没有把自己封闭起来，中国发展的最成功之处就是搞改革开放，不仅是经济，也包括政治。比如在政治方面，过去中国没有现代人权概念，现在保障人权写进了宪法；民主选举制度过去也没有，现在也被作为一项基本的制度加以肯定，从基层选举开始试验；现代政府管理体系（像公务员制度等）也从国外引进了很多的做法。中国还在学习，还在引进吸收，政治体制改革还会深化。中国的传统文化，政治文化总体来说是开放的、灵活的，在改革开放进程中，今后的发展会进一步体现这种特征。

的确，由于中国改革开放 30 多年取得了巨大的成功，人们在关注"中国模式"（"中国模式"这个说法还是外国人总结的）。但是，中国自己并没有给这种"中国模式"定位，也没有试图在世界推广。"中国模式"还在变，中国并没有满足于现在的模式。最近，温家宝总理说，中国的现代化还需要上百年。中国人看重的是这个进程的过程。

中国还是一个发展中国家，现处在一个重要的发展转变时期，面临的问题和挑战很多。发展，尤其是现实可持续的发展，实现经济、社会、政治发展的均衡与公正，仍然是第一位的要务。最近，一位日本驻华使馆的官员访问我，他问道：两会代表、委员为什么没把对外关系作为重要议题讨论？我回答说：这是因为国内经济社会发展，国计民生是中国人最关注的事情，也是政府首先要解决的事情。

在对外经济、外交关系方面，中国面临的新挑战也很多：未解决和敏感的领土、领海、专属经济区争端；来自大国战略竞争的挤压；增温的国际经济摩擦；被推上顶尖的国际责任，等等，都需要谨慎、技巧和理性的处理。

中国是一个大国，但远不是一个超级大国，硬不起来。有的国人建议，现在是中国应该强硬起来的时候了。他们批评政府在对外交往中太软弱，甚至要给外交部"送钙片"。这样的文章、书籍颇有影响。在我看来，这不可行。

就是将来中国成了"超级大国"，也许会以一种与现行超级大国——美国不同的方式行事。邓小平就说过：中国强大了也不称霸。研究中国历史、传统和文化的人说，因为中国文化的内涵体现包容，这也是中国提倡构建和谐世界的价值依据。

最近有一位外国学者说过，一种制度或者价值观的真正力量在于吸引力，能被多数人接受。

对中国，我们自己在探索，世人还在观察。但不管怎么说，中国崛起的这个进程看来是会继续下去的。学会做一个大国、强国，这是我们必须要做好的一份作业。

还是要打太极拳

近来，美国的动作频频，又是"重返亚洲"，又是要建"美国的亚太世纪"，锁定目标很清楚，就是崛起的中国。

这些年，中国综合实力提升迅速，成了经济总量世界第二。一些机构预测，照这样的发展势头，早则 2020 年，晚则 2025 年，中国的经济总量就可以与美国旗鼓相当，或者超过美国。与此相联系，中国的军事与科技，实力和水平大增，取得很多新的突破，虽还远不敌美国，但其提升之快，足可以调动美国政治、军事与战略家们的神经。中国大力推动周边区域合作，发展了像"10＋1"（东盟—中国），"10＋3"（东盟—中日韩），东亚峰会（东盟—中日韩＋印澳新）以及上海合作组织，这些都没有美国参与的分。

美国真的有点儿坐不住了。自反恐以来，美国的主要投入在西亚北非，打了伊拉克，占了阿富汗，两场战争耗费了美国的大量军力和财力。战争泥潭越陷越深，美国一是受不了了，二是受到新变化的刺激，于是，奥巴马决计退出老战场，把战略重点移向亚洲和亚太。

美国提出"重返亚洲"和创建"美国的亚太世纪"，目的都是很清楚的，就是要力保美国在亚太和东亚的霸权地位，发挥美国对局势走向的导向力，防止中国做大亚洲和亚太。为此，美国三箭齐发：一是大力巩固原有的军事同盟，强化主导地位，同时扩大盟友网络，建立"制华圈"；二是主动启动 TPP（跨太平洋伙伴协定）谈判，确保美国对规则制定的主导权；三是直接参与东亚合作机制，加入"东亚峰会"。

鉴于美国既有实力，又有能力，美国干起来，就动静很大，影响也不小。美国搞 TPP，一下子拉了 10 个国家加入，还有一些国家表示考虑加入（总数可能要有 15 个），且信誓旦旦，明年就要完成谈判，可以说，没有一个国家有这样大的动员能力。就说 TPP，尽管美国定的标准很高，但还是有那么多国家自愿申请加入，肯定是冲着美国的市场和影响去的，盘算结果还是认为可以从中获益。

再说美国加强军事同盟，构建盟友网络，也有那么多国家配合，乐见其成，也是自有其道理。美国是老大，本来军事同盟美国是盟主，受美国控制。但过去一些年，日本、韩国国内都出现了"脱美入亚"的势力和努力。如今，美国利用巧实力，又把这种势力打下去，扶植亲美势力，重树了盟主地位。

其实，在世界和地区处于大调整和大转变的多事之秋，各国也都在做应变之策，做多向选择。有些是想靠上美国老大，借其壮威；也有些希望"大树底下好乘凉"，尤其是在亚洲地区，一些国家与中国有领土、领海、岛屿争端，有历史、政治纠结，面对中国的快速崛起，希望能拉来美国平衡中国的影响力，借助美国给自己壮胆，向中国施加压力。一些美国人说，美国"重返亚洲"是应亚洲国家之邀，尽管这不过是托词，但也不是完全无中生有。就像新加坡的李光耀，就曾大声呼吁让美国进来平衡中国；像越南，就是借拉美国介入南中国海争端，让其在自己家门口炫耀武力，来向中国发出警告；像菲律宾，明显是拉美国来对抗中国在南中国海的力量，保卫其占有的岛礁和海域资源。像澳大利亚，自己偏居一隅，一直就是借力美国来抬举自己，过去曾表示甘心做美国的左膀右臂，现在则邀请美军进驻其腹地……

中国为何成了人家防备的目标？许多人士认为，中国经济的快速发展，实力快速提升，一是带来了新的竞争，二是带来了对未来的不确定性。从竞争的角度看，尽管中国经济规模的扩大也为他者带来好处，提供了市场（成为它们的最大市场），但中国太大，发展太快，所带来的竞争也是显而易见的。比如，中国很快成为世界第一大出口国，中国的技术水平，大公司的能力都在迅速提升，为此，对产业的替代（原来的先进者）和压抑（对后起步者）也很凸显。许多国家担心，这样一来，中国就会变得独大，就会主导市场，夺去其他国家发展的机会。至于不确定性，它们主要是对未来的中国如何发展，如何使用力量表示担心，认为一个新崛起的大国、强国，要么会利用自己的强权为己牟利（包括用武力解决争端），要么因与其他大国争权而坏了大局，中国难有例外。尽管中国做了很多很好的宣示（走和平发展道路，不争霸，建立和谐世界），但是，它们还是不放心。它们对中国的未来发展和政策的取向看不透，没有把握，不仅要"听其言观其行"，还要做多手准备。我曾经问一些亚洲的朋友，为何对中国不放心而对美国放心？他们说，美国是个定型国家，好与坏很清楚，知道如何与它打交道，而中国是一个正在崛起的和正在发生转变的大国，对中国没有把握。他们说，这并不是大家都反对中国，也不是要拉美国与中国对抗，只是要力量平衡，因为，平衡比被一个大国把持要好。我的一位菲律宾前高官朋友告诉我说，尽管要拉美国保护菲律宾的利益，但绝不能让中美在我们家门口打起来，与美国和与中国关系要保持均衡（不一定是一样）。

细想起来，他们的这些想法和做法也不是完全没有道理。脚踩多只船，见风使舵，这也往往是中小国家的生存之道。当然，问题是，要是把问题闹大，那就可能事与愿违，而乱拉关系，乱搞平衡，可能把本来容易的事情搞复杂，把有序的局势搞乱，变得难以治理。其结果也可能是事与愿违。

面对这样的复杂局势，最重要的是对局势有一个正确的判断，这样才可以采取适宜的对策。其实，对中国所处的外部环境来说，大局并没有发生逆转，中国也没有陷入重围。尽管新变局增加了中国的被动应对性，但中国因实力增强形成的主动构建环境的能力也大大增强了。

来看美国，其战略很清晰，就是要构筑对中国的制约，或者说是遏制网，但其特点还是以防为主。美国本身问题缠身，要想独掌亚太也难，会发现在许多方面都会是力不从心，一些随从者也会是三心二意，脚踩多只船。美国人说，今后是"美国的亚太世纪"，如果把中国排除在外，或者与中国对抗，哪来的"亚太世纪"？

美国人说，要在亚洲发挥领导作用，亚洲国家干吗？就说东盟，多少年来，苦心经营，好容易建立了以东盟为中心的新地区关系框架，东盟不会把主动权拱手让给美国，在前不久，东盟在美国参加东亚峰会之际，发表新的巴厘宣言，强调要在国际事务中发挥更大作用，这应该说是一个信号。东盟的发展稳定靠与中国对话合作，与中国对立，东南亚会陷入混乱和分裂，实现"东盟共同体"也就无从谈起，对此，东盟国家是心知肚明的。

我们也要对自己有信心，对其他国家发展多重关系多表示一些理解，只要不搞反华运动，不过分挑动是非，就是它们对我们有些不满，多有批评，我们也要"宰相肚里能撑船"，不必斤斤计较，更不可事事针锋相对，只有这样才可以赢得人心，才可以让人感觉到安心。一个崛起的大国最容易被人嫉妒，最不容易被人理解，最容易被激怒，最不容易克制。

其实，中国的主要问题和挑战不在外部，而在内部。如今，有哪个国家敢于进犯中国？有哪些国家愿意与中国为敌？尽管对来自外部的威胁和压力不可小觑，但也不必过度解读。有人说，中华民族再次到了最危险的时候，要奋起反击！这种说法言过其实，有点儿蛊惑人心。

对美国，毕竟它还是超级大国，实力，尤其是军事、科技实力，仍然无与伦比，因此，我们万不可小觑美国的能量。不过，尽管美国的亚太、亚洲战略是对着中国的崛起而来的，但我们没有必要与它争雄，更没有必要与它对着干。其实，美国也有它的软肋。冷战结束，它显然是被胜利冲昏了头脑，认为"历史终结"，"美国治下的和平"到了，于是乎，洋洋得意，四处出击，财力几近耗尽，弄得债务缠身。现在，它又掉过头来，把目标对着中国的崛起，野心那么大，但终会发现，心有余而力不足，无论是"美国的亚太世纪"，还是"美国主导下的亚洲"，都可能是一相情愿。

中国的现代化之路还很长，国虽变强，但民尚不富，还需要一个长期稳定、和平的环境来实现发展的大目标。为此，我们"无心恋战"，还是要与美国周旋，要打太极拳，不要与美国打拳击。

太极拳柔中有刚，练的是内功，靠的是耐力，讲究的是以柔克刚，既可以强体，又可以防身。

美国很着急，我们要稳住！

按规则行事

　　1月30日，世贸组织裁定中国对9种原料产品征出口关税和实施出口配额违反世贸组织规定，此项裁决是针对2009年美国、欧盟、墨西哥对中国提出的诉讼。此事在国内引起了震动，也激起了热烈的讨论。《环球时报》的社评甚至提议，尽管中国不必硬顶，应对它软顶，应该消极执行。互联网上一些激烈的言论更显义愤填膺。

　　在我看来，我国是世贸组织成员，接受裁决理所应当。自对中国提出诉讼以来，我国政府已经做了大量的工作，世贸组织也考虑了中国的一些申诉，现在有了最终的裁定，我们若用消极执行、软顶的办法是行不通。试想一下，如果我们不执行裁定，将来我们要对别国的贸易保护或者不公平贸易提出诉讼，世贸组织裁决对方违规，那对方也不执行怎么办？大家都不执行规则，国际贸易的秩序也就乱了。

　　我国是一个对外部市场，尤其是对外部资源、能源高度依赖的国家，支持世界多边开放原则，保持世界市场的开放，对我国的发展尤为重要。其实，许多国家都出于不同的利益考虑，实行各种各样的贸易保护措施，尤其是在经济形势不好的情况下，"奖出限入"的做法更为普遍，在此情况下，贸易争端往往显著加剧。

　　应该说，此时，世贸组织是唯一能够维护世界市场多边开放原则的机构。经济界经常提及20世纪30年代大危机时期各国实行"以邻为壑"的贸易保护主义所造成的后果。近年来，贸易保护主义盛行，我国出口受到贸易保护主义的侵害，我国学会利用规则，对一些国家的贸易保护主义和不公平竞争做法提起诉和进行立案调查，有些诉讼案例，我们也是获胜了的。这说明，利用世贸组织解决贸易争端的功能，是保护我国对外贸易利益的一个有效途径。

　　当然，我们对世贸组织对我国的裁决觉得有点委屈，有些不公平。因为，我们实施对一些资源产品的出口限制，是为了制止对资源的乱开发，保护资源和环境。可问题在于，我们的做法过时，不符合国际规则。因为，按照规则，除非可以证明资源受到枯竭性威胁（并且对国内的使用也进行限制），否则，不能实行出口配额措施。

事实上，用征收出口关税，实施出口配额的办法，并不能从根本上能解决国内对资源的乱开乱挖，破坏自然环境，竞相压价出口的问题。现实中，对付的办法也很多，比如，倒卖出口配额，配额外走私，配额寻租腐败滋生等，尤其是，这样的办法并不能解决破坏环境的问题。就像稀土生产，对环境影响极大，造成土地、江河严重污染，如果不实行特别严格的环境保护标准，企业是不会严格治理的。去年到一个地方去调研，我们了解到的情况表明，这类问题还真不少，在那些管理混乱，资源乱采乱挖严重的地方，都有黑保护伞，有官商勾结的利益链条，配额外走私仍然严重。

因此，要解决资源乱开发，出口竞相压价，破坏环境的问题，还是要从源头，而不是尾巴上解决问题。一是要强化制度效能，让管理有效；二是要强化标准，让生产有序。从管理生产的角度，要严格生产者（开发公司）的准入资格，制定严格的环境标准，对不具备资格者，不满足保护环境标准者，一律禁止从事生产和经营。同时，还可以根据不同的资源产品，征收不同税率的资源税、环境税（不能只征税，不治理），这样，就可以避免破坏性开发，廉价出口。生产的数量控制住了，出口量也就少了，成本上升了，价格自然也就上去了。

一般估计，世贸组织的这次裁决没有涉及稀土，下一个目标一定是稀土。对此，我们也有必要早做应对，尽早调整政策，以取得主动。有人说，这样做是屈服于外部压力，我看，不能这样想问题。我们想的问题应该是，哪样做更有利，更能行得通。

有人说，美国有大量的稀土储备，它不开采，又压我们放弃限制，这不公道。美国人也有自己的说法。他们抱怨中国出口的稀土太便宜了（用我们的说法，稀土买成萝卜价）。美国的环境保护法规严格，这使得稀土开采成本很高，有了"萝卜价的稀土产品"可以进口，公司宁可大量进口，也不会去开采了。这也许就是美国政府保护本国资源的一个办法，美国这样做，不违反世贸规则，你拿它没有办法。

试想一下，如果我们国家对开采管理严格，环保标准高，生产成本高，价格也高，那么，美国（还有其他国家）也许就会开始考虑开发的问题了。

这两年，我们的出口量减少，价格上升，一些国家，包括美国的公司也开始启动稀土开采了。显然，我们保护资源、保护环境的办法是应该改一改，尤其是在环境保护上，应该有更高的和执行严格的标准。全国人大有必要通过专门的资源开发与环境保护法律。

当然，世贸组织的规则确有很多不合理的地方，因为它们主要是由发达国家主导制定的。对于这些不合理的东西，我们只能通过参与来推动规则修改，并且努力制定更加合理的新规则。世贸组织毕竟是包括了世界上绝大多数国家的国际组织，我们当年入世很艰难，憋了一肚子气。但是，也应该看到，入世对推动我们的体制改革，对我们进入和利用国际市场，对我们的经济发展起到了非常积极的作用。总结回顾入世 10 年，这是一个重要的共识。如今，中国是世界第一大出口国，第二大对外贸易国，我们不仅要遵守世贸组织规则，也应积极参与规则制定。正如一篇评论所指出的，参与规则制定，首先要了解规则，"捍卫经济主权要说好世贸语言"。看来在这方面，我国需要培养更多的能够熟练掌握国际规则的人才，需要学会用国际规则维护和拓展自己的利益才行。

"凶龙"非议

今年是龙年，1月5日中国邮政集团发行龙年特征邮票，自然邮票上是龙的图像。可这个龙图一出来，就引起网民激烈争论。

有些人认为，这条龙画得太吓人，张牙舞爪，像是个"凶神恶煞"。人们问，干吗在这个时候画出这样的一条恶龙呢？也有些人认为，这条龙画得好，"霸气外露，很是威风"，代表了中国崛起之势。据龙图案的作者解释，这条龙"刚猛有力"，代表"中国的自信"，邮政官方人士的解释是，看起来是有点儿凶，但它"是一种力量"。

为何有这样的争议呢？细细琢磨一下，我看，也许大家争论的不是龙图案本身，而是另有原因。这也是促使我再写一篇关于龙的短文的一个重要原因。

世上本来是没有龙的，龙不过是中国人创造的一种图腾罢了。据说，龙作为中国人的图腾已经有好几千年的历史。关于龙的传说很多，含义也很多。在诸多传说中，我最信奉伏羲造龙的故事，为此我曾写过一篇博客，介绍了伏羲造龙的故事。那个故事是我从河南淮阳伏羲陵那里听说的，应该说，颇具代表性，因为伏羲被认为是中华民族的鼻祖。按流传的故事说，当伏羲统领的炎黄部落占据主导地位之后，伏羲为了顺服其他部落，笼络人心，就把各个部落原来的图腾象征尽可能地保留了下来，取蛇身、虾眼、马头、牛嘴、鹿角、鱼鳞、兽腿等组成一个新的巨龙图腾。

伏羲是个智者，他用保留原部落图腾形象代表的方法造出新的巨龙图腾，不仅体现了他的智慧，更从中创造了一种新的精神和思想，龙作为一种多样性的集合，体现了一种共处、共容、共尊的精神，代表一种追求和睦、和谐的理想，更代表一种包容性的文化。因此，从这个意义上说，龙虽有威，但性本善，因此，它应该是一种"祥龙"，不应该是一条张牙舞爪，吹胡子瞪眼的"恶龙"。

其实，在诸多传说中，龙是能呼风唤雨，为人类做好事的天神。同时，龙威风，也代表一种精神，只是，由于龙被皇帝劫持，当作了他们的专利品，这才被绝对化，成了不可侵犯的天皇老子。

在我看来，对今年龙争论的背后体现着人们理念和认知不同。希望以"祥龙"形象体现龙年精神的人，盼的是龙年祥和，让龙年为国人带来平安，福康，为世界展现一种崇尚安宁、和平的中国形象。特别是，在国内发展面临严峻挑战，世界面临动荡乱局的多事之秋，中国这条大"祥龙"能够给人们以信心与安慰。由此，画家画出的龙，尤其是作为备受大家关注的龙年邮票，龙的图像应该是既精神抖擞，又面带善意。而邮票上的那条龙却是"正面对人，圆睁双眼，张开大嘴"，令人看了有点不寒而栗，尤其是会让那些本来就说中国霸气、霸道带偏见之人有了引申非议的材料。

龙年邮票的作者说，把龙画成这样，是给人一种信心。此言差也！其实，信心不是来自外在的张牙舞爪，而是来自内在的自信。中国传统文化崇尚含蓄。你看那些有功力的高人，往往都是深藏不露的。俗话说，真人不露相，在许多情况下，正是那些内心空虚者才虚张声势。因此，让龙摆出一副凶相，来代表中国的力量，真的有点与中国传统文化背离。

如今，中国总体实力大增，世界都在关注这条中国巨龙如何动作，如何表现。人们希望，中国龙不会把世界搞得天翻地覆，而是能发扬正气，为世界带来福祉。中国也表示，永远不称霸，坚持走和平发展的道路不动摇，要建设和谐世界。如果中国龙的形象是那样霸气外露，威风吓人，这就与我们的宣誓形象有点不符，也与世界对中国"祥龙"的期盼相差甚远。

当然，也许有人会说，在这个世界上，做"祥龙"不行，如果中国太过软弱，不拿出点霸气，就会受人欺。可以举出美国的例子，你看美国宣布要把战略重心转向亚太，不就是来对付中国的吗？

这要看怎么分析和认识。美国高调宣称"重返亚洲"，大张旗鼓要建"美国的亚太世纪"，这实际上不是强的表现，而是弱的表现。美国霸权自第二次世界大战以后就存在，冷战结束以后更甚。如今，它陷入了危机，债台高筑，两场战争（打伊拉克、阿富汗）让它大伤元气，而面对中国日益增强的实力，它真的有些着急了，按捺不住了。

做"祥龙"不是要等着人家来打，但是，也不能动不动就"龙颜大怒"。面对这样的形势，我曾提出，对美国的张牙舞爪，我们要打太极，不要与它打拳击，一是我们的拳头还不太硬，打拳击要吃亏，二是毕竟拳击是人家的强项，套路人家清楚，太极是我们之家传，以柔克刚，比的是耐力和智慧。

乐行志清篇

乐行而志清,礼修而成行

——荀子·乐论

学会放弃

　　近日,《人民日报》刊登了一篇关于一位年轻科学家张宏的文章。此人是海归,在美国拿了博士学位,从事博士后研究,然后依然决定回国。他是搞自然科学研究的,获得了国外机构授予的青年科学家褒奖,不过,该文并未详细介绍他的科研事迹,而是通过他的口,讲了许多人生哲理。他的一些话引起了我的思考。

　　他说,当今,人生诱惑很多,一定要学会放弃。要做最重要的,什么是最重要的?当你知道哪些是不重要,才能清楚哪是最重要的。学会放弃,这句话很深刻;知道哪些不重要,才知道哪些最重要,这句话很富有哲理。

　　的确,人生中看到的,听到的,知道的,想干的,要干的事太多太多,如果不学会放弃,要么会因为负重太大,被压得喘不过气来,要么会因为欲望太多,身心分散,或者被引向歧途,不能自拔。

　　诚然,生活中摆在你面前的事情太多太多,挑出最重要的并不容易,但是如果做排除法,比较一下,挑出那些不重要或者不太重要的,剩下的也就是重要的了,也就知道应该干什么,可干什么了。做排除法就是学会放弃。人的时间和精力是有限的,把时间和精力集中在最重要的上面,才可以做出成效来。

　　生活中要学会放弃。现实生活中的诱惑太多,吃的,穿的,住的,用的,少则屈指可数,多则没有边界。一个人的物欲有时很容易膨胀起来,要么被豪华所诱惑,要么为虚荣所捧托,结果,什么都想要,到头来也许感觉不到快活。更可怕的是攀比的诱惑,可能会使人做超出自己承受能力的事,结果,要么负债累累,要么走歪门邪道,到头来得到的可能只是苦涩。

　　学会放弃,就是要学会选择,而选择的基本原则是量力而行。这里,我并不主张"节欲",更不主张"禁欲",欲望是人生的一种动力。我主张"择欲",有条件就要让日子过得好些,让自己,也让家人,他人(助人)

过得更好些。生活要鼓励追求，追求是生活的动力，但追求要适度，有取有舍。取是一门学问，舍也是一门学问，在一定意义上说，舍得学问比取的学问还要大。

工作中要学会放弃。工作中的诱惑太多，目标，收入，机会，升迁，有时很诱人，很令人心动。如果不学会放弃，为了多挣些钱，多抓几个机会，升迁的快些，而不遗余力，过分追逐，要么因为承揽太多，累垮了身体，要么因为欲望过强，难以如愿，一旦失望，则灰心丧气，情绪低落，甚至，为了得到升迁，不择手段，阿谀奉承，卖身投靠，坏了人格，到头来也许会事与愿违。

学会放弃不是没有追求，人生需要追求，但追求要有目标，目标要定得合理、明确、可行。科学研究鼓励锲而不舍，大凡成功者都是有志者，他们为了成功舍弃了很多很多很多。一个人的能力、精力总是有限的，不能什么都做，什么都想做，总是要舍弃大多数，集中于极少数，做那些最需要，最可能做出成效的事。

学会放弃，也不是要人只做工作狂，除了工作什么也不干，也不会。要让生活丰富多彩，要学会休闲，要多些兴趣与爱好，人有时也需要干点儿"不务正业"的事情。

我们的传统文化提倡中庸，所谓"天命之谓性，率性之谓道，修道之谓教"，也就是说，人要秉性自然，学会按照规律、法则、理性去做人做事，学会自我修养。在我看来，学会放弃，是自我修养的一个基本要领。

不过，在现实生活中，学会放弃真的很不容易。因为现实中不仅诱惑很多，令人不平之事也很多。面对不平，也要学会放弃才行，放弃就是转弯，就是找台阶下，就是调整自我。比如，本来自己有机会，可能因为复杂的原因，失去了，这时就往往很难保持平静，没有如愿晋升职称、职位，也往往会想不开。然而，如果退一步，或者换一个想法，自问一下，为什么非是我呢？则就可能会想得开些。俗话说，退一步天地宽，很多时候确是如此。世间多有不平，贵在泰然处之，人生之途多径可选，不可撞到南墙不回头。

学会放弃，可以体现在处处事事，可以渗透于点点滴滴。它是智慧，是精神，把握好了，人生就获得自由，做得到了，无论是生活，还是工作，就会乐在其中。既然如此，何其不为，何乐不为呢？

学问之道

近与青年人聊天，一人问我：何为学问？怎样才算是有学问呢？我回答说：学问就是知识，说一个人有学问，是说不仅能掌握现有的知识，还要能有所创新。

掌握知识，说起来易，界定起来难。因为知识像海洋，深无底，大无边，况且，不同的领域，有不同的知识，分门别类，说掌握，谈何容易。再则，知识是历史的累积，再聪明的人，就是大学问家，也只能是局限在某一个领域，一个或几个方面。创新就更不容易了，掌握是创新的基础，有了对现有知识的深度了解，才能提出新的见解，新的思想，新的理论。人类的进步不主要体现在对过去的继承，而在于对过去的改变，在改变的基础上创新。

做学问者，即学者，基本要求是对某个领域的知识有系统的掌握，这是需要花很大工夫的。知识的历史积累很厚重，就是一个领域，要全面掌握也不容易。掌握除了要花工夫，更要讲究方法。方法是一种提炼，是一种对累积知识的归纳。各人也有不同，好像没有放之四海而皆准的灵丹妙药。根据自己的掌握和分析，取其精华，得其要领，这样才可以从知识的宝库里取得真经。

学问，其表是学，其内是问。只学不问，只知皮毛，停留在这个水平上，就没有进取。问的要领是疑，生疑才可促动去思考，去探个究竟。俗话说，凡事要问个为什么。问有两种，一种是无知，即不知，不懂，小孩子问为什么最多，那是因为不知；另一种是有知，即掌握了，懂了，还要问为什么，那是在思考和探究，有了思考和探究，才可以提出新的见解，新的思想，新的发现。思考与探究的过程就是创新的过程，至于一个人能够创新什么，创新多少，那要看学者本身的能力。

学习、掌握、问究、思考、创新，这是做学问的"五段功法"，这套功法如同一套拳法，要诚心、专心、静心去练才行，这里，只可"三心"，不可二意。"五段功法"每一段都需要下工夫，每一步都是提升，不可越级跳过，急于求成，成不了正果。比如，只记住了前人的一些东西，没有自己的想法，便夸夸其谈，至多也是鹦鹉学舌；只是一知半解，便要出新，提出的所谓新思想，也会显得很幼稚，这样的人称不上有真学问，更称不上是个真正的学者。现在，自称，或者被人捧为学者、大家的人不少，有的人利用公共媒体，什么都说，什么都敢说，口气大的不得了，其实不仅曲扭了学问之本身，也坏了学者的名声。

做学问需要心诚，也就是认真去做。心诚则灵，有了诚心，才可专心，专下心来，才可静下心来去思考，深入思考了，才可以有创新之见。诚心做就是要下真工夫，下真工夫，才不会投机取巧。至于创新，可大可小，可深可浅，只要不人云亦云，皆可有所建树。创新大小，深浅，那是取决于一个人的能力和水平，能者大创，不能有大创者，亦可在某一个方面有所新意。大学问家有两种，一是大专家，在某个领域有大的创新；二是集大成者，在多个领域皆有创见。能成大家者，毕竟是少数，他们既可以是知识象牙塔的塔尖，也可以是知识巨塔的擎柱，对于大多数人来说，则是有所作为就不错了。

做学问是一件苦差事，需要有一种精神，一种责任。有人选择做学问是因为爱好，以此为乐，这也是一种精神支持。我倒不是，我是把它作为一种责任。我入这一行，原来也没有想到，也没有打算，"历史"（改革开放）提供了一个机会，进了学术殿堂——社会科学院。这里是做学问的地方，选定了这里，出于责任心和下乡练就的毅力，我决心认真去做，虚心好学，苦心钻研。我的体会，认真去做了，且能持之以恒，还是可以有所作为的。我做学问是"半路出家"，大学毕业后，从下乡开始，在地方干了10年，进社会科学院已经是快40岁了，就是凭着责任之心，苦练"五段功法"，终有所成就。

现在，一些入了行的年轻人找不到方位，要么是缺乏精神支持（比如，出于兴趣、爱好），要么是缺乏责任之心（比如，基于职业道德），像浮萍一样，根立不稳，没有进入学习、思考状态，或像常人一样，兴趣广泛，什么都想做，什么都专不下去，结果，"一段功法"也练不下去。可想而知，学问必然做不大成，到头来，要么牢骚满腹，怨天尤人，要么愤愤不平，灰心丧气。

学问之道，根本在进取，进取就是探求和创新，而创新就是要有异见、创见，创新是学问生命的延续。因此，做学问不能固守成规，要鼓励生疑。政治是可以讲"坚信不疑"的，但学术不可，学术要支持挑战，鼓励后辈挑战前辈，无名之辈挑战权威，这样才可推动理论与思想进步。

不过，令人担心的是，现在"创新"这个词被使用的太随便了，动不动就是创新观点，有时不是创新的东西也被作为做新，变个说法就成了新思想了，有时把别人的果子摘过来，说成是自己培育的；有时，做做障眼法，把一些东西拼拼凑凑，就说成是新观点，不过是自欺欺人罢了。现在，搞"创新工程"成风，变着法立项目，要经费，实则是学界的不正之风。做学问也是要讲德的，德是学问的灵魂，学问没有了德，也就可以招摇撞骗，成了骗术了。

有人说，现在做学问太不容易了，学者的心很难静下来，社会缺乏"尚学"的环境。比如，收入太低，学者们，尤其是年轻的学人，整天还要为基本的衣食住行发愁。就像社会科学院，如今，能进入者，至少要有博士学位，是众人中的佼佼者，但是，他们的起点收入有些太低，基本收入甚至低于北京市的平均收入水平。

也有人说，别谈什么练做学问的功法了，现在一切都是行政运作，行政管理，学问标准化，成果指标化，不合规，不达标就过不了关。比如，从学校，到科研机构，都规定论文必须是发在圈定的"核心期刊"，必须达到一定的数量，必须年年达标。全国"核心期刊"就那么多，都要在核心期刊上发文章，结果是逼出了剽窃，弄出了发文付费；课题项目也必须是"国家级"，"省部级"的，不然，评高级职称，立学科点，获奖等，都不能达标。"国家级"，"省部级"项目就那么多，结果逼得人不得不到处去跑项目，请客吃饭，甚至实施贿赂，有违学人良心。在许多地方，政府、单位都对发上"核心文章"，获得"省级以上项目"给予高补贴，这更助长人们拼着命地去求人发文，搞到项目。显然，这好像是把经济领域的"GDP主义"搬到学界来了。最近，与几位地方学人交谈，他们无不大倒苦水，言谈做学问之苦，做学人之难，所谈歪风邪气之甚，令人吃惊。大家担心，这样下去，学问这块净地，就可能被污染的无处立身了。

面对这样的情况，学者们大概无力扭转，但还是可以自律的。道法自然，学问之道，毕竟还是有自身的逻辑。

学者的良知

　　近年来，社会对专家、学者的评论甚多，批评有些人背离了专家、学者的良知，比如，他们不专心做学问和搞研究；花很多精力跑项目，跑关系，跑会议；见钱眼开，凡是给钱什么都做，什么都说；项目工程论证、验收，投人所好，善于捧场，等等。其结果，一些经专家、学者论证、鉴定的项目成了危、烂、坏工程，造成很大的危害和很坏的社会影响。

　　人们对专家、学者还是有一个基本的定位的：专家、学者一要有真学问，二要能说真话。因此，成为专家、学者并不容易，因为要真有学问就要全力投入学习、研究，就要静下心来钻研，探索；要说真话也不容易，因为首先说真话要有真知灼见，还有要能坚持己见，特别是要能说不同的意见。

　　人们之所以对一些专家、学者提出批评，是因为，有些人什么活动都参加，不属于自己专业领域（也就是没有学问）的会议，项目、工程论证也去，还有的虽属自己的领域，但是由于承诺太多，就是参加也不认真准备，论证会上待一会儿，说上几句，拿了钱就离开；还有的是，明明看出问题，也不提出自己的不同意见，只是昧着良心说恭维的话，戴高帽子。

　　造成这种局面的原因当然首先是专家学者自身的问题，他们背离了专家、学者的良知，要么是在利益的诱惑下，要么是在权势的威逼下，要么是要面子，为朋友捧场。我们看到，这些人不专心做学问了，变得像热锅上的蚂蚁，坐不下来；变得像饥饿的动物，到处觅食，见钱眼开；变得像庸医，乱开药方……

　　一些人这样做的借口是"生活所迫"，收入太低，不得不到处捞钱。当然，现在的工资、分配制度太不合理，搞研究、做学问的人往往有保障的正规收入太少，尤其是年轻人，靠工资收入，支撑一个家很不容易，因为现在什么都贵。但另一方面，有些人也太心急了些，刚工作就想富起来。人们往往都是比富不比穷，与那些很快富起来的商人同学、朋友比，发现差距太大，就稳不住了。在这个时代，劝人坐冷板凳，甘于清贫太有些脱离现实，但是，也要明白，入了做学问这一行，还是不要期望很快能富起来，或者一辈子都富不起来，不然就是选错了行当。也许将来，你成了名专家，会大不一样，但那要取决于你的努力和机遇，不是入了这行就可以成名的，要有这个心理准备才行。

一些人借口社会需要，倡导专家、学者走出象牙塔。专家学者要用他们的知识、学问服务社会，这是应该的，也是必需的，但是，不能沽名钓誉，要提供真知才行。有些人口说走向社会，实则是想出名，靠媒体捧，靠说大话，靠惊人之语，能一鸣惊人。有些人明明没有真学问，却被称为专家，著名学者，甚至是大家，于是，来请的机构会更多，在此情况下，他们就飘飘然，什么会都去，什么大话都敢说。有时候这一招还真行，可以名利双收，但是，这样的人的确把专家学者的名声给糟蹋得不像样子。

不过，人们心里还是有杆秤，时间一长，这样的人的威信就会扫地，请的人也许不会太多了。看看那些真的名家，都是靠真才实学，没有靠张扬吹捧出名的。其实，真正的专家学者是非常谨言慎行的，名声是靠社会的认可，经受住时间的考验。

这些年，一个不好的现象是，一些专家学者，有的是大教授、大专家，甚至是院士，也到处挂名，到处讲演，穿行于会海，甚至卷入丑闻。其实，这些人不缺钱，也不为出名，而大多是碍于面子，或者被动参与（如领导、好友请）。这也是一股歪风，对社会，对年轻一代都造成不好的影响。

当今，快速发展和变化大潮掀起的泥沙，容易使人迷失了方向。专家学者们应该是最有稳定根基的一部分人群，不应该随波逐流。然而，严酷的现实表明，许多人失去了做专家学者的良知，令社会失望。这样的现实令人痛心，不能任其发展下去。

我很赞赏方舟子，他是一位不讲情面，有良知的人。他一直坚持在学术界打假，揭出了不少作假的案例，人物。但是，单靠方舟子揭露不行，还要靠专家学者们自律，靠坚守做人应有的良知。

情感的力量

　　一位叫莫伊西的法国学者最近写了一本书，书名是《情感的地缘政治》。我没有看到这本书，只是看了介绍和记者对他的采访录。我觉得，他的一些观点很有意思，很令人思考。

　　他认为，在国际关系中，情感起着很重要的作用，有时是起决定性的作用。他说，不了解情感这个东西，就不能了解世界。他提出，应该进行"换位思考"，换一个角度，即从情感的角度来分析世界，认识世界。他举例说，西方自持自己的文明优越，而对阿拉伯世界从情感上轻蔑。他认为，正是西方的这种轻蔑，使得阿拉伯人对西方表示愤怒，而愤怒产生对立，甚至对抗。他提出，西方应该进行"换位思考"，这是很值得深思的。

　　对于研究国际关系的人来说，传统的观点认为，起决定因素的是利益。尤其是现实主义的理论认定，只有利益才是决定各方关系的最根本因素。这样看来，莫伊西关于情感决定的观点就有些离经叛道了。

　　我倒是为莫伊西的"情感说"想了很多。我想到了社会，想到了人际关系，想到了人与自然的关系。在我看来，无论是国际上，还是我们的社会，很有必要提倡讲讲"情感"。只有讲情感，我们的世界，我们的社会，我们的家庭才拥有了"活气"，才能摆脱被利益牵动的无情争斗、敌视，尔虞我诈。

　　情感是人的一种内在的认知，是个人对他者的一种看法上的表示。出于认识和感觉的不同，可以产生好的情感，也可产生不好的情感。好情感会产生好表示，比如可以表现为对对方的喜欢，爱慕，钦佩，赞赏，不好的情感可以表现为对对方的憎恶，讨厌，悲愤，愤怒等。自然，有了好感情，才会对对方亲近，友好，而情感不好，则会对对方产生疏远，甚至敌对。

　　其实，情感既可以体现在人与人之间的关系，也可以体现在国与国之间的关系，因为所谓国家间的关系，不也是要有人去做的吗！

进一步说，情感也可以超越人际关系。人与动物，人与物，人与自然，都可以是有情感的。人与动物，人与物，人与自然之间的动人情感故事有很多很多。《人民日报》曾刊登过一篇白鹭报恩的故事。按一般的理解，似乎无法加以解释鸟也对人有那么深的情感，知道报恩。但那毕竟是事实，像那样的故事，在我们的世界里其实有很多。就说人与自然，人与物之间的情感吧，那也是可以很深厚的。比如，人在一个地方住长了，就会产生情感，对那里的留恋。就像人们对自己的家乡，都会有特别的情感，从而也就会有特别的留恋和怀念。

情感的产生是很复杂的，有时很难说得清楚。但是，情感既取决于客观存在，也取决于主观意识。不同的人有不同的情感观。比如，有人对弱者深表同情，愿意给予资助；而有的人却欺负弱者，甚至会乘人之危，落井下石。有人对那些整天忙碌劳作，浑身是汗的民工捂鼻掩面，而有人却对他们表示敬佩。产生这种不同的情感有不同的原因，但是，如果从自己内心的主观意识去定位，那也是可以发生"换位"的。比如，如果你想想那些风餐露宿的民工，为你盖房子，为你送牛奶，为你做这做那，那你就会产生对他们有好情感。

人们常说，"不能用情感来代替一切"，但是，情感这个东西确实是"魅力无穷"的。比如，对人对事，有了情感，那看法和做法就不一样。有了情感，就产生好感，有了好感，就有了亲近，热爱。一个人，只有对他人有情感，才可以看到别人的长处，才可以善待别人。比如，做事情，如果是"动之以情"，那效果就很不一样。因为，情可动人，情可服人。

出于各种各样的原因，许多人感到，我们的社会里似乎缺乏了情感，这表现为人与人之间的冷漠，不信任。别说陌生人之间，就是邻里之间，同事之间，似乎都要保持距离，官民本来是一体，犹如鱼水之相依，但是，现在，在很多情况下，却对立了起来。有的官员只会做官，对老百姓缺乏最起码的情感。最近，有报道，一个县里的领导，面对上百跪地求见的老百姓却无动于衷，拒不见面，还说刁民捣乱。这样的对老百姓毫无情感的人哪配做领导！一个好的领导一定是体恤民情，为民分忧的人。在现实中，我们有很多这样的好领导，但是，也有很多高高在上，眼里没有老百姓的官老爷。就像法国的那位学者莫伊西所说的，我们的许多官员要"换位思考"，多想想老百姓的苦衷和诉求才是。

我们现在提倡建立和谐社会，一个和谐社会，一定是一个有情感的社会。人与人，人与自然，官与民，情感是最好的沟通桥梁。

乐行志清篇

礼让是德

近读一则新闻报道令人吃惊，是说北京某地发生火灾，消防车开不进去，社会车辆谁也不想让，争相往前挤，硬硬把消防车堵在那里，眼看着火势蔓延。此则新闻由网民配上国外社会车辆如何自动开道让消防车通过的图片放到网上，引起网民的讨论。

这是发生在首都的事情，北京正在大张旗鼓的宣传完美无瑕的"北京精神"，实在令人感慨！

让我先讲一个前不久我经历的事情。那是在日本东京，一大早我乘出租车到机场赶回程航班，在半路上堵车，从高速路显示屏上打出的信息得知，前面有事故。车越来越多，路越来越堵，车开不动了，我催促司机能不能快些，不然我的航班就误了。司机说，急也没有用，都是去机场的，大家都很急，如果都往前挤，就更堵。我往前看，车排起长龙，每一条道都是排得整整齐齐，成三条线，没有一辆往前挤的，司机打开广播，及时了解信息，看他脸上挂着汗，也很着急。

我心想，完了，这下肯定赶不上航班了。不一会儿，处理事故的警车来了，但见右边一排的所有的车辆都非常自觉地靠中间挪，为警车让出一个空道，警车一路疾驰，畅通无阻。后来看到，出事的车正好发生在地下通道里边，被撞的车横在路上，所以才造成这么拥堵。但由于大家的配合，事故很快得到处理，拥堵的车流很快疏通开来，还好，我也赶上了飞机。这件事让我非常感慨，对日本的行车秩序，司机们的规矩、礼让精神甚表佩服。

如今，看到北京消防车受堵的报道，使我又回想起这件事。其实，日本社会是一个很讲礼让的社会，无论是乘电梯，乘车，吃饭，过马路，人们都是礼让在先，看你着急，别人总是自觉地说"都走"、"都走"（日语"请"的谐音），礼让别人，不光是年轻人，老人也礼让别人，有时遇到这种情况，倒是有点让人觉得怪不好意思。有人也许觉得那是日本人的表面虚伪，就我的观察，其实不是，那是人们长期养成的自觉习惯。

还是说说汽车。我们国家进入汽车社会的步伐很快，快得让人预想不到。就像北京，在很短的时间内，小轿车拥有量就达到500万辆。遗憾的是，与此同时，北京也成了堵城。城市大堵车，自然与道路少，道路设计不合理，以及道路管理跟不上有关，其中也与开车者的素质有关，每年那么多新手上路，往往是"初生牛犊不怕虎"，胆子很大，不太规矩。看看全国的情况，现在我国成了世界第一大汽车消费国，可与此同时，也是因汽车事故导致伤亡人数最多的国家，每年死伤人数远大于一场大的战争，数目之大，令人听了不免有些不寒而栗。

大量的行车事故都是与开快车，抢道有关。现在，行人走在街上，尤其是过马路，真是提心吊胆，车从来不让人，开得飞快。本来是双行道，由于一些开车者不守规，硬往前挤，往往排成一片，越是这样，就越挤成一团，造成道路瘫痪。

行车如同做其他的事情，也是要讲德的，而德的核心是就是礼让。之所以说礼让是德，而礼让又是德的核心，是因为礼让是考虑、体谅和照顾他人，维护公共的利益。

其实，礼让应该是我们每个人生活中一个必不可少的德行。在城市化时代，大量的人口从农村转移到城市。城市不像农村有那么大的空间，其特点是人口大量集聚，大家共享城市有限的空间和服务。城市化实际上是一场革命，因为它重新塑造人们的生活习惯，行为规范和道德标准，每个城里人都要接受革命的洗礼。诚然，每一个人都有自己的利益需要争取，需要捍卫，但是，与此同时也必须遵守公共规则，必须时刻考虑到他人的利益。在城市，由于人多，在很多情况下都要排队办事，这要求每个人自觉的排队，不加塞；同时，也要有礼让的精神，比如，让有急需者先行，为老弱病残者让行，等等。行礼让，是人之常情，也是做人必修之课。孔子曰：礼者，体也。这是说礼的内涵是体谅别人。如果每一个人都能体谅别人，那么，礼让也就成为自然、自觉的行为了。

法规是强人遵守，而礼让则依靠自觉。从这个意义上说，礼让体现了人的素质的一种更高层次。因此，礼让能不能在一个社会畅行，形成普遍的风气，也体现一个社会的文明程度。社会的文明风气是由社会大多数成员的自觉行为塑造的，在好的社会风气里，那些少数逆行者会受孤立，自己也会感到羞愧，最终可能也会受到教育，得到提高。

我们经常讲，中国是一个礼仪之邦，礼被认为是中华文化传统之魂。但现实有时往往与此说法相差甚远。面对这样的反差，一些人就要从中国人的"劣根性"上找原因。对此，我不敢苟同。在我看来，这主要还是社会转型中的问题，即向城市化社会过渡过程中出现的问题。这些问题有些是社会的，比如，城市公共设施、服务不到位，不完善，法规与管理不健全，逼得许多人不得不去抢先，争先；社会的不公平，也会导致一些人的心理异化，以"反行为"加以抗拒；我国独有的城市化"双轨制"，使得一些人不能融入正常的社会生活，而使他们产生愤懑；当然，也有一些人的社会自觉意识素养缺位。

属于社会的问题，政府需要加大力度去解决，为城市居民创造一个舒适的环境，环境好了，人们的心气顺了，社会秩序也就趋好；属于个人的问题，就需要每一个人提高修养，在环境不够满意的情况下也能够表现出理解，宽容，善意。这里，我倒是不提倡人人都要"逆来顺受"，该是社会的问题，需要通过多种方式提出，甚至抗争，也不妨来个"路见不平一声吼"，但是，个人的道德更需要自己自觉培育。应该说，自觉是人特有的一种本能。

其实，利己与利他的问题，向来是一个有争论的话题，也有截然不同的定义和准则。利己主义者强调个人利益至上，"人不为己天诛地灭"，他们认为，利己的行为是受到人性的自然驱使。但是，作为家庭的人，社会的人，现实中，仅仅为己，完全不考虑到别人的利益，那是行不通的。只为己，而不顾其他，到头来，则可能反而毁了自己。

一位研究正义论的学者这样说（见《政治正义论》，作者威廉·古德温），如果利己主义是唯一的行动原则，那么道德就不存在了。善心是道德的精髓，道德之所以存在是因为利他的善行被大多数人作为一种好的选择，扬善止恶，这是人的一种天性选择，自然，作为一种社会公德，善行也需要政治、社会的支持和推动。

礼让，看似小，但却是道德的闪光点。谚语说，星星在白天也是亮着的，只是粗心的眼睛忽略了而已。其实，我们的社会里不乏闪光之点。还是要相信我们的社会，我们的公众。

更重要的是，首先，要点亮你道德的烛光，为社会多添一个闪光点。如果人人都这么做，我们的社会风气和面貌就大不一样了。

何必否认"普世价值"

不知为什么，"普世价值"成了是一个敏感的话题。尽管如此，我还是想谈谈自己的看法。

最近，一位年轻人问我，到底有没有"普世价值"？我的回答是，当然有普世价值！听了我的回答，他说，那为何要批"普世价值"的说法？我的回答就有点不那么简单了，我只好从几个角度谈了我的看法，结果，他不是那么满意。这使我进一步对这个问题进行思考。

"价值"这个词，本来是指一件商品的价格，也就是说值多少钱。把这个词引申开来，说这个东西很有价值，那就是很有用处，同样，说这个东西没有价值，那是说它没有用处。"价值"这个词引申到思想领域，则表明的是一种标准，比如，价值观就是指看问题的一种方法，一种立场。

毫无疑问，"普世价值"里的价值，指的是标准，且主要是指思想标准，所谓普世性，则是指被世人普遍接受和认同的标准。

现实中，人生活在不同的国度，有着不同的生活环境和方式，当然，思维方式也就不同，形成的思想标准也就不同，因此，也就有不同的价值观。既然是这样，那为何又有"普世的价值"呢？

对于人来说，有些方面的认识标准还是有共性的。比如，人对生存的许多基本需求和认知，就带有很鲜明的普世性。从这个意义上来说，这就是作为人的"普世价值"。

我认为，可以把这些普世的价值归为两大类：一类是属于人生的基本权益，主要是指与人的基本生存，生活相关，包括生存权，参与权，分享权等；另一类是属于做人的基本准则，主要是指如何对待自己，对待他人，以及对待社会等。

前一类往往被称作为人权价值。人权也即作为人的基本权利，是最根本的价值。人生来平等，都有生存的权利和被社会保障的权利，也就是说，任何政府和组织都要尽最大可能来满足和保证基本的人权，而这需要有完善的和行之有效的制度与法律。作为个人，要尽力争取做人的权利，要求社会（政府）能切实保证个人的权利，这两个方面实际上是对立的统一体。联合国有关于人权公约，对人权范畴和保护人权做出了明确的规定。世界大多数国家都是签了字的，也就是成为普世的标准。

后一类可以归结为道德价值。道德价值是做人的基本标准，是作为个人不可或缺的，也是应坚守的。作为个人，要为生存而奋斗，但这不应以损害他人的权益为准则，同时，每个人都应对他人给予足够的体谅和尊重。人们是生活在共同的社会空间里，一则大家有着相互依存的利益；二则人与人之间也有着相互碰撞的矛盾，重要的是不使后者替代前者，要坚守利己利人，而不是利己损人。

尽管有着普世的准则，但在现实中，不同的社会，不同的人对这些准则有着不同的理解，不同的社会对准则的实施有着不同的制度和法律。比如，对人权，不同的人就有着不同的人权观，不同的国家就有着不同的人权制度，对民主，不同的人有着不同的定义，不同的国家也有着不同的实施制度。

但是，也应该看到，从认知的角度，有的认知（理论）能更好地诠释，有的则不能，因此，那些能更好诠释的理论就能被更多的人接受和信奉。从制度角度来说，有的能更好地保障权益和推进道德坚守，有的则不能，因此，那些能更好地保障基本价值的制度就为大多数人所接受，为更多的国家所仿效。

当然，这并不是说那些被更多人接受的理论，被更多国家效仿的制度就是可以普遍适用的，就被当做是普世的，尤其是，不能利用强势强迫推行。俗话说，强扭的瓜不甜，强制推行价值观和制度往往留下后患。

在现实中，认知和实施是有差距的，一般来说，认知（理论）超越现实，因此，理论是推动现实进步的力量。同时，往往制度性保障也是人争取的结果，因此，不同的争取努力会体现出不同的结果。鉴于争取与保证之间存在矛盾性，争取往往是对现行制度的破坏，因此，制度有内在的滞后性，甚至是抵触性。显然，不能用现行的制度形式来压制对进步的争取。

无论是理论，还是制度，都是在发展中得以不断完善的，因此，把任何理论和制度形式绝对化都是不可取的。当今时代是一个开放的时代，只要保持开放性，让人们了解外部，人们就会加以比较和鉴别，不同的理论，不同的制度形式在开放空间中会相互吸收和促进。封闭难以持久，拒绝改变难以维持。我们看到，大凡发生动荡、动乱的地方，都是因为实行封闭，都是因为拒绝改变。俗话说，能拖到初一，拖不到十五，是说早晚会要变的，只不过拖到最后会造成更大的代价。

国内倡导批判普世价值者当然也是所有针对的，就是反对把西方的民主理论和制度说成是普世的，从而否定我国有特色的理论和制度。但如果以此来否定存在普世性的价值，我是不赞成的。比如，大家都认为，民主是个好东西，这也就是说，民主是一种普世价值，至于如何实现民主，可能各国的制度设计和实施方式不同，但是，民主的一些基本原则，如公民权利，公民参与，公民监督等必须在制度中得到真正体现。

如此看来，把"普世价值"搞成了一个敏感，不可触动的东西，大可不必。

幸　福　感

　　最近读一篇短文称，据美国《福布斯》杂志调查，世界上，北欧国家的人幸福感最高。该短文引起我的一些再思考。短文分析，北欧人幸福感之所以高，与北欧的社会经济发展模式有关。作者写道："北欧罕见摩天大楼和灯红酒绿，少了很多浮华，这些国家的经济社会模式更有助于社会和谐，人们也相应地感到更安全、更幸福。"

　　我们知道，北欧国家实行的是社会市场经济，注重社会福利，社民党长期执政，执政以人为本，没有大的社会矛盾冲突，因此，到过北欧的人都发现，那里社会很平稳，人们都很平和，尽管社会福利高，但是，人们的生活并不追求奢华。也许那里已经是福利社会，摆脱了为"柴米油盐"发愁的阶段，也摆脱了摆阔显贵的暴富意识，人们对生活的追求看重的是质量，而不是数量。当然，这样的认识还是有些肤浅，因为这里也有人们的道德观念，价值取向，以及政治和社会体制的因素。

　　我过去曾经访问过北欧的所有国家，在那里做过研究，教过课，对北欧国家还是有不少的了解。在北欧国家中，我很喜欢丹麦，这倒不仅仅是因为这个国家有着优美的环境，更因为它能把良好的社会治理和最可能多的公民自由选择滑润地结合起来。丹麦社会治理有序，但不靠强力部门压制；公民自由，但自由有度，不是无法无天，人们生活富足，但尽量保持自然（比如，如今，丹麦人仍然喜欢骑自行车）。就人的素质来说，一方面，公众很苛求，对社会的问题不放过，比如廉政、效率、环境、秩序等，要求很高；另一方面，人们似乎又很宽容，对个人的生活方式、信仰、职业选择上的差别很不在意，只要不妨碍社会，自己的行为举止怪异些，也没有什么。我的一位教授朋友曾领我到一个小书店，看到那里的各色乱七八糟的杂志、出版物，令我感到很吃惊。我问他，政府怎么能允许这样的书店存在？不想，他说，政府为何要管呢，大家自己会自觉管理，不该来的人绝不会来。我说要是在中国，没有限制，不挤破门才怪呢，再说政府也会马上强令关掉。丹麦人对休假看得很重，往往是利用假期周游世界。但是，不要认为他们人均GDP 高会有很多钱，其实，北欧国家实行高税收、高社会福利，个人的现实可支配收入并不多，收入很规范，难以有灰色收入。我的这位朋友每年都要在假期带全家到处旅游，很会精打细算，比来比去，选花费最少的行程。到中国来旅游，他们全家在北京住的是小旅馆，在网上查的，我到旅馆一看，房间很小，价钱很便宜。他们在商店买东西也是很仔细，在虹桥市场也很会讨价还价，不愿多花一毛钱，专捡便宜的买。

其实，北欧人的幸福感也是干出来的。北欧都是小国，过去也很穷。许多人都读过挪威作家写的获得诺贝尔奖的小说《饥饿》，小说里描写的那时的挪威人的生活状况很惨。如今，北欧国家都成为富国。国家虽小，大公司不少，人口不多，创出的名牌产品却很多。像丹麦，几百万人，创出的名牌产品名扬四海，如自行车、助听器、音箱，小产品大市场，在世界市场的占有率很高，像瑞典（雀巢）、挪威（石油开采）、芬兰（诺基亚），都有享誉世界的大公司，这些公司、名牌产品为北欧人赚足了真金白银。国家有了钱（高税收），又有公平的社会分配制度（北欧是世界上人均收入差距最小的），人们的幸福感自然就会高。

我们国家当然没有办法与北欧国家比，人家都是小国，人口就几百万，况且进入了发达国家阶段。我们是大国，人口最多，还处在发展中阶段，处在一个大发展和大转型的时期，发展得很快，但问题也很多，政治的、经济的、社会的、家庭的方方面面的问题都有，大多数人都会遇到这样那样的不满意。

这样说，难道我们就没有幸福感了吗？不是的。我曾经写过一篇短文谈幸福，对幸福做了几个定义，主要是说，幸福是一种现实存在，也就是说，人要能有必要的生活保障，缺吃少穿肯定不会感到幸福；幸福是一种比较，日子有改善，比过去好，就会感到幸福；幸福还是一种感觉，虽不富裕，但想得开，有盼头，有期待，就会感到幸福。

我记得，一位美国人写过一篇文章，他发现，尽管普通中国人收入不高，但他遇到的很多人都感到很乐观，不像他的国家，很多人感到很悲观。为什么？他的调查结论是，中国人对未来有期盼，有信心。由此看来，幸福感并没有一个统一的标准，不同的国情，不同的生活环境，幸福感也会不同。在我们的这样一个国度里，寻求自己的幸福感也很重要，自然不能用北欧人的那种幸福感来衡量。前几天，一位年轻人来我家修煤气灶，他是农民工，来北京打工。干活的时候，他总是嘴里哼着小曲，乐滋滋的。我问他，干吗这么高兴？他说，穷乐呵！有活干，有饭吃，一个月挣 3000 多块钱，家里还有地，有些收入，日子好多了，有了钱，盖几间新房，再娶个媳妇，日子就有盼头了。你看，他的幸福感多么实在。

追求幸福是人之本性。人要有追求，没有追求，就活得没有了希望，其实，追求就是一种幸福感。

人要知足，知足是一种幸福感，俗话说，知足者常乐，不知足就会变得牢骚太盛，事事不满意，也就谈不上有幸福感。

幸福感是一种精神，有了这个精神支柱，看世界就不一样，带着幸福感看世界（社会、他人），就会感到很顺。

幸福感是一种力量，会使人有一种使不完的劲儿，有了这种力量，也就能创造更多的幸福感。

老子曰："知足者富。"这个"富"字深奥得很，要是用在这里，在我看来，那"富"就是"福"吧。

谈 关 系

最近，我受托国外一份杂志，审读一篇稿件，内容是研究中国的"关系"。他的结论是，在中国，关系比法规重要，主要的原因是，关系在中国长期起作用，是维系中国社会的一种价值，而法规在中国历史很短，尚需要时间嵌入社会和个人之中。文章的发现是，在中国，你可以无视、超越法规，但不可无视、超越关系，如果只循法规，你可能做不成事，而如果能疏通关系，就可以畅通无阻。

读起这篇文章来，我心里有些不太舒服，可是，想来事实就是这样，也没有办法说人家写得不对。文章嘛，毕竟是对问题的研究和分析，只要言之有理，论之有据，则就是好文章。我对这篇文章给予了肯定。

什么是关系？说清楚还真不容易。它无处不在，又难理得清楚。关系作为社会构成的纽带，存在于人际之间，简单地说，关系就是人与人之间的联系。鉴于人与人之间的联系有各种各样，因此，关系也就是各式各样的：关系有近，有疏；也有既不近，也不疏者；关系有好，有坏；也有既不好，也不坏者。关系之复杂还在于，各种关系的特性很不尽同，有私人的关系，比如，长辈，夫妻，兄妹，子女，还有朋友，邻里，同学等；有工作的关系，比如，同事，上级，下级，还有因生意、工作等发生的各种联络关系等。

既然关系是人与人之间的联系形式，则处理各种关系就是人们生活、工作中必不可少的，如果关系处理的好，就会"一顺百顺"，而如果关系处理不好，那就可能寸步难行。出于各种原因，有人不会处理各种复杂的关系，实际生活中，这样的人会感到过得很艰难；有的人很会处理各种关系，人们发现，这样的人办起事来很容易，活得很潇洒。

作为人际的联系，关系是有情的。带着情的关系才是活的，有生命的关系，有情，体现在家庭，则是充满爱的，和睦的，幸福的关系，体现在朋友，同事，则是可以相互理解，相互帮助的，融洽的关系，就是萍水相逢的路客，或者不相识的人，如果有了困难，那也是可以毫不犹豫地伸出援助之手。俗话说，情意重于泰山，情是人际关系的灵魂。如果无情，则人际的关系就会变得冷冰冰的，不管是家庭，还是社会，关系都会紧张，变异，比如，子女可以不孝父母，丈夫可以寻花问柳，朋友可以分手，同事可以相互拆台……

当然，作为私情，有一个分寸，或者说是度的把握问题。私情不可越线，不可违法，而在实践中，有时是很难把握的，把握不好，越了线，犯了法，就使好事转变为坏事。我们看到，有些人犯错，就是因为为情所困，为情所害。特别是掌权者，能不徇私情，有时真的很难，可是，一旦失守，则可能会导致失控，权为私用，就会掉入无底深渊，想挽救都难。

鉴于关系如此复杂，一个人要处理好各种关系真的不容易。关系的原则性，有道德、伦理的（尤其是直系关系），也有法理的（尤其是工作关系）。涉及道德、伦理的关系，在处理上，要守德持理；涉及法理的关系，在处理上，则要守纪遵法。良性的（正常的）关系，得道、合礼，助人生；而恶性的（不正常的）关系，违道、失理、坏人生。

这些道理看来大家都明白，问题在于实践。在现实中，应该是正常的关系，往往被弄得曲扭，简单的关系往往被搞得复杂，被附加上各种各样的色彩，各种各样的利益，甚至是各种各样的阴谋。这样，关系作为人与人之间的正常联系就变了形式，变了性质，也变了作用；关系这个词，也变得非常丑陋，变得非常可怕。

最丑陋和可怕的是关系被附加上利益。附加上利益的政治关系就变得很黑暗，比如，为了升官，有些人可以阿谀奉承，弄虚作假，为了自己爬上去，可以把他人置于死地；附加上利益的经济关系就变得很肮脏，比如，为了一己私利，有些人可以坑蒙拐骗，贪污受贿，为了把财富据为己有，可以假公济私，甚至明目张胆地为非作歹。

令人担忧的是，在这个被商品化了的社会，似乎一切关系都被涂上了"金钱色"，由此，关系也变成了商品。"有钱能使鬼推磨"，金钱开道，把关系的德、理、法的戒尺都给折断了。比如，若金钱买通了权力，官员就变得贪腐败坏，若金钱开道，正常的人际关系就变成非常淡薄无情，缺乏信任。

其实，靠关系是人之常情。当今，人们对关系的不满，主要还是因为关系成了主轴，关系代替公权，关系大于法理。比如，本来需要正常渠道办理的事情，却办不成，需要走关系；本来应该依据法理判定的案情，通过关系疏通，就可以曲直颠倒。正如开头那篇文章所写到的，在中国没有关系寸步难行，疏通了关系，则似乎可以畅通无阻。当然，这里的关系，有亲朋好友间相助的正常关系，但更多的则是与权力金钱相联系的非正常关系。走这样的关系，当然是要利字当头，金钱开道的。看看那一批批倒下的官员，那个不与贪腐有关？而牵线搭桥的往往就是各种各样的关系户。当然，人们之所以走关系，也并非因为喜欢，在很多情况下，实属被逼无奈，因为正道走不通，那就只好千方百计走关系。凡事都要靠关系，这是我们这个社会的弊病，失治，则会继续蔓延扩散。

我国领导人宣布，中国已经基本完成法律体系的建设。但是，很清楚，在我国，要真的让法理社会替代关系社会，路还很长，而且，路走起来也会很艰难。但这条路还是必须要走下去，走得通才行。

追求与空虚

　　人都有追求，追求是人生的动力，追求也给人生带来快乐与幸福，一个没有追求的人，往往会感到生活无趣。

　　人有各种追求，有生活上的，学习上的，工作上的，也有生意上的，等等。所谓追求，一般都是为自己设定一个目标，为实现这个目标而去努力，去奋斗。"人往高处走"，追求就是不断改变自己，把自己提升到一个新的高度。如果目标适度，经过努力达到目标，则会感到满意，就有一种幸福感。

　　但追求不能过度，这里所说的过度，是说超过了自己的能力，自己的财力，自己的精力，还有，超出了外部环境和条件的可行性。过度追求往往是因为把目标定得过高，如果目标过高，即便再努力也很难实现，那样就会感到失望，会感到失落，甚至会使精神崩溃。因此，重要的是要把追求的目标设定得合理和适度。

　　因目的达不到而感到失望，往往就会感到精神空虚。精神空虚是很可怕的，要么会使人会感到绝望，要么驱使人去用别的东西来填补，比如，去吸毒，去赌博，等等。

　　最近，我读到一则故事，说的是在美国有一位叫做米歇尔斯的人士在洛杉矶开了一处精神诊疗所，生意火暴，吸引大批名人光顾。诊所一个小时的心理治疗收费是 360 美元，应该说价格不菲，但是，要去治疗的人仍然很多，常常要预约，排队才可以被安排上。洛杉矶是好莱坞所在地，去的最多的是那些导演、编剧、演员，在演员中，还有得奥斯卡奖的大影星，此外，还有不少银行家、企业家，等等。

　　不要认为米歇尔斯是一位著名的神经科，或者心理学科医生，他只是一位学过法律，当过自由吉他手的人。

　　为何这样一位门外汉开的小诊所，会有这么大的吸引力？据介绍，是这位自由吉他手"用非传统的心理治疗办法"，能够让那些心里感到空虚的人走出阴影，回到现实中来。他发现，来治疗的人，其中包括那些已经取得成功的名人，大都被一种"在激烈的竞争中感到失意"的阴影所笼罩。他们要么感到没有受到尊重，要么感到怀大才而得小用，还有的感到自己太笨，总是不能像别人那样成功，等等。米歇尔斯所做的 就是设法让他们了解自己，把阴影与现实联系起来，"把他们从无意识的层面引导到现实中来"。

这使我联想到前不久北京的一位朋友告诉我的一个故事，说的是她在北京开了一个精神沙龙，用的方法是她自己编的一套可以让人彻底放松的禅坐，来者只要静下心来，坐上半个小时，排除杂念，细细体会就行。开始她只是邀认识的朋友聚一聚，结果，朋友邀朋友，来的人越来越多，有的人甚至是远道慕名而来。来者大多是从事证券投资的经理，"腰缠万贯"的企业家，他们都感到精神上几乎崩溃，感到致富后的心理空虚，希望能得到精神上的转换与充实。

我们经常看到媒体报道，一些影星、歌星、球星，因吸毒被抓，有的被放出以后，又"二进宫"，恶习不改。在平常人看来，这有些令人难以理解。这些人很有钱，可是为什么精神那么空虚呢？据知情人讲，都是因过度追求，目标不达，使自己精神陷入空虚而致。比如，影星因没有按自己的意愿得到导演的赏识排上主角，而感到失意；歌星因没让上主场，感到被冷落产生绝望；官员因为没有如愿升迁，而心灰意冷，情绪低落，甚至堕落，等等。比如，刚刚看到一则消息，中煤集团副老总张宝山被双规，据说是因为没有当上正老总，而深感失意，精神空虚，竟拿千万资金到澳门豪赌。

现实生活中，我们也看到，倒是那些普通人往往活得很充实。也许是因为他们的期望值不太高，没有过分的目标期待，因此，也就没有过分的不平衡感，因此，他们心里不感空虚，比较踏实，于是，生活稍有改善，水准稍有提高，也就感到比较满足。

中国传统文化教人"小富则安"，这里的"小"字，是没有一个量化标准的，讲的是一种感觉，况且，重点是个"安"字，安就是满足，也是一种感觉，而安的感觉是踏实，踏实则不空虚。

老子言"夫唯不争，故无尤"，这倒不是说，人不要有追求，不去奋争，要人人都平平庸庸，胸无大志，就我的理解，是说人心地要平和，不要去为名利争斗。

追求与空虚本来是两个不相连的词，但现实中，有时却是连在了一起。

究其原因，也许很难说得清楚。不过，从米歇尔斯的诊疗所生意兴隆，从我的那位朋友的精神沙龙红火的事例中，可以明白一个道理：过度的私欲追求导致心理空虚，而心理空虚则产生身心的失衡，因此，要用正心来治才行。

感人的报恩

据《人民日报》2010 年 1 月 16 日副刊报道，广西有一位 80 多岁的老人，几十年来一直保护野生动物，尤其是对他村里的白鹭，"爱之深切，呵护有加"，被当地人称为"白鹭的守护神"。

一则故事非常感人。一天，他看到两只白鹭从树上掉下来，发现它们因为大风刮断树枝砸伤了腿和翅膀。他把白鹭抱到家里，精心治疗，白鹭的腿和翅膀治好了，他决定还它们自由，在自己的院子里把它们放飞。感人的一幕出现了：两只白鹭久久盘旋在上空，不愿意离去，最后又飞回来，他试了几次，白鹭又都飞回来。后来，他没有办法，只好把它们带到离家很远的树林里放飞，白鹭还是不愿意走，久久盘旋在上空，只等到别的白鹭群飞来，才随鹭群飞去。

更感人的是第二年春天，两只白鹭竟然引来 2000 多只白鹭，每一只白鹭嘴里叼着一只小鱼，一个个飞到他家的院子里，把鱼放在院子里的水缸里，结果，放在缸里的小鱼足足有好几斤。他不曾想到鸟也这么有情，以这种方式报恩。

几十年来，老人坚持呵护白鹭，为受伤的白鹭治疗，被他治好的受伤白鹭有上千只。如今，数万只白鹭栖息在他村子的树林里，成为一大奇观。

这是一则感人的真实的故事，我读这篇报道的时候两眼不由得流泪。我对老人对白鹭几十年如一日的爱心所钦佩，更为白鹭知恩图报的不可思议的举动所感动。人与鸟之间这样的真情互动，真是难得。

万物皆有情。情这个字，说不清道不明。情是付出，情是给予，情是理解，情是感觉，情是倾注，情是报答……人有情，物也有情，情是可以超越属性的，人与动物之间，人与植物之间，皆有情缘。没有了情，我们的世界就等于没有了生命，有了情，才可以有爱心，有了爱心，才可以做好事、善事，而无情则会做坏事、恶事，有了情，我们这个世界才可以变得和谐共存。

事实上，恩和情是相连的，"恩情"这个词就是把恩看作是情的体现。报恩，从形式上是受恩者对施恩者的报答，实际上是一种对情的体验。如果没有这种体验，那就是无情了，这样的例子也是有的。因此，施恩与报答的互动构成人与人，人与物，物与物之间的共存空间。从这个意义上说，报恩是自然的反应，你对别人做了好事，别人就会报答你，你爱护动物、爱护植物，爱护自然，动物、植物、自然也会给你回报，这也就是为什么说"善有善报，恶有恶报"。

"人之初性本善"，爱心是人的一种本能体现，其实，回报也是如此，你有爱心，做好事，并不是为了要回报。比如，你帮了别人，对方也可能只是说一声"谢谢"，甚至只是"报之一笑"，你还求什么呢？人都有需要帮助的时候，今天你帮了别人，不定什么时候，你就会在无意中得到了别人的帮助。

当然，环顾现实的世界，"忘恩负义"，甚至"恩将仇报"的例子也是有的。有时候看到一些报道心里很不好受。比如，前不久，某市的一条大街上，一位老人躺在马路上，许多人围观，不敢去施救。究其原因是怕被栽赃，怕担当责任。因为此前曾经发生过一个广为报道的故事，一位好心人把一个摔伤昏迷的病人送到医院，结果家属硬要这个人承担事故责任。如果这样的事情多了，那会使我们的社会变得冷漠，这是很令人伤感的。现实的世界是复杂的，我们要深究一下导致产生这样冷漠的原因，而不应该得出消极的断论，进而丢弃做人的本分。

人与自然是一个共同体，天人合一，共生共存。人与自然之间的"恩施"与"报答"是一种超然的互为，人与自然的共生是一种无声的默契与理解。人靠自然生存，自然靠人维护。爱护自然，自然就会给你一个好的生存环境，如果你破坏它，它就会使你的生存环境恶化，这是大自然无声的回报。

长期以来，我们人类以改造自然为出发点来提升我们的生活水平，事实上，许多改造都变成了破坏，其结果，大自然被破坏得失去了平衡，不仅导致了自然灾害频发，而且烈度越发严重。如今，气候变化已经成为威胁我们人类生存的巨大威胁，各种事实证明，人类超度的发展，过量的二氧化碳排放，过度的森林砍伐等，是导致气候发生极端变化的重要原因。

还是回到本篇的故事，这是人与动物之间的感人互动，互动产生了共生的和谐。开始，广西的那位老人只是出于一种本能的朴素爱心，把两只受伤的白鹭抱回家，被治好的白鹭是那样的对人有感情，久久不愿意离去，这进一步感动了老人，这使得老人越来越爱护白鹭，老人的举动也感动了全村的人，大家爱心都被调动起来，没有人再伤害白鹭，而白鹭也越来越多地飞到村里的树林里安家……

　　尽管我没有亲眼看见，但也可以想象出那人与白鹭和谐共生的情景，生活在那里，有谁不感到出自内心的惬意呢。

乔布斯留下了什么

看媒体报道，乔布斯去了，只有 56 岁！他死得太早，太可惜了。据他的家人说，他走得很平静，然而，对世界来说，他的死却引起巨大的震动，噩耗作为新闻头条，迅速传遍世界，从普通公民，到企业家，艺术家、政治家，有那么多的人自发地为他哀悼，各自从不同的角度，用不同的赞美之词追忆他……

披露出来的信息表明，临终前的几天，他已经预感到会不久人世，但他仍然那样从容不迫地安排与公司要人见面，谈他的 iPhone5，与老朋友共叙友情，与家人在一起享受生活……

他之所以能做到在死亡面前表现得那样平静，那样"临危不惧"，那是因为他早把人的生和死看透。据说，乔布斯曾去印度修禅，笃信佛学。他2005 年 6 月 12 日在斯坦福大学学生毕业典礼上的著名讲演里说得非常明白，"没有人愿意死……但是，死亡是我们每个人的共同的终点……死亡是生命中最好的一个发明，它将旧的东西清除掉，以便给新的让路"。

他看透了人生，然而，他并不因此消极避世，而总是积极创造人生。乔布斯生下来就被人领养，家境不顺，生活清贫，这也许造就了他发愤图强的个性，正如他说的，"必须要相信你的勇气、目的、生命、因缘"，"永不要感到失望"，"要让生命与众不同"，尽管"生活会拿起一块砖头向你的脑袋上猛拍一下，但不要失去信心"。他创建了苹果公司，公司却曾炒了他的鱿鱼，对此，尽管他说这服药实在太苦了，但却把它看作是"这辈子发生的最棒的事情"，因为，这让他获得了自己独创的自由空间，进入了"生命中最有创造性的一个阶段"。

乔布斯说，活着就是为了改变世界。他的确改变了世界，用他积极向上的叛逆精神，用他非凡的想象力，用他坚韧不拔的毅力，推动公司创造出了一个个新的产品，把世界引领到一个个崭新的境界：比如，以崭新的思维方式，推出与众不同的苹果电脑系统；把 MP3 融入随身听，为大众提供了普及音乐的 iPod；集上网与书写于一身，推出便携式平板电脑 iPad；还有集手机与电脑为一体，推出令人耳目一新的 iPhone……他走了，但他留给世界的发明创造，会继续造福于世人，他的创新精神仍会激励着后人奋进。

有人评论说，乔布斯不仅是一个成功的创新者，企业家，也是一个影响巨大的思想家，这个说法并不为过。他的成功来自他对事业的执著，来自他富有哲理，且永不停息的创新探究。人们还记得，就在他已经病入膏肓的时候，还站在舞台上推介新产品的形象：一身便装，手拿新产品，背靠大屏幕，随意地来回走动，兴致勃勃，哪里像是个身价 60 多亿美元的大老板，倒像个推销员，用最形象生动的语言，让人们对他的创新产品深信不疑；又像个演说家，用极富想象力的哲理，向人们描述着那充满憧憬的未来世界，让人们对生活充满希望……没有一个人像他那样，有那么强的感召力，能让消费者深夜排队，等待新产品的上市！

他的思想并不是写在鸿篇巨制里，而是体现在他对人生，对世界的深刻认知，以及把深刻的哲理融入大众产品上。他在斯坦福大学的那篇讲演，简直就是一篇人生箴言，让人读起来回味无穷，他引领的创新产品潮流，用美国总统奥巴马的话说，"极大地改变了人们看待世界的方式"。

说老实话，我并不是苹果系列产品的粉丝，但是，我很佩服乔布斯的叛逆创新精神，他为世界带来了那么多的新玩意儿，没有他，也许世界没有这样丰富多彩。诚然，苹果公司的产品也不是他一人发明的，但是，没有他的创新思想推动，就没有那么多的新产品问世，也不可能把世界那么多的消费者带入一个个新的生活潮流。

我很佩服他对人生的态度，把生看得那么重要，把死看得那么平淡。他说过，成为墓地里最富有的人并不是我想要的……晚上入睡前能说，我做得很棒，才是重要的。

乔布斯与癌症抗争了 7 年，正如他所说的，他整天与诊断书一起生活。上帝真的有点儿不公平，让这样的好人受这样的大罪。好在，他赢得了最宝贵的东西：世人的赞誉。

做平民的布莱尔

　　最近，我在北京与丹尼斯·布莱尔先生一起开会，由于是很小规模的座谈会，于是有较多的时间交谈，休息时也可以聊些别的。

　　得知他刚刚完成长距离徒步行走，我对此很感兴趣，于是闲聊时，我问了他很多有关徒步行走的故事，听后颇有感慨。

　　说起布莱尔，他可是一个赫赫有名的人物，曾任美国太平洋舰队司令，四星上将，退役后又担任美国国家情报总监，2010 年 5 月刚刚从岗位上离职。我对他一个人徒步行走数百里，有些不相信，也有些颇为不解。于是，我请他专门谈谈有关徒步行走的事情。他很高兴回答我的问题。

　　我说，你是一个高官，徒步行走就一个人吗？他说，以前我是高官，离职了，就是平民了，当然就我自己。据他介绍，他一个人从宾夕法尼亚走到纽约，行程 300 多英里（500 多公里），他一直走，花了足足 3 个星期的时间。

　　我问，一个人行走是不是住旅馆？他说，徒步行走要自己背上行囊，带够一个星期的食品，路上自己烧饭，晚上就住在随身背的小帐篷里。

　　他说，徒步行走在美国很流行。美国人喜欢徒步行走，各地都有专门的徒步行走小路，沿着这些小路穿越河流山川森林，一直走就行。

　　我问他，一个人行走有没有安全问题。他说，没有，路上很安全。尽管是一个人行走，但路上时而也会碰上一些不相识的行走着，打个招呼，各自走自己的路。他说，没有人认出他是谁，在路上，别人打打招呼，看我也就是一个普通的老头儿（他 1947 年生，还小我两岁）。

　　我问他，路上最困难的事是什么？他说，就是很累。一天走 20 多公里，到了晚上，感到很累，还要自己烧饭吃。但自己一直坚持下来，没有想到要中途停下。

　　我问他，为什么要走这么长？他说，自己一直任公职，成天很忙，现在没有了职务，成了平民，不知哪一天又会接受什么工作，利用这个时间，体会一下不同的人生，体验一下自我和自由。

我问他，路上在想什么？他说，想了很多，特别想了很多人生的意义。他说，自己也利用休息的时间，与普通人交谈，到小镇看看当地人的生活，觉得很有意思，看到人们不同的生活方式，听到不同的人的想法，这与在部队的纪律生活很不一样。他说，他与很多人交谈，有的人认出他，也并不感到奇怪，也没有对他别样对待，更没有媒体来采访。

他说，徒步行走是对人意志的锻炼，你走得很累的时候还要坚持下去，体会了人生的意义。一个人走在森林、山野，当时没有别的想法，就是一直往前走，这是意志，也是情趣。

他告诉我，每天晚上要用手机向妻子通报行程，因此，并不感到孤单。停下来，还写下观感，记下重要的事情。每到周末，妻子开车把下一周的食品送来，小聚一下她就离开，不干扰我的行走。

布莱尔先生不像个大官，很普通，很随便，谈话很随意，不像个严肃的军人，尽管彬彬有礼，但也是没有任何装腔作势，谈起徒步行走这么长的路，也好像是很平常。从他的言谈举止，就好像这是一个普通美国人干得最平常的事。

我对布莱尔卸任后自己徒步旅行数百里，颇有感慨。

感慨之一是：他自认离职了，就是平民，并且以平民自足。他徒步行走是自己的选择，是自己的事，他感到很自由，也很快乐，这一点很不简单。

感慨之二是：社会把他作为平民对待，他走在路上，没有警卫，没有任何特殊待遇，就是民众认出他，也是视为平常，也没有媒体追踪报道。

这也不由得使我想到我们自己。对比一下我们的官员，可就大不一样了：退休了，却待遇不变，到了一定的级别，专车还整天伺候着，出差还带着秘书，开会也要坐主席台上。我们常说，共产党的干部要能官能民，可实际上，却只能官不能民，我们何时才能改一改呢？像美国的布莱尔，退下来，就是平民，自己这样对待自己，别人也这样对待他，而他对此心安理得。

记住瓦希德

瓦希德是印度尼西亚的前总统，销声匿迹了很长时间，突然传来消息，他去世了，印度尼西亚为他举行了隆重的葬礼。

许多人都说，瓦希德当了总统，但不像个总统。他双目几乎失明，走没有走样，站没有站样，坐没有坐样，这也许是因为他的身体原因，但更多是因他的随随便便的风格，他可以穿着拖鞋接见贵宾，可以穿着短裤站在那里与群众对话……

但是，可别小看了这位特别的总统。他是一个绝顶聪明的人，据说他可以倒背古兰经，随便说一段古兰经，他就可以马上指出是在哪一页、哪一段，他有超人的辩论才能，可以引经据典，让你无法反驳。他是印度尼西亚伊斯兰宗教最高理事会主席、伊斯兰联合会总主席，这使他在这个穆斯林占主要人口的国家拥有很大的影响力。他之所以能在印度尼西亚政治处于混乱时期当上总统，就是因为他有这样的超政治影响力。瓦希德是宗教领袖，但他反对政治独裁，支持民主，主张宗教宽容，强调法律的权威，很有特点。

尽管瓦希德不像个总统，不按传统政治家那样的传统方式治理，但是，他对印度尼西亚政局从混乱走向稳定作出了不可磨灭的贡献。在我看来，他的最大政治贡献就是治理长期形成的印尼社会族群分裂，消除对华人族群的政治歧视，使华人取得合法和平等的政治地位。在苏哈托时期，华语、华人教育、华人文化等被定为非法，瓦希德上任后，取消了对华人的歧视法律条款，允许华人开办华语教育，举办华人活动，他并且不顾自己的安危，亲自参加政局变动后华人首次举办的春节庆祝活动。

瓦希德以非传统的方式出牌、治理，注定他只是一个过渡性的政治人物。结果，印尼在局势基本稳定后，他就被"正规的"的政治家赶下了台，他是民选总统，结果，执政只有不到两年。他不情愿下台，他还想做更多的事情，他坚持不离开总统府，站在阳台上与群众对话，甚至威胁宣布实施国家紧急状态。但是，政治是无情的，他被硬硬地从总统宝座上拖下来，被议会罢免。他不得不走了，带着遗憾、带着愤懑，也带着无奈。

我见过瓦希德总统，这也是我写这篇短文的原因。那是在他遭受压力最困难的时候。在总统府的会见厅里，他穿着随便，谈话不拘一格，诙谐幽默。我记得很清楚的是，他说他很崇拜毛泽东，认为毛泽东是一个有意志、有谋略、有才华的人。他说他向往延安，希望去访问，看看共产党是如何在困难的时期坚持下来和不断发展壮大的。同时，他还一再强调亚洲合作，呼吁各国应放弃分歧，加强合作，提升亚洲的分量。他是一个乐观的人，他坚信他的几乎失明的双眼是可以复明的，他甚至开玩笑说，别人都说我看不见，他们错了，我用心看人，看得比别人清楚。面对困难的局面，会见中，他仍然谈笑风生，颇有大将风度。他的那种乐观、纯真的笑声，久久留在我的脑际。

他下台后，人们似乎不再提到他，媒体上也少有报道。他回到家乡，继续他的宗教活动，继续他的和谐族群的工作，公开反对极端势力。要知道，在印尼，极端穆斯林势力还是有一定影响的，他们搞了不少的活动，有些属于暴力恐怖活动，在这样的环境里，瓦希德能这样做，是很了不起的。

一个人在没有权势的时候还会被人们记起，还会被怀念，这不容易，至少说明他做过好事，有益于国家，有益于人民。印尼以隆重的国礼安葬他，我看到，当时积极推动罢免他的人也参加了葬礼，对他表示尊敬，这难能可贵。

瓦希德走了，按照穆斯林的说法，他升到了天国。他去了，也许，他对当年被赶下台时的遗憾已经忘却了，只带着他那纯真的笑，仙游在另一个理想的境界里。

好人哈迪

今天惊闻哈迪去世，深感悲痛。前几天刚刚听说他病倒了，大家都期望他能够很快康复，不想他这么快就走了！

他与我同岁，生月也差不多，想到不久前还见面，如今他却突然故去了，想到这，我不禁潸然泪下。我为他感到惋惜，为他感到悲痛！

哈迪（HadiSoesastro）是印度尼西亚人，华人后裔，著名经济学家，是我几十年的老朋友。由于他研究的领域与我相似，因此，我们经常在各种国际会议上见面。

就在一个月前，他还来北京参加关于中国—印尼建交 60 周年的会议。我看他脸色苍白，劝他注意身体。他告诉我，刚刚做了心脏搭桥手术，手术很成功，刚从医院出来，会议组织者要他来参会，他认为中国—印尼关系非常重要，于是就来了。在会上，他做了很有见地的发言，不想这竟是我们最后的见面。

哈迪太忙了，国际、国内到处都有他的身影、有他的声音。他身兼多职，在学术界名声不小。他参与创办了印度尼西亚雅加达国际与战略研究中心，并长期担任该中心的执行主任。这个国际与战略研究中心不隶属政府，是民间研究机构，资金来源不是由政府提供，是向社会筹资。该中心开启了东南亚非政府研究机构的先河。在哈迪的领导下，该中心得到很好的发展，在国际上确立了很高的地位和影响力。

鉴于他的成就和贡献，他先后被聘担任很多职务，除了一些大学的兼职教授，与地区合作有关的，还有比如，亚太经合组织（APEC）名人小组成员，东亚展望小组（EADN）成员，东亚自贸区（EAFTA）研究小组成员，东盟宪章专家组成员，东亚与东盟研究院（ERIA）学术委员会主席……他担任的职务很难数得清楚，大凡重要的地区合作机制，都会有他的参与，许多重要的会议都有他的声音。

哈迪是个善于思考，很有想法的学者。他的文章、他的会议发言，都很有见地，很有思想，应该说，他是亚太、东亚区域合作的思想引领者之一。同时，近年来，他还担任印尼总统的经济顾问，对印尼经济的调整改革出谋划策，随同领导人出访，参加重要国际会议。他发表的文章很多，主编的书也多，他的观点引用率很高，要是研究、写作有关地区合作的文章，不引他的观点就好像就不够全面，应该说，东盟合作取得的成就，东亚合作取得的进展，他功不可没。

哈迪是一个好人。在朋友圈子里，论为人，有口皆碑。他总是面带笑容，说话和气，从不以势压人、出口伤人，总是据理论理，以理服人。给我的印象，就是他不同意的别人的观点，也是面带笑容，慢慢地说理。他没有架子，请他参加会议，他都会设法尽量参加。比如，去年他病了，心脏不好，刚刚好转，就参与各种活动。也许就是这样多的承诺，把他拖垮了。这次，他得的是脑溢血，估计，还是与太忙、太累有关。

哈迪是一个热爱生活的人，有同情心、怜悯心的人。据说，他家养了很多狗，有几十条，大都是收养的流浪狗。由于数目太多，他不得不专门雇人照看，每天都要为狗准备很多饭食。说起他家的几十条狗，哈迪都能叫上名字。我问过他，养这么多狗不嫌烦吗？他动情地告诉我，它们是生命，有灵性的生命，我们有责任呵护它们，它们都是家庭成员。每当说到他家的狗，他都很动情。

哈迪走了，走得太快了，走得太早了。消息很快在学术圈，在朋友间跨国传递，在很短的时间，我就收到很多电子邮件，大家都感到太突然，太不可思议！

哈迪是个有贡献的人，人们不会忘记他，他的思想、理论还会被人们经常引用。

哈迪是好人，人们会经常提及他，尤其是老朋友，会很怀念他。作为同龄人，我为哈迪惋惜，我为哈迪哭泣……

哈迪曾经给我说，他信上帝。我想，作为有贡献的人，好人，哈迪在上帝那里是会受到好的待遇的。

生命的力量

　　英国哲学家培根写过《论人生》，提出了许多有关人生的至理名言。他曾说过，灰心生失望，失望生动摇，动摇生失败，是说人靠信心生活着。

　　近读一篇关于中国飞虎队员王延周的报道，足可以说明这个道理。其人曾有过光彩夺目的人生闪光点，然而，他人生中却又受尽屈辱与折磨，在曲折的人生中，他能坚强地活下去，对人生不灰心，不失望，不动摇。他年轻时参军，1943年被选送飞虎队，到美国接受培训，回来后参加抗日，曾击落日军飞机5架，1946年由于天气原因，飞机不得不降落在解放军阵地，随即成为解放军飞行员，参加过新中国开国大典飞行编队，后参加抗美援朝战争，曾击落美机2架，战后入解放军航校当教官。

　　就是这样一位功臣，1957年因诬告挨整下狱，被迫与妻子离婚，与孩子分离，失去公职，变得一无所有，出狱后只好回山东老家务农，老家的房屋已倒塌，老乡帮他搭了一个棚子住下。他没有对自己的人生失望，很快成了种田能手。"文化大革命"中，他又被作为现行反革命挨批斗，只是1983年一次偶然的机会，当地县统战部长看到他穿一条空军拉链裤，倍感奇怪，问其缘由，才了解到他的光荣历史和不幸人生，部长力挺他上诉平反，经过努力，1984年他得到彻底平反，享受了离休待遇。到了2005年，他终于有了"出头之日"。这一年，他50多年前申请加入中国共产党的夙愿得以实现，应邀到人民大会堂参加纪念反法西斯战争60周年大会，受到领导人的接见，还拿到了国家发给抗战老兵的一次性补贴3000元人民币。

　　他是大功臣，受到这样的不公待遇，有人曾劝他，应该要求公开恢复名誉，对此他看得很淡，曾说，什么名誉地位，于我是浮云！他在老家时，人们就只知道他是一个回乡务农的老兵，没有人知道他的功劳。有人问他，自己是功臣，为何不在受委屈的时候把自己功劳说出来，让大家知道？他说，说它干啥，人家还可能说我吹牛呢，自己知道就行了，我也不靠那个活着。

他从垃圾堆里捡来英文读物阅读，他还惦记着在台湾的战友，希望与他们讨论国家统一的问题……王延周活到 92 岁高龄才辞世，足显生命力的顽强。我不知道他更多的生活细节，但从有限的报道看，他能有信心的活着，就是靠生命的力量，不管在什么情况下都寻求生的道路，生的自在意义。

其实，这样的人生事例很多。比如前几天，我在住宅小区里碰到一位行走不便的女士，说起来，她也够顽强的。据她介绍，她的人生很不顺，年轻的时候得了心脏病，做过心脏手术，壮年的时候得了乳腺癌，做了乳房切除，中年的时候脑溢血，落了个半身不遂，行走不便。尽管这样不顺，她仍然对生活很乐观，说起话来谈笑风生，幽默风趣。她经常开一部小电动车出来兜风，与人交谈，她还把门前一块闲地整成供大家休息，喝茶聊天的"小乐园"，她还收养了小区的 4 条流浪狗，花不少钱为小狗们买食品，狗狗们也与她建立了深厚的感情，帮她照看停在外边的电动车……说起那帮流浪狗，她津津乐道，好像有讲不完的故事，什么两个大院的流浪狗群如何派代表开会分配领地，狗群如何分工检查维护地盘的纪律，还有大黄狗如何到外边寻找食物喂养一只生病的流浪猫，等等。在外人看来，她人生着实够倒霉的，可在她看来，这是她必须接受的现实。我没有问她，是什么能让她这样活得有味道，不过，我可以猜想，一定有着支撑她顽强与乐观人生的内在力量，这也许就是人生命力量本身。

老实说，人能做到人生中不灰心，不失望，不动摇并不容易，因为人生中充满太多的曲折，太多的不可预测。有些人的人生可能很顺，但对大多数人来说，总会遇到各种各样的波折，有人也可能一时很顺，但并不能保证从不遭遇逆境。俗话说，人人都有一本难念的经，重要的是，在人生不顺的时候能够像王延周那样坚持人生不动摇，像那位女士那样活得乐观自在。

很多人往往过不了不顺这个关，在遭遇不顺、受到打击、遇到困难的时候会信心动摇，而一旦信心动摇，就像培根说的，会产生人生的失败。现实中，人生失败的例子也很多，比如，本是名牌大学的高材生，当遇到一点儿波折时就想到轻生，甚至跳楼自杀；原是甜蜜的小两口，就是因为吵了一次架，一方就想不开，要寻短见；还有的是因为诸多不顺，比如，职称一时没有遂愿评上，就变得情绪低落，一蹶不振；因为没有得到重用提拔，而产生怨恨，甚至做出出格儿举动……

其实，人生这本经念好不易，可也不是不能念好。从古到今，人们都在探求念好人生经的方法。前面讲培根专门写了《人生论》，北京大学已故教授张中行写过一本书，书名叫《顺生论》，讲的是他对人生的体验和认识，要旨就是"顺生"，也就是人要努力寻求人生乐道。

我国古代先哲这样的论述也很多。比如，就我的理解，老子讲人生，突出强调"道法自然"，"无为"，即人要遵循自然规律，顺势而为；孔子讲人生，特别看重"发愤忘食，乐而忘忧"，"以直报怨，以德报德"，即人要乐观，奋进，要宽容大度；庄子讲人生，认为"人之生，气之聚也"，"知天乐者，无天怨，无人非，无物累，无鬼责"，要能"举世誉之而不加劝，举世非之而不加沮"，也就是说人要有信心，要保持乐观，看淡名誉，是非。

在当今这个速变，且复杂的社会，把握人生的真谛至关重要，这就是：顽强，要能品尝人生的酸甜苦辣；乐观，要能寻觅人生的快乐，这也许就是那些人生成功者的秘籍吧。

当然，这里，我只是从人生本身的角度来思议的，并没有涉及人所依存的社会环境。毫无疑问，社会（通过政权、制度、法律）应该为人的生存和生活提供最基本的保证和尽可能好的环境，这既是人本应获得的基本权利，也是社会的责任和必须要做到的。王延周受到那样的折磨，显然是社会的问题，至于他本人不究，那是他自己的人生处世方略，这并不能掩盖社会本身的问题，这件事是足可以令当政者深刻反省和引以为戒的。

我的启蒙老师

今天是教师节，我想起了我的启蒙老师。启蒙老师在一个人的人生道路上占有很重要的地位，由于是启蒙，他的一言一行对学生都具有很大的影响。我永远忘不了我的启蒙老师，因为是他那威严让我专心听讲，老老实实的当学生，是他那富有幽默哲理的故事把我带进趣味无穷的知识海洋，是他那整整齐齐的板书使我下决心练好字体，把作业做得整整齐齐，来不得半点儿含糊……

这么多年过去了，他早已作古，我已经记不起他的名字，只记得他姓金，由于他镶有两颗闪闪发亮的大金牙，村里人背地里都叫他"大金牙"。当然，作为学生，我从来都是恭恭敬敬地叫他金老师，背地里也没有叫过他的外号。在我的记忆里，最突出的是他那高大的形象（他是个大高个，那时觉得他是那么高），洪亮的声音，尤其是他那一笔一画工工整整的板书，从来都是严肃的表情。

在我上小学的时候，他是我们村学校的校长，也是我们学校开班时唯一的老师。他什么课都教，语文、算术，音乐、体育都是他一个人。我们学校开始只有一个班，班上只有十几个学生。由于是新中国成立后村里才开始办学，因此，学生们的年龄相差很大，我是全班年龄最小的，个子也是最矮的，学生排队，我总是在最后一名。

他对学生可严厉了，比如，谁要是迟到了，就让在教室门口罚站。学生们都很怕罚站，倒不是因为站着累，而是因为难堪，孩子们都爱面子，站在门口，不让进教室，滋味不好受。罚站也不是一堂课都在那里站着，一般是站一会儿，老师来问下次还迟到不迟到，迟到者要当着全班学生的面检讨，并大声保证说：一定不迟到了。今天看来，罚站也许不是个好办法，可当时还真管用，也没有觉得有什么不好，"师道尊严"，老师叫干什么就干什么，由于管得严，我们班上很少有学生迟到。金老师对学生要求严格，但从不骂学生，更不打学生，学生怕的是他那威严。

他是回民，生活很清苦，村里的学校小，没有食堂，他的家属也不在，就他一个人住在学校，也没有人为他专门做饭，经常看他自己做饭吃，吃得很简单。有时候，他也到村民家里吃"派饭"（就是安排到村民家里吃饭）。后来，又来了一个老师，他只教语文课了，不过，作为校长，就是不上课的时候他也经常在教室里来回转悠，检查上课纪律。

学生们都爱听金老师讲语文课，课堂上除了学写字，念课文，他还会编故事，把字、句编成故事讲给学生听。他一向很严肃，经常板着面孔，要是有的学生不注意听讲，交头接耳说话，他就会停下来，用他那双大眼睛使劲地瞪你，这时候，教室里会很静，老师的眼睛一瞪，谁还敢再说话（后来，我当老师的时候也学他这一招，还真有效）。

金老师对我很好，我上课从来都是认真听讲，没有挨过老师的批评。我做作业总是很认真，学习老师的板书，字体工整，经常被老师拿来作为样板，让那些作业做得不好的学生观摩。记得有一次，我病了，一连几天没有来上课，金老师到我的家来看望，我的父母感动得不得了。等我病好了，老师还利用放学后的时间给我补课。

金老师爱喝酒，也许是一个人寂寞的缘故，据说，晚上几乎每天都喝很多酒。有时喝醉了，他就放声大哭。那时，我小，不知道老师为什么喝那么多酒。后来，听人说，他在新中国成立前就是老师，家在城市里，出身不好（据说父亲是个文人，在旧政府当过官），新中国成立后，由于家庭出身不好，复杂的社会关系，在政治运动中挨了整，被发配到我们这个偏僻、边远的村子里来。由于他是城里来的大知识分子，又不太爱言语，说话那么严肃，村里人敢来与他聊天的人也没有。可以想象，到了晚上，就他一个人，没有电灯，没有可去的地方，他除了喝酒还能有什么消遣呢？

尽管心里苦闷，但是，他对办学一点儿都不含糊。开始，学校设在村里的一座大庙里，设备简陋，他说服村长动员村民把自己家里的桌子、凳子拿来。后来，他又说服村长向村民集资，盖了几间新的教室，使村里能上学的孩子都入了学。

金老师也有笑的时候。我清楚地记得，每到放学，金老师总是站在学校门口，看着一批批"解放了"的孩子们，排着队，唱着歌，有序地离去。每当这时候，金老师就不再板着面孔，脸上总是挂着笑容，露出那两颗大金牙，闪闪发光，显得特别耀眼。

金老师在我们村的学校里待了很多年，送走了一批又一批的学生，在那里默默无闻的工作，直到他的身体很不好了，上级批准他退休才离开，回到城里与家人团聚。我完小（5 年级）就离开村里，到别的地方上学去了。后来，我曾回去看过他两次，他似乎变得更有些寡言，只是听了我的学习汇报，满意地点点头。

据说，金老师离开村子的时候很惨，身体很不好，病魔缠身，是被牛车拉走的。

几十年了，也许很多人都忘了他，可是我一直记着他。金老师默默无闻，在受到不公惩处的情况下还那么认真、负责地办学、教书，他心里的苦闷无处述说，只有"借酒消愁"。最后，他病倒了，也许是因为太操劳了，也许是因为太苦闷了。

他退了，走了，没有表扬，更没有报道。可以想象他离开村子那一刻的情景：送他离去的，除了那些眼泪汪汪的不懂事的孩子们，就只有赶大车的老伯，那无言的老黄牛，还有那大车发出的嘎吱嘎吱的碾地声。

我不知道金老师当时在想什么，也许他什么都没有想，因为他是带着宽慰走的，他尽力了，教过了那么多学生。

人生中，除了父母，对自己给予最多的莫过于老师了，尤其是启蒙老师，是他（她）们为自己打开了知识的大门。师恩，这是值得终生难忘的。

壶趣杂谈

　　我喜欢喝茶，自然就喜欢上了茶具，用得最多的是宜兴壶。宜兴壶名声大，用它泡茶，无论是自饮，还是待客，都觉得高雅，再则，宜兴壶造型千姿百态，要是拥有几把满意的壶，不时拿来欣赏一下，也是很有情趣的事。

　　有关宜兴壶，论者甚多，长久以来被捧为茶具中的上品。我对壶不是内行，也并不刻意收藏，出于兴趣，倒是积攒了几把，虽然都是些普品，但我还是把它们当作宝贝。

　　懂行的朋友告诫，壶是有灵性的，切莫把它们束之高阁，当作工艺品摆设，壶需要养。所谓养壶，说白了，就是要用，但这用也是有讲究的，不是随随便便拿来当个茶具就行了，要以茶润之，以心爱之，久而久之，本是泥胎的茶壶，就变成了能与人对话的灵物了。

　　由于整天忙忙碌碌，我能闲下来慢慢品茶的工夫不太多，但是，我还是尽量按照朋友的劝告，泡茶时过几天换一把壶，这样也好，一来觉得有新鲜好玩之感，二来也可以让几把壶都能派上用场。

　　把喝茶与养壶联系起来，时间长了，我也似乎也有了些体验，好像壶也在发生变化，有几把已经开始通体光亮，虽然不像人说的变成了灵物，但每当我闲下来时，一把壶在手，细细端详，还真有些与壶在对话的感觉。

　　其实，爱壶就像爱其他东西一样，也是培养一种爱心，一种情趣，用心了，也就有了体验，也就有了情意，有了情意，你的"世界观"也就会发生变化，看人，看有生命的动物，看与你相伴的一草一木，都会带着一份情感。

　　说起来，我对宜兴壶的兴趣还是受到宜兴一位朋友的激励。经人举荐，我认识了这位年轻朋友。据他说，他的专长是在陶器上篆刻字画。这人年纪不大，但在当地和业界已经是小有名气了，他有自己的工作室，自己为工作室起了一个颇具书生气的雅号，叫做"紫玉山房"。我访问过他的工作室，里面放满了各种式样的陶器，有茶壶，也有陶罐，陶艺制品等，有些已经刻好字画，有些还在等待雕刻，大都慕名而来，单件或者批量订货。据介绍，他的许多作品已经被博物馆，私人作为珍品收藏，有的还被作为国礼送给外国政要。

这个人的成长经历颇有些称奇。他本是工厂里的一名普通工人，自幼喜欢书画，一边当工人，一边研习，靠刻苦钻研，自学成才，走出了工厂，自立门户，闯出了一片天地。我很佩服他的刻苦钻研精神，于是写了一首小诗赠他：

> 紫玉金砂养元气，
> 清茶静心品康颐。
> 山房寂守出奇人，
> 壶语书道蕴才艺。

他告诉我，艺术只有起点，没有终点，干这个行当，既累又苦，但只要自己默默追求，滴下的是汗水，出来的是艺术，每出一件作品，自己就感到很有成就，也就有了乐趣。我这首小诗以紫砂壶为题，借其紫玉山房工作室为引，赞其壶语书法绘画篆刻才艺精湛，他姓查，名元康，诗句中藏有"元康奇才"四个字，以表对他的赞誉。

他赠我一把紫砂壶。据他说，该壶是他本人制作，自己使用了多年，壶上有他刻的齐白石老人的画和他自己的感句。他把这样的一个宝贝送给我，我倒觉得有点受之有愧。据他说，不为别的，一番心意，就是为了培养我品茶爱壶的情趣。他有这样的好意，我便自然不能怠慢，于是从此以后多了些追求，比如，每每端起壶来，总是要端详一番，喝起茶来，也总是要品一品，这样下来，过了一段时间，无论是茶兴，还是壶趣，似乎都有些长进，而这把壶似乎也好像有些灵性，要是几天不用它，不看看它，还真的像是缺了点儿什么，于是，必用它沏上一壶茶，品上几口，再端详一番，这才可觉得安下心来。

最近，我好像有点儿移情别恋，出差到广西的钦州，参观了坭兴陶之后，的确又爱上了坭兴壶。坭兴陶是我国四大名陶之一，过去早有耳闻，但没有机会欣赏。这次到博物馆和制作车间看了之后，马上为它的精美所感叹。坭兴陶不同于宜兴陶，它质地细腻，坚硬，因此做出的陶器显得非常精细。也许是这个缘故，坭兴陶之美，美在造型，由于质地硬，易于在上面书文作画，因此，它也美在雕刻工艺之上。更令人称奇的是坭兴陶的窑变特征。坭兴陶坯经过高温烧制，可以出现不同的色彩图案，图案完全出自"天然"，因此，一件制品烧过之后，谁也不知道会出现什么样的色彩图案，只有磨光之后，才可以使它们"露出庐山真面目"，因此，每一件制品的色彩都不相同。在博物馆里，我看到那些陶制品上一个个不重样的色彩图案，真感觉是"巧夺天工"。

我买了一把李人帡大师做的茶壶。这把壶造型没有多大特别之处，但是，它的窑变色彩很有意思：铁黑的底色，壶嘴上有一抹朱红，壶把上有一杏黄条纹，壶身上有几片红紫相间的色带，而壶的内壁则是清一色的朱红，如果不是天然浑体，单靠手工是决然画不出来的。该壶做工细腻，拿在手里，如肌肤之滑润，回到北京，我就马上用它沏茶，有些舍不得替换了。据介绍，坭兴壶透气不透水，泡茶自然留香，存放七天茶也不变质，茶香吸进壶体，久而久之，就是不放茶叶，只放清水，亦可品到茶香之味。坭兴壶如果用的时间长了，也就是经过一段时间的养护，壶的颜色还会变，会变得更秀美。

据介绍，坭兴陶土遍地皆是，取之不尽用之不完，不需要掺假，因此，用起来大可放心。在钦州制陶车间，老板特别强调坭兴壶货真价实，可以放心使用。这也是我用坭兴壶，不肯替换的一个原因。特别是，前些时中央电视台曝光，宜兴壶料作假，说是真的宜兴陶土已经没有了，现在的壶都是用普通土加上染料染色制作的，有些染料有毒性，用这样的壶沏茶，对身体有害。于是，我对自己买的几把壶都有些疑虑重重，不过，我对元康送的那把壶很放心，毕竟是他自己做的，自己用的。

我拥有大师做的坭兴壶，用它沏茶，感觉就是不一样。看介绍，李人帡是坭兴制陶唯一一位有国家级工艺大师称号的人，他的作品得过不少大奖。我买的这把壶上有他篆刻的"厚德载物"四个字，字体流畅，功法精湛，落有他的名款。我当时想，要是买一把由大师制作的宜兴壶，那是要天价了，可李大师的壶才卖两三千元，真有点儿不公平。这从一个侧面说明，坭兴陶制品还是需要进一步宣传和推介的。

坭兴制陶历史悠久，有上千年的历史，但是，在过去的一个时期几乎要失传了，因为工厂几乎都停业了，工匠也很缺乏，只是近些年，政府大力加以扶持，才渐渐恢复起来，在当地大学里还成立了专门的坭兴陶专业，开始注重培养专业设计和制作人才。据介绍，如今，钦州市政府已经制定了规划，要以千年旧窑遗址为基地，开办坭兴陶展览馆，搞坭兴陶节，建立规模很大的坭兴陶制作园。我真为这些努力感到高兴。

我想，像坭兴陶这样拥有悠久历史传承，集使用与工艺于一体的好东西，应该得到发扬光大。钦州应该把坭兴陶这个产业做大，让它走向全国，走向世界。

悟 语 漫 谈

去年到河南开封大相国寺拜访，我看上了高僧书写的"悟"字。不巧，高僧当时不在，陪我的学生看出我的心思，在我回到北京后想方设法把它弄到手，专送到北京，这使我喜不自禁，于是让人精心装裱，挂在我的书房。

我经常对着这个字端详沉思。一来，我欣赏高僧的书法本身，行笔如流水，挥洒自如，尤其是那尾笔，顺势一挥，拉出好长，好像要把人们带入无尽的冥想；二来，我也经常琢磨"悟"这个字的深邃含义。我常想，这个"悟"字太深奥了，但从形体上看，就可以给你带来无穷的遐想，非凡的启迪，如果是细细琢磨，深领其内涵，那就更寓意无穷了。

佛法讲"禅悟"。何为禅悟？我曾问一位高僧，他回答说：入静。他的回答如此简单，肯定，我也不好再问下去。因为佛语常常简单深奥，暗藏天机，个中内涵只有靠每个人自己去心诚思索与体会。

有人说，禅悟本为两字组合，内涵双意，禅是因，悟是果，即，通过坐禅而产生悟性，因此，禅是修行的过程，悟则是修行所要达到的目的，也即明白了人间事理。也有的人说，禅悟一词，实为一体，不可分割。禅就是悟，悟就是禅，因此，禅悟本身就代表着一种境界。

我对佛学了解不多，就我的理解，那位高僧之所以把禅悟归结为"入静"，可能是说它代表着一种脱凡的意境，或者说境界，进入这个境界，人才可以排除纷杂，专心体会，悟出平时不懂的大道理。

你看西游记里的那三个徒弟，原本都本事大得不得了，都是无法无天的能者。为了能让他们能专心致志协助唐僧完成取经大业，菩萨都给他们授了一个带"悟"字的法号，分别是"悟空"、"悟净"、"悟能"，显然是让他们能够排空杂念，净化心灵，发挥才能，从自我中解脱出来，领悟到作为护主使者的神圣使命。

专事修行的僧人们做到入静可能并不太难，毕竟他们可以"摆脱尘世"。

但是，要让普通人与尘世隔绝，那是不现实的。我倒觉得小乘佛教的返俗很有道理，凡人皆可成佛教信徒，不必终生出家为僧，关在庙宇里。作为信徒，一生中至少要有一次脱离尘世，出家为僧，托钵化缘，净化心灵，体悟人生。这样的出家修行，在返俗之后对做人做事必是大有好处的。

在现实生活中，我们看到，那么多的富人，名人（歌星、影星）都言信佛，有的还出家修行。尽管他们可能想法各异，但是有一点可能是相同的，即希望让自己能从烦乱中摆脱出来，求得心灵的解脱。我曾经问一位富商朋友：你为何信佛？他说：静心。我问：为何要静心？他说：解脱。我再问：解脱什么？他笑而不答。这"静心"二字，与上面我说的那位高僧说的"入境"看来差不多，只不过，多了一层"解脱"。我的理解，各人有各人的解脱之因，解脱之理。也许他们做过亏心事，也许他们遇到不顺，也许他们对未来迷茫，但不管怎么样，能从入静中悟出正理，从非理性或迷茫中解脱出来，那也是好事。

其实，"悟"并不专事信佛之人，也不一定非要坐禅才行。凡人凡事，如果能静下心来，细想一想，从烦乱中回归理性，也是可以得悟的。老实说，人都是有悟性的，悟性是人的一种本能。

何为"悟性"？简单地说，悟性可以表现为人的一种理解力，平时说，这人悟性很高，是说其理解能力很强，一点就破，马上就能明白个中道理。进一步说，悟性也可以表现为一种深度思考，一种创造性，也就是说，悟不仅仅是停留在表面的理解，还要再求甚解，做进一步的延伸思考，探出更深的道理，正是悟性的这种特征，才使得人可以不断取得进步。

说老实话，悟也是一种灵感，因此，悟可以无处不在，无时不能。平时，只要动动脑筋，也就可以有灵感出现。每一天，每一时，你不知道会遇到什么想不到的事情，但是，不管遇到什么事情，要是能够静下来想一想，也就是省悟一下，就可能变得心明眼亮，从而对事情可以能更好地把握，更好的理解。

理想的世界是简单的，而现实的世界是复杂的。人生既是快乐，也是痛苦，人生滋味只有在悟中才可以真正体验得深刻。

悟性其实也是一种理性，一种智慧。有了悟性才可以使人虚心好学，催人上进。悟性本身也是一种修行，让人修身养性，规范自己的行为。孔老夫子让人一日三省自身，这个"省"字所代表的也是一种悟性，是说，人要不时地反思行为，律己正身。

　　然而，悟性也可能会出偏差。比如，一个人受到利欲熏心的支配，悟出捷径发财的门道，于是就会不择手段为己谋利；一个公务人员看到别人可以顺势提升，于是也可以悟出阿谀奉承，投人所好，走捷径升官的门道。这样的人吃亏在于不老实，只是到了被发现，被惩治之后才会幡然醒悟，或者说才可正悟回归。现实中，我们看到很多贪官污吏，只是在法庭上，在监狱里才痛哭流涕，悔悟过去迷途，犯下大错。也有的犯下了大错之后，才痛怨自己，悔不该当初。"迷途知返"，也是悟的结果，知道犯了错，得到醒悟，获得新生，这也是一种从悔悟中得到的理性回归，但有时候也可能是"悔之晚，悟之迟也"。

　　你看这个悟字，从字形看，"吾"与"心"的合体，我（吾）为本，心为上。从它的多重构词用意看，无论是"领悟"，"觉悟"，还是"醒悟"，"悔悟"，也都是离不开"我"的内涵，"心"的体会，因此，"悟"的真经是"有心的我"，要用心悟出"我"的真实，悟出自我的价值，这样，才可以把握好人生之途。

　　有时候，人们说一个聪明之人是"大彻大悟"，是说他（她）把人生看透了，明白了其中的真谛，做人做事都到位得体。不过，有时候，也有人把"大彻大悟"作为一种消极人生的哲学，即凡事不必太过认真。我这个人一直是奉行积极的人生观。

　　我是属鸡的，曾偶得一幅颇爱的无名氏画作——雄鸡图，我把它挂在床头，在上面为自己写了两句话，算是自勉：傲然挺立总自信，不为争鸣自报时。

　　这也算是一种积极的"大彻大悟"吧。